SENZA VIA D'USCITA

LE INDAGINI DELLA DETECTIVE KAY HUNTER

RACHEL AMPHLETT

SAXON
PUBLISHING

<h1 style="text-align:center">CAPITOLO 1</h1>

I corvi avrebbero dovuto metterlo in allarme.

Volteggiando e zigzagando in un cielo cupo di tarda primavera, gli uccelli gracchiavano e stridevano mentre piombavano sul paesaggio fangoso e ondulato prima di riprendere il volo.

Sembravano distratti, esitanti ad abbandonare il campo per inseguire il trattore che rombava sul terreno adiacente, trascinando una seminatrice nella sua scia. Avanti e indietro, avanti e indietro, seguendo i solchi lasciati dall'aratro solo poche settimane prima.

Un vento freddo sferzava il campo, scuotendo le siepi e minacciando di strappare i germogli in maturazione da un gruppo di arbusti di nocciolo rannicchiati sotto una chioma di betulle. Una seconda raffica d'aria spinse il cancello metallico a cinque sbarre, facendo tintinnare la catena avvolta tra il telaio e un palo di legno.

Luke Martin soffiò sulle mani e rimpianse di non aver indossato un paio di calze in più.

Il fango umido gli filtrava attorno agli stivali di gomma

1

a mezza gamba e gli gelava le dita dei piedi, e ogni respiro che faceva veniva espulso in una nuvola di condensa.

Le sue dita non se la passavano molto meglio.

I guanti termici che aveva acquistato promettevano sull'etichetta di proteggere le sue estremità da temperature fino a cinque sotto zero, ma ora considerava quella promessa troppo ambiziosa.

Si accorse di un veicolo in avvicinamento, il ronzio del motore che si faceva sentire sotto lo scoppiettio e lo schiocco di rami e detriti del bosco che scomparivano sotto le ruote.

Luke si voltò dal campo per vedere un malandato fuoristrada svoltare l'angolo nella carreggiata a senso unico.

Il tetto si impigliava nei tralci bassi di frassini e querce mentre il veicolo ondeggiava da un lato all'altro, con le sospensioni che gemevano sotto sforzo.

La luce del sole si rifletteva sul parabrezza striato di sporco, nascondendo i lineamenti del conducente, ma non il modo in cui le sue mani stringevano il volante.

Indicando il ciglio erboso alla destra del cancello, Luke camminò intorno al lato della propria auto mentre il fuoristrada si fermò con un cigolio, seguito, quasi come un ripensamento, dal rumore del freno a mano tirato.

Il conducente spalancò la portiera e imprecò quando i suoi stivali toccarono il terreno fradicio.

Tirandosi il berretto di lana sulle orecchie per proteggere il cranio calvo, Luke si spostò davanti al fuoristrada e tese la mano.

«Forse Sonia aveva ragione», disse. «Forse avremmo

dovuto darci al golf. È quello che fanno la maggior parte degli uomini della nostra età».

«Farebbe comunque un freddo del diavolo». Tom Coker prese la mano tesa in una stretta salda, poi lanciò un'occhiata torva al fango spalmato sul fianco del veicolo. Sollevò il mento verso l'auto di Luke. «Da quanto sei qui?»

«Circa quindici minuti. Il traffico era più scorrevole di quanto pensassi».

«Hai già dato un'occhiata?»

«Non sembra troppo paludoso. Sarà difficile, ma non inzuppato come temevo».

«È già qualcosa. Mettiamoci in moto. Più stiamo qui a parlare, più freddo avremo».

Luke tornò alla sua auto, aprì il bagagliaio e osservò l'attrezzatura disposta su un telone che proteggeva il rivestimento di moquette.

Prese prima la pala, un attrezzo antico tramandato a suo padre dal nonno, e ora suo. Da quando si era trasferito nella casa più piccola a Seal sei mesi prima, la stava usando per il suo hobby piuttosto che per coltivare un orto, e se ne ricordò quando la schiena gli diede una fitta mentre si raddrizzava.

«Dai, vecchio mio», disse Coker. «Dennis ha detto che vuole preparare questo campo domani, quindi dobbiamo sbrigarci».

Luke guardò oltre la spalla. «Problemi con il contratto?»

«Nessuno: se troviamo qualcosa, lui prende il trenta per cento e il resto è nostro».

«Ottimo». Tirò fuori il metal detector dalle coperte in

cui era avvolto e chiuse il bagagliaio. «Questo è l'unico campo che possiamo usare?»

«Per ora. Ci sarà un'altra opportunità verso la fine di settembre dopo il raccolto, e ha detto che potrebbe esserci un altro campo più vicino alla casa dall'altro lato del bosco che potremmo esplorare».

«Andiamo, allora».

Luke maneggiò goffamente la catena mentre la sfilava dal cancello, con le dita intorpidite dal freddo, mentre i suoi pensieri andavano al thermos di caffè caldo che Sonia aveva preparato insieme a due sandwich con insalata di tonno che aveva insistito portasse con sé. Il thermos e il cibo erano rimasti in macchina, e ci sarebbero rimasti fino a metà mattina.

Perdere la cognizione del tempo era una delle ragioni per cui gli piaceva cercare metalli.

«Ci sono stati ritrovamenti qui vicino?» chiese mentre richiudeva il cancello e incespicava attraverso i solchi accanto a Coker.

«Non sul terreno di Dennis, ma non credo che abbia mai fatto dare un'occhiata a nessuno. Sono state trovate un paio di spille del tredicesimo secolo a pochi chilometri di distanza tre anni fa. E molte palle di moschetto».

Luke gemette. «Sempre queste maledette palle di moschetto».

«Ricordo quando ti entusiasmavano».

«Era prima di arrivare alla doppia cifra. Onestamente, se la gente di Carlo I ha sprecato così tante munizioni durante la Guerra Civile, non c'è da meravigliarsi che abbiano perso contro l'esercito di Cromwell. Ovviamente non sapevano mirare per niente».

L'amico sbuffò, poi si fermò e scrutò il paesaggio davanti a loro. «Sarebbe così tranquillo qui, se non fosse per quei maledetti uccelli. Dennis dice che non riesce nemmeno a sentire l'A20 a meno che il vento non soffi in questa direzione».

Luke strizzò gli occhi contro il freddo pungente che gli mordeva il colletto del cappotto, poi inspirò l'aria che sapeva di terra. «È comunque meglio che stare al lavoro».

«Sei impegnato in questo periodo?»

Arricciò il naso. «Tra un contratto e l'altro. Ho passato ieri a inviare preventivi, e un paio di quelli dovrebbero concretizzarsi nelle prossime settimane. Tu?»

«Sto facendo il furbo. Avrei dovuto fare l'intonaco a una casa a Sevenoaks stamattina, ma ho mandato due dei ragazzi invece. Ok, ci dividiamo?»

Luke rivolse l'attenzione al paesaggio ondulato, mentre il rumore del trattore si faceva sentire oltre la siepe.

E ancora, quei maledetti corvi. Cra, cra, cra.

«Penso che andrò laggiù. Sembra che ci sia una leggera pendenza, poi un avvallamento segnato sulla mappa dell'Ente delle Cartografie che ho guardato prima del tuo arrivo. Potrebbe rivelare qualcosa. Tu che fai?»

Coker indicò la siepe che separava il campo sterile da quello dove lavorava l'agricoltore. «Comincerò da lì. C'è un sistema di fossi che corre parallelo al confine. Potrebbe essere un vecchio sentiero o qualcosa del genere, quindi vale la pena controllare.»

Luke batté il pugno contro la mano tesa del suo amico. «Buona fortuna. Facciamo una pausa tra un paio d'ore?»

«Ottima idea.»

Dopo avere tirato su le cuffie ed essersele sistemate

sulle orecchie, accese la macchina e ascoltò i suoi bip e ronzii mentre si stabilizzava sull'impostazione che aveva programmato. Soddisfatto di essere pronto, iniziò a dirigersi verso l'area di ricerca prescelta, facendo oscillare il metal detector davanti ai suoi piedi mentre camminava.

Sarebbe stata la legge di Murphy se avesse mancato un ritrovamento nella sua fretta di raggiungere il terreno ondulato che si era prefissato.

Il mondo si restrinse attorno a lui mentre lavorava, il movimento del metal detector da destra a sinistra e ritorno era quasi ipnotico. Qualsiasi preoccupazione riguardo al lavoro lo abbandonò mentre si concentrava su ciò che stava ascoltando.

Si muoveva senza scopo, semplicemente fissando i ciuffi di erba lunga che spuntavano dalla terra in un ultimo disperato tentativo di riprenderla prima che le piantine d'orzo la occupassero per i mesi estivi.

Dopo qualche minuto, alzò lo sguardo alla sua sinistra per vedere Coker che gli dava le spalle, concentrato sul proprio avanzamento. Non l'avrebbe ammesso con nessuno, ma un senso di competitività si accese nel petto di Luke mentre tornava al suo lavoro.

Voleva essere lui a trovarlo.

Il ritrovamento.

Sonia scherzava dicendo che era la sua vana speranza di pagare una parte del mutuo prima che loro figlio se ne andasse di casa. Certo, le sue possibilità erano scarse, ma un uomo poteva sognare, no?

Gli uccelli diventarono più rumorosi mentre si avvicinava all'altura nel campo.

Riusciva a sentirli sopra i bip e gli stridii nelle sue cuffie.

Luke aggrottò la fronte guardando la cima dell'altura, e poi si fermò.

Il campo scendeva verso un confine che Luke sapeva delimitare un ruscello: era un altro degli obiettivi suoi e di Coker per la giornata di esplorazione, nella speranza di trovare tracce di un accampamento della Guerra Civile che si diceva fosse stato nella zona.

I corvi si erano raggruppati insieme, uno stormo, ricordò, a metà strada tra la sua posizione e il confine. Litigavano e si chiamavano l'un l'altro mentre due o tre uccelli alla volta si alzavano in aria, poi si tuffavano di nuovo e rumorosamente si facevano strada di nuovo verso il centro dello stormo.

«Ma che…»

Spinse le cuffie via dalla testa, facendole pendere dietro il collo, e aggrottò le sopracciglia.

Non riusciva a vedere cosa stesse causando tanto interesse nei corvi perché qualunque cosa fosse giaceva in un piccolo avvallamento nel campo.

Una volpe morta?

Un tasso?

Incuriosito, Luke si avvicinò al punto in cui si erano radunati gli uccelli, ignorando le loro starnazzate indignate mentre si avvicinava, mandandoli di nuovo in volo.

I corvi atterrarono a pochi passi di distanza, con occhi scuri e lucidi che lo osservavano, sfidandolo.

Una forma rosa pallido giaceva distesa tra i solchi causati dalle ruote del trattore. Tracce di pneumatici fangose che creavano un motivo a zig-zag che rifletteva il suo andamento instabile.

Luke aggrottò la fronte mentre la forma diventava una sagoma, e poi la sagoma divenne il profilo di un uomo.

Un uomo nudo.

«Stai bene, amico?» Mantenne la voce gioviale, nonostante l'impennata del battito cardiaco.

Che cos'era? Ubriaco?

Doveva esserlo, qui fuori esposto agli elementi, a meno che...

Luke si fermò, poi deglutì.

Gola secca, un sapore acido e amaro sul fondo della lingua, la realtà raggiunse il suo cervello.

L'uomo non era ubriaco.

Il suo corpo intero giaceva contorto nel terreno marrone, le braccia avevano angoli innaturali. Le sue gambe ... Gesù, cosa era successo alle sue gambe? ... erano sproporzionate rispetto al torso, e il fango era schizzato sulla sua pelle come se fosse inciampato senza cercare di attutire la caduta.

E il suo viso...

Luke si voltò, con lo stomaco che si contorceva, e vide allora cosa stavano facendo i corvi.

Gli occhi dell'uomo lo fissavano da un altro solco, accusatori, insanguinati e lacerati.

E ai suoi piedi, tutto intorno alle dita congelate di Luke racchiuse nei suoi inutili calzini termici e negli stivali di gomma, c'erano denti.

Tantissimi denti.

CAPITOLO 2

Un cielo tetro carico di pioggia avvolgeva i lampi di luce che filtravano attraverso la fitta chioma degli alberi sopra il sentiero boschivo pieno di buche.

L'ispettrice Kay Hunter si teneva alla maniglia sopra il finestrino del passeggero dell'auto di servizio coperta di fango, mentre le molle del sedile consumato cigolavano ad ogni sobbalzo e il veicolo oscillava da un lato all'altro.

Accanto a lei, il sergente detective Ian Barnes serrò la mascella e imprecò sottovoce quando un ramo si contorse e colpì il parabrezza. Mantenne le mani strette al volante.

«Avremmo dovuto fregare uno dei Land Rover della Stradale», disse.

Lei trattenne il respiro mentre l'auto attraversava una pozzanghera profonda, e si chiese se dovesse sollevare i piedi dal pavimento nel caso l'acqua iniziasse a infiltrarsi sotto la guarnizione della portiera.

Barnes accelerò, e il fango rilasciò l'auto con un denso risucchio di riluttanza; poi gli alberi si diradarono, rivelando un'area di terreno dissestato.

Una fila di auto era parcheggiata alla rinfusa lungo una siepe di rovi tagliata a metà da un cancello metallico a cinque sbarre, e Kay notò due auto di pattuglia con il logo della polizia del Kent accanto a un furgone di colore scuro.

Aprì lo sportello dell'auto, fece uscire le gambe e prese un paio di stivali di gomma che aveva gettato dietro il sedile del passeggero quando Barnes l'aveva raccolta a casa mezz'ora prima.

Barnes stava facendo lo stesso, sostituendo le sue scarpe stringate di pelle con un paio di stivali malconci. Si voltò verso di lei una volta finito.

«Pronta?»

«Come sempre.»

Il vento le scompigliò i capelli mentre si alzava dal sedile e sbatteva lo sportello dell'auto. Sbirciando oltre il tetto, notò due figure in tuta bianca che si spostavano dal furgone al cancello; una di esse trasportava una valigetta metallica argentata.

Accanto a una delle auto di pattuglia, tre uomini si aggiravano mentre un agente parlava con loro.

Barnes la raggiunse. «Testimoni. Hughes ha detto che due di loro stavano usando dei metal detector, uno di loro ha trovato il corpo. L'altro tizio deve essere il contadino proprietario del terreno.»

«Facciamo due chiacchiere con loro prima, e poi andiamo a vedere cosa sta facendo la squadra di Harriet. Lucas è già qui?»

«La sua auto è là, dietro il trattore.»

«Va bene. Lo raggiungeremo tra un momento. Chi è arrivato per primo sulla scena?»

«Ben Allen, da Tonbridge. Stava effettuando un pattugliamento di routine quando è arrivata la chiamata del contadino, e lui era il più vicino alla scena.»

Come previsto, Ben emerse dal sedile del conducente del secondo veicolo, mormorando un aggiornamento nella radio agganciata al giubbotto. Fece un cenno quando vide Kay e Barnes dirigersi verso di lui, e terminò la chiamata.

«Buongiorno, capo.»

«Buongiorno, Ben. Tutto sotto controllo?»

«È tutto tranquillo, non c'è nessuno qui intorno, a parte questi tre.» Indicò con il pollice alle sue spalle dove il suo collega aveva radunato i testimoni. «Lucas è arrivato quindici minuti fa, e ha già confermato la mancanza di vita. Non che ci fossero molti dubbi al riguardo.»

«Abbiamo sentito che si tratta del corpo di un uomo,» disse Kay. «Sconosciuto al contadino, giusto?»

«Non è rimasto molto del corpo, a dire il vero, capo. Non ho mai visto niente di simile.» Ben arricciò il naso.

«Che vuoi dire?»

«È tutto deformato. E nudo.» L'agente di polizia scosse la testa. «È un caso strano.»

«Puoi presentarci?»

«Certo.»

Kay lo seguì attraverso il fango scivoloso fino a dove i tre uomini erano radunati a fianco dell'auto di pattuglia, quasi come se stessero cercando di mettere quanta più distanza possibile tra loro e ciò che giaceva nel campo.

Dopo le presentazioni, i due agenti in uniforme si scusarono e si allontanarono verso il cancello.

Kay rivolse la sua attenzione al contadino. «Signor

Maitland, mi scusi, forse ha già risposto a domande simili dai miei colleghi, ma dobbiamo scoprire il più possibile su ciò che è accaduto qui. Da quanto tempo coltiva questo terreno?»

Maitland fece un tiro tremante dalla sigaretta tenuta tra l'indice e il pollice, poi la guardò socchiudendo gli occhi. «Io personalmente, circa trent'anni. È stato della famiglia per un paio di secoli.»

«Cosa coltiva?»

«Principalmente colture. Orzo, grano. Mia moglie mi ha convinto a provare con la lavanda quest'anno per la prima volta. Non sono sicuro di come andrà a finire.»

«Quando è stata l'ultima volta che è stato in quel campo, prima di stamattina?» disse Barnes.

«La settimana scorsa. Martedì. Stavo rivoltando il terreno per prepararlo per la seminatrice. Doveva essere seminato domani.»

Il contadino si interruppe, con il viso cupo mentre fissava il cordone improvvisato di nastro bianco e blu della polizia.

Kay si rivolse ai due uomini accanto a lui. «Chi di voi ha trovato il corpo?»

«Sono stato io», disse Luke.

«Sta bene?»

L'uomo alzò le spalle. «Sa chi è?»

«Non ancora. Lo ha riconosciuto?»

«No. Non l'ho mai visto prima. Beh, per quanto abbia potuto capire. La sua faccia era tutta sfracellata, e...»

Si fermò, coprendosi la bocca con la mano.

Kay allungò la mano verso il suo braccio. «Si prenda il suo tempo. Va tutto bene. So che è difficile.»

«I corvi lo avevano attaccato, credo. Li ho visti quando sono arrivato alle otto e mezza. Mi chiedevo perché non stessero seguendo la seminatrice nell'altro campo come fanno di solito.»

«Ha toccato qualcosa?»

«Dio, no. Ho urlato attraverso il campo a Tom, gli ho detto di stare indietro e che c'era un cadavere, e siamo andati via. Abbiamo messo i metal detector e le altre cose nelle auto, e poi siamo andati a dirlo a Dennis. Dopo di che abbiamo chiamato il 112.»

«Dennis, lei è entrato nel campo dove si trovava il corpo?» disse Kay.

«No. Ho pensato che voi non mi avreste ringraziato per questo.»

«Bene. Va bene, abbiamo le vostre dichiarazioni, quindi potete andare. Luke, se ne ha bisogno, parli con il suo medico di famiglia di ciò che ha visto, d'accordo? Non tenga tutto dentro.»

Lui annuì, e poi si trascinò verso la sua auto insieme a Tom e al contadino, mentre tutti e tre gli uomini mormoravano sottovoce.

«Vuoi dare un'occhiata adesso?» disse Barnes.

«Sì, andiamo.»

Si avvicinarono al cancello, e Kay salutò l'agente di polizia che porse loro un blocco per appunti.

«Grazie.» Scarabocchiò la sua firma sul registro d'ingresso della scena del crimine.

Barnes sollevò il nastro e lei si chinò per passare sotto; il suo sguardo era già concentrato sul secondo cordone che era stato eretto vicino a dove era stato trovato il corpo dell'uomo.

Un gruppo di tecnici investigatori forensi vestiti di bianco era accovacciato in un semicerchio irregolare, ognuno di loro lavorava metodicamente per registrare qualsiasi prova che potesse aiutare a capire perché l'uomo fosse stato ucciso e come fosse morto.

Il patologo dell'Ufficio di Medicina Legale, Lucas Anderson, stava fuori dal cordone, la testa china mentre osservava.

«Lucas», disse Barnes.

«Buongiorno», disse lui, mentre la tuta di carta scricchiolava quando tese la mano. «La morte è stata dichiarata. Completerò le pratiche burocratiche quando tornerò alla mia auto in modo che possano spostarlo una volta che la squadra di Harriet avrà finito, ma è insolito».

«Causa della morte?» disse Kay.

Lucas strinse le labbra. «Sai che non mi piace formulare ipotesi, Hunter».

«Dai, solo le tue impressioni iniziali. Per favore».

In quel momento, uno dei tecnici investigatori forensi si alzò e si spostò di lato, e Kay ebbe una visione chiara dell'uomo morto.

«Gesù Cristo».

«Diverso, vero?

«Cosa gli è successo?»

«Bella domanda», disse Lucas. «Guarda, non darò la mia opinione ufficiale sulla causa della morte finché non avrò completato l'autopsia...»

«Ma hai un'opinione», disse Barnes. «Qual è?»

«L'unica volta che ho visto ferite vagamente simili a quelle alle sue gambe è stata nei casi di suicidio. In particolare, persone che si sono gettate dagli edifici».

Barnes lo guardò socchiudendo gli occhi. «È in mezzo a un campo, Lucas».

«Lo so. Ho detto che era insolito, no?»

CAPITOLO 3

Una cacofonia di attività riempiva la sala operativa mentre investigatori, agenti in uniforme e personale amministrativo si contendevano lo spazio e si scambiavano istruzioni e insulti bonari.

Kay stava in piedi davanti a una lavagna appena pulita all'estremità della stanza e fissava le fotografie che il detective Gavin Piper aveva appuntato sulla lavagna pochi istanti dopo che Barnes aveva caricato i file dal suo telefono al ritorno alla centrale di polizia.

All'esterno, il frastuono del traffico di metà mattina filtrava attraverso le finestre, i suoni sfumavano dentro e fuori dalla percezione di Kay mentre la sua mente lavorava.

Si mordicchiò un'unghia del pollice consumata, poi tolse il cappuccio a una penna e scarabocchiò i suoi pensieri iniziali sulla lavagna.

«Ecco qui, capo. Zuppa. Pensavo potesse aiutarti a sgelarti.» Gavin sorrise mentre le porgeva la tazza, poi indicò con un cenno del mento le fotografie. «Pensi che sia morto per un incidente e che qualcuno l'abbia spostato lì?»

«Onestamente non lo so ancora, Gav.» Soffiò sulla superficie calda e bevve un sorso. «Chi l'ha preparata?»

«Io. Mia sorella e il suo ragazzo mi hanno regalato una macchina per zuppe per il mio compleanno. È la prima volta che la provo. Questa è piccante alla pastinaca. Ti piace?»

«Sì, è buona, grazie.»

«Spero che una di quelle abbia il mio nome sopra, Piper», disse Barnes mentre si univa a loro, e poi sorrise quando Gavin gli porse una tazza dal vassoio. «Campione.»

«Raduna tutti gli altri, Gav, iniziamo questo briefing, e poi possiamo tornare al lavoro.»

Kay attese mentre la crescente squadra di agenti di polizia si univa ai colleghi amministrativi e trascinava sedie verso la parte anteriore della stanza. Una volta pronti, fornì una breve panoramica dell'indagine e chi sarebbero stati i contatti chiave.

In qualità di Investigatrice Capo, sarebbe stata ancora responsabile di riferire i progressi all'Ispettore capo investigativo Devon Sharp, ma almeno il suo ruolo significava che non avrebbe dovuto trascorrere troppo tempo al quartier generale cercando di sostenere la sua richiesta per avere più personale assegnato alla sua indagine.

Completata l'introduzione, picchiettò il dito sulla fotografia più vicina. «Abbiamo stampato la prima di queste, Ian. Sono state prese le impronte digitali, ma mentre aspettiamo quei risultati, guarda qui. C'è un piccolo tatuaggio sul suo bicipite. È vecchio, ma riesci a distinguere le lettere sotto?»

«Aspetta.» Barnes posò la tazza di zuppa sulla scrivania accanto alla lavagna, poi estrasse gli occhiali da lettura dalla tasca interna della giacca prima di fissare l'immagine. «Sembra militare, non è vero? La scritta è tutta sbiadita però, non riesco a distinguerla.»

«Scommetto che dice "Mamma"», disse Gavin.

«Molto divertente.» Kay scrutò la fotografia. «Non c'è qualcuno al quartier generale che conosce questo genere di cose?»

«Chiamerò Joanne Fletcher», disse Barnes. «Potrebbe esserci qualcuno nell'ufficio stampa che può aiutare. Anche Sharp probabilmente avrà qualche idea, dato il suo periodo nella polizia militare.»

«Mi aggiornerò con lui quando arriverà. Manda comunque la foto a Joanne, a condizione che l'ufficio stampa non la condivida con la stampa. L'ultima cosa di cui abbiamo bisogno è che venga trasmessa prima di avere alcune risposte.»

La detective Carys Miles si avvicinò, taccuino alla mano. «Simon Winter ha appena chiamato dall'Ospedale DarentValley, Lucas farà l'autopsia domani mattina, ma dice che i denti sono stati inviati a un ortodontista specializzato per un esame.» Aggrottò la fronte. «I denti non erano nella sua bocca?»

«No», disse Barnes. «La maggior parte erano sparsi per terra accanto a lui. Insieme ai suoi occhi.»

«Che schifo.» Carys storse il naso. «Mazza da baseball in faccia?»

«Non lo sappiamo», disse Kay. «Lucas aveva qualche

idea, ma non si impegnerà ad esprimere un parere fino a quando non sarà stata fatta l'autopsia. Nel frattempo, puoi contattare la "Crimini agroalimentari" e vedere se hanno avuto problemi nella zona ultimamente?»

«Lo farò, capo», disse Carys. «E il contadino, Dennis Maitland, ha visto qualcosa?»

«No, e non credo che sarà di grande aiuto. Ho dato un'occhiata online e quei due campi sono al confine esterno della sua terra. Afferma di aver arato il campo la settimana scorsa e di non essere più tornato da allora. Suppongo che finché non sarà tutto piantato, non ne abbia bisogno. Non c'è nulla da rubare là, vero, Ian?»

Il sergente detective scosse la testa. «Immagino sia per questo che era felice che i due tizi usassero i loro metal detector, non è che potessero causare danni al momento.»

«Perché spogliarlo?» disse Kay, rigirando la penna tra le dita. «Chiunque abbia fatto questo avrebbe potuto semplicemente portargli via qualsiasi forma di identificazione.»

«Potrebbe aver indossato un'uniforme, signora.» La voce della detective tirocinante Laura Hanway si levò sopra le teste dei colleghi. «Potrebbe essere stato militare, o forse una guardia di sicurezza privata per qualcosa. Specialmente dato il tatuaggio, forse.»

Kay scrisse il suo suggerimento sulla lavagna. «Buon inizio. Qualcun altro?»

«Costruendo su questo, forse c'era qualcos'altro riguardo i vestiti», disse il sergente Harry Davis. «Se non era un'uniforme, potrebbe aver avuto un tipo di loghi distintivi, o etichette che potrebbero collegarlo a un certo luogo o persona.»

«Sì, un altro buon punto», disse Kay. «C'erano i resti di una fascetta di plastica attorno a una delle sue caviglie, quindi chiunque abbia fatto questo lo ha immobilizzato prima di ucciderlo.»

Passò lo sguardo sul corpo prono dell'uomo nella seconda delle fotografie. «Ok, cosa dire della posizione? Perché lì? La squadra di Harriet ha preso calchi delle impronte, ma finora hanno trovato corrispondenza solo con gli stivali che indossava il nostro testimone, Luke Martin. Hanno raccolto altre impronte come prova, ma potrebbe volerci un po' di tempo per esaminarle, il contadino ha detto all'agente in uniforme che c'è un sentiero che corre lungo il confine sinistro di quel campo.»

«Dipende da quanto tempo è rimasto lì prima di essere scoperto, suppongo», disse Carys. «Venerdì sera è piovuto. Maitland ritiene di aver arato quel campo martedì scorso, quindi se il corpo del nostro uomo è stato scaricato tra allora e quando è piovuto, eventuali impronte appartenenti a un sospetto o sospetti potrebbero essere state cancellate dalla pioggia.»

Kay si voltò allontanandosi dalla sua squadra e passò in rassegna le note che aveva aggiunto sulla lavagna.

Nessuna prova, nessuna identità e nessun testimone del crimine.

Come diavolo avrebbero risolto questo caso?

«Primi passi», disse, rivolgendosi nuovamente alla sua squadra. «Indagine casa per casa in un raggio di un chilometro e mezzo dalla fattoria, e voglio anche i dati delle telecamere a circuito chiuso e del riconoscimento automatico delle targhe da tutte le strade che passano entro un chilometro e mezzo da questo terreno. Carys… puoi contattare qualcuno al quartier generale e far preparare un identikit del volto della nostra vittima basato su queste fotografie? Così avremo qualcosa di appropriato da mostrare ai proprietari di case. Non permetterò a nessuno di vedere queste immagini, avrebbero incubi per mesi».

«Lo farò, capo».

«Bene, tutti. Congedati. Muoviamoci con questa cosa».

CAPITOLO 4

Gavin alzò il colletto del suo cappotto di lana e tirò il berretto lavorato a maglia sopra le orecchie prima di infilare le mani nelle tasche.

Nonostante la temperatura dell'aria a metà mattina fosse segnalata quasi a doppia cifra sul cruscotto della sua auto, un freddo pungente si aggrappava all'aria umida nel viale alberato, e una debole luce solare proiettava una tonalità giallo-grigiastra nel cielo, scintillando nelle pozzanghere che costeggiavano i bordi erbosi striati di fango.

Più avanti, due auto di pattuglia erano parcheggiate in una piazzola di sosta, gli occupanti erano già impegnati a bussare alle porte di un gruppo di abitazioni raccolte a lato del vialetto, simili a vecchi cottage per braccianti agricoli.

Sbirciò oltre il tetto dell'auto mentre Laura emergeva dal sedile del passeggero, imprecando a denti stretti mentre chiudeva la cerniera del suo cappotto.

«Maledizione, Gavin. Che fine ha fatto la primavera anticipata che dovevamo avere? Qui fuori si gela».

Lui sorrise, poi indicò la strada verso il cottage più vicino. «Vogliamo iniziare? Considerati fortunata di non essere più in uniforme».

La detective tirocinante sorrise. «Grazie a Dio. Febbraio mi ha quasi distrutta, l'ultimo turno a gironzolare per il centro città con otto centimetri di neve alle due del mattino schivando pozzanghere di vomito...»

Scosse la testa, con un tono di meraviglia nella voce.

Gavin chiuse l'auto, controllò il traffico alle sue spalle, e poi guidò il cammino verso le case.

«Come ti stai ambientando?»

«Molto bene, grazie. Penso che aiuti il fatto che tutti si stiano impegnando per assicurarsi che non mi senta fuori posto».

«Probabilmente aiuta il fatto che sei una persona già conosciuta dopo aver collaborato con quell'indagine sul rapimento l'anno scorso. Quando hai il prossimo esame?»

Laura diede un calcio a un ciottolo sulla strada, mandandolo a volare sull'altro lato dove rimbalzò e scivolò in una profonda buca con uno schizzo percettibile.

«La settimana dopo la prossima. Sto cercando di mantenermi avanti con il lavoro di ripasso, ma non so come farò adesso. Immagino che lavoreremo molte ore finché non risolveremo questo caso, giusto?»

«Me lo aspetto. Ho avuto lo stesso problema qualche anno fa, abbiamo avuto un paio di casi importanti uno dopo l'altro mentre studiavo».

«Come hai fatto? Io sono un disastro ad alzarmi presto anche nei giorni migliori, e quando torno a casa l'ultima cosa che voglio fare è sedermi e studiare,- voglio solo rilassarmi».

«L'unico modo in cui riuscivo a farlo era dedicare un paio d'ore quando finivo il turno e studiare alla mia scrivania, o chiedere a Hughes di prenotarmi una sala interrogatori libera se non volevo essere interrotto. Ho scoperto che se facevo il ripasso al lavoro, invece di cercare di farlo quando tornavo a casa, diventava parte della mia routine lavorativa». Gavin scrollò le spalle. «Sembrava funzionare, comunque. Potrebbe valere la pena provare».

Laura sorrise. «Lo farò, grazie. Queste case confinano con i boschi vicino a dove è stato trovato il corpo, giusto?»

«Sì». Gavin tirò fuori una mappa dell' Ente delle Cartografie dalla tasca, i bordi già piegati da dove l'aveva ripiegata al contrario. La tenne aperta e indicò la campagna rappresentata sotto la A20. «C'è Sevenoaks a pochi chilometri a nord qui, e noi siamo qui su questa strada secondaria. Questi sono i cottage agricoli segnati qui. Il campo dove è stato trovato il corpo è più o meno qui, e questi sono i boschi che confinano con il giardino della prima proprietà».

«Ok, capito». Laura si protesse gli occhi con la mano mentre si avvicinavano alla casa. «Affittata o di proprietà?»

«Questa e quella accanto sono abitate dai proprietari», disse Gavin, ripiegando la mappa e infilandola nella giacca. «Il vicino di casa possiede e affitta anche le due proprietà all'estremità, quindi lasceremo che gli agenti in uniforme si occupino degli affitti e noi ci occuperemo di queste due. In questo modo, possiamo procedere e arrivare al prossimo borgo. Kay ha altre cinque pattuglie che lavorano dall'altra parte della fattoria di Maitland. Con un po' di fortuna, avremo tutte le dichiarazioni iniziali pronte entro la fine di domani».

Laura rabbrividì quando una nuova raffica di vento scosse la siepe alla loro sinistra, spingendo un ciuffo ribelle di capelli dal suo viso. «Come mai a noi è toccata la parte peggiore stando qui fuori mentre Barnes e Carys possono rimanere al caldo? Chi hai fatto arrabbiare per meritarti questo?»

Gavin sorrise. «Sono ancora classificato come il nuovo arrivato quando fa comodo a loro, e tu sei appena entrata. Quindi, ci spetta il lavoro al freddo».

«Allora mettiamoci al lavoro, va bene?»

Lui spinse contro un cancello di legno coperto di muschio in un piccolo giardino anteriore, si fece da parte per far passare Laura, e poi si strofinò le mani insieme per perdere i residui di lichene che si erano aggrappati alla sua pelle prima di bussare alla porta d'ingresso.

Facendo un passo indietro e alzando lo sguardo, notò una manciata di tegole di ardesia mancanti dal tetto spiovente e la vernice che si staccava dai quattro davanzali che davano sul viale.

Se non fosse stato per l'antenna parabolica all'avanguardia che sporgeva dai mattoni accanto a una delle due finestre del piano superiore, avrebbe giurato che il bosco circostante stava cercando di riprendersi la proprietà dal suo proprietario una stagione alla volta.

La porta si aprì sui cardini cigolanti dopo qualche istante e un uomo sbirciò fuori, i suoi capelli grigi e sottili che spuntavano a ciuffi ai lati delle orecchie.

«Sì? Chi siete? Se state vendendo qualcosa, potete tornare indietro e leggere il cartello sul cancello».

Gavin mostrò il suo tesserino e presentò Laura. «E qual è il suo nome, signore?»

L'uomo prese il tesserino, lo ispezionò e glielo restituì. «Humphrey Godmanstone».

«Da quanto tempo vive qui, signor Godmanstone?»

«Trent'anni ad aprile. Ho ereditato il posto dai miei genitori».

«Qualcun altro vive qui?»

«No. Mi sono liberato della moglie un decennio fa». Sorrise, esponendo denti storti. «Non si preoccupi. Non ho ucciso la vecchia sgualdrina. Se n'è andata. Ha portato via anche i due figli. A Northampton, credo. È lì che viveva sua sorella, comunque. Una bella liberazione».

Gavin si schiarì la gola, sapendo che Laura avrebbe osservato ogni sua mossa nel tentativo di imparare da lui, e desiderando che Carys fosse al suo fianco invece.

Cercò di ignorare il calore che gli saliva dal collo alla mascella. «Ci chiedevamo se potessimo fare qualche domanda su un incidente che stiamo investigando nella zona».

«Tipo?»

«Potremmo entrare?»

«No».

Gavin si sforzò di sorridere. «Non si preoccupi. Stiamo indagando sulla morte di un uomo il cui corpo è stato trovato al confine esterno della fattoria di Maitland».

«Davvero?» La mano di Godmanstone si staccò dalla porta, e si appoggiò allo stipite, con le braccia incrociate. «Cosa c'entra con me?»

«Mi risulta che il bosco sul retro della sua proprietà confini con quel terreno. Stiamo conducendo indagini porta a porta nella zona per cercare di stabilire se qualcuno abbia notato attività sospette nell'ultima settimana, o se lei abbia sentito qualcosa».

«Come cosa?»

«Estranei nella zona, magari che si aggiravano per il sentiero. Veicoli che sembravano fuori posto, o qualcosa di suo, attrezzi da giardino e simili, che potrebbe essere scomparsi nelle ultime settimane».

«Non ho notato nulla. E se qualcuno provasse a rubare qualcosa dal capanno degli attrezzi, dovrebbe prima passare le oche».

«Oche?» disse Laura.

«Sì, signorina. Oche. Meglio dei cani da guardia. Più economiche… e se ti stancano… almeno puoi mangiarle».

Gavin strinse i denti, poi continuò imperterrito. «Ha sentito qualcosa di strano durante la notte, qualcosa che sembrasse fuori posto qui?»

«No. Una volta spenta la luce, dormo. Non mi sveglio fino a quando la radio non si accende alle sette per il notiziario. Comunque, di questi tempi non so perché mi preoccupi, mi mette solo di cattivo umore prima ancora di aver iniziato la maledetta giornata».

«Va bene, signor Godmanstone». Gavin chiuse di scatto il suo taccuino e si sforzò di sorridere mentre porgeva un biglietto da visita. «Grazie per il suo tempo. Se potesse…»

La porta si chiuse con un tonfo.

Gavin sospirò e infilò il biglietto nella buca delle lettere, poi si voltò verso Laura.

La detective si coprì la bocca con la mano, ma non riuscì a nascondere le pieghe agli angoli degli occhi.

«Non una parola, Hanway», disse da sopra la spalla mentre spingeva il cancello del giardino. «Non una maledetta parola».

Una donna era in piedi sulla soglia della casa accanto e sorrideva mentre giravano l'angolo della bassa siepe di ligustro che separava la sua casa dalla proprietà di Godmanstone.

«È una delizia, vero?» disse senza rancore. «Non so perché tenga le oche... è già abbastanza spaventoso lui stesso».

«Ci vuole di tutto, signora...»

«Signora». Tese la mano. «Beverley Winton».

Gavin fece le presentazioni, notando le macchie di vernice bianca che coprivano le dita della donna, e poi accennò con il mento verso le proprietà alla loro destra. «E possiede anche queste, da quanto ho capito?»

«Esatto. Stiamo ristrutturando questa al momento, e poi anche quella sarà disponibile. Volete entrare?»

«Se è possibile, grazie».

«Mi scuso per il disordine. Non inciampate sui teli, stamattina ho dipinto le balaustre delle scale. Non so come i produttori di vernice se la cavino scrivendo "una sola mano" sulla latta. Questa è la terza mano e ancora non sono soddisfatta».

Aprì una porta su un soggiorno ingombro. Le tende ondeggiavano davanti alle finestre aperte, e Gavin osservò gli scatoloni impilati contro una parete.

«Abbiamo solo alcune domande», disse. «Stiamo indagando sulla morte di un uomo che è stato trovato in uno dei campi esterni della fattoria di Maitland questa mattina. Ci chiedevamo se avesse notato attività sospette nella zona durante l'ultima settimana».

La donna impallidì. «Un uomo morto? No, non ho notato nessuno di nuovo qui intorno. La stradina è piuttosto tranquilla una volta che chi vive qui è andato al lavoro. È lo stesso la sera. Pensa che siamo in pericolo?»

«Siamo propensi a credere che si tratti di un incidente isolato, signora Winton», disse Laura. «Ha notato qualcosa che potrebbe essere considerato insolito per questo periodo dell'anno? O qualche furto dal suo capanno degli attrezzi, per esempio?»

«Mio marito, Peter, non ha menzionato nulla. In ogni caso tiene il capanno chiuso a chiave, solo per abitudine dopo che abbiamo vissuto in città per tanti anni. Non abbiamo la stessa natura fiduciosa dei nostri inquilini».

«O le oche», disse Gavin.

«No, grazie al cielo». La Winton riuscì a ridere, poi i suoi occhi tornarono seri. «Mi dispiace di non potervi aiutare di più. Posso chiedere a Peter quando torna a casa, se volete?»

«Le saremmo molto grati, signora Winton», disse Gavin, e le consegnò un biglietto da visita. «Anche se pensa che non sia significativo, è meglio farcelo sapere».

CAPITOLO 5

Kay alzò lo sguardo dal monitor del computer quando la porta della sala operativa si aprì e l'Ispettore capo investigativo Devon Sharp attraversò la stanza a passo deciso, con un'espressione contrariata.

Più alto di Kay di diversi centimetri, l'ex poliziotto militare aveva i capelli castani brizzolati tagliati corti e si muoveva con il portamento di chi era abituato al campo di addestramento.

Si allentò la cravatta mentre si dirigeva verso il suo ufficio dietro la scrivania di lei, con l'attenzione rivolta allo schermo del cellulare e la fronte corrugata.

Kay si morse il labbro mentre lui le passava davanti, con la testa ancora china, poi raccolse le copie delle fotografie che Kay aveva riunito. Spingendo indietro la sedia, si avvicinò alla porta aperta del suo ufficio e bussò.

«Capo? Mi chiedevo se avessi un minuto».

Lui alzò lo sguardo dal telefono, momentaneamente sorpreso, poi sbatté le palpebre. «Scusa, Kay, ero con la testa altrove. Entra pure».

«Tutto bene?» chiese lei, chiudendo la porta alle sue spalle e prendendo la più comoda delle sedie per i visitatori di fronte alla scrivania. Osservò i fili consumati sul bracciolo, chiedendosi se il quartier generale avrebbe mai fornito all'Ispettore capo investigativo dei mobili nuovi.

Probabilmente no.

«Ho appena passato tre ore questa mattina a discutere per un aumento del nostro budget per l'anno prossimo».

«Oh. Immagino non sia andata bene».

«Avrei preferito una devitalizzazione». La sua bocca si contorse in un sorriso sardonico mentre gettava il cellulare sulla scrivania e si lasciava cadere sulla sedia. «Ho sentito che stamattina avete trovato un cadavere in un campo, dalle parti di Sevenoaks.»*

«In realtà, speravo che potessi aiutarmi». Kay gli fornì una panoramica della scoperta fatta quella mattina, poi fece scivolare le fotografie sulla scrivania. «Barnes ha scattato queste mentre parlavamo con Lucas e Harriet. Ci chiedevamo se potessero avere un qualche significato militare».

Sharp allungò la mano verso le immagini in formato A4 e si appoggiò allo schienale mentre le esaminava. Si fermò a lungo su ciascuna, girando la fotografia da diverse angolazioni, poi le abbassò sulla scrivania e aggrottò la fronte.

«Mi ricorda il tipo di tatuaggi che alcuni soldati si facevano dopo aver completato un periodo di servizio», disse. «Una sorta di ricordo, un modo per dimostrare di essere sopravvissuti intatti. Qual è l'età della vittima?»

«Ho chiamato Lucas un'ora fa per sentire cosa ne

pensasse, ora che ha il corpo all'obitorio. Ha detto che non potrà definirla con precisione fino a dopo l'autopsia domani mattina, ma stima che l'uomo abbia tra i primi quarant'anni e la fine dei cinquanta».

Sharp si passò una mano sul mento e prese un'altra fotografia. «Quella fascia d'età collocherebbe la nostra vittima in qualsiasi periodo, dalla guerra delle Falkland se è alla fine dei cinquant'anni, fino alle campagne in Afghanistan degli ultimi anni».

«Sono un sacco di persone, capo».

«Lo so. Non conosco questo particolare disegno, però. Non c'è niente qui che mi faccia pensare a un reggimento specifico o a un altro».

«E la scritta sotto? Ti fa venire in mente qualcosa?»

«Sembra una specie di codice abbreviato. Se faceva parte delle Forze Speciali o qualcosa del genere, potrebbe riferirsi alla sua unità. Sai che lavorano in squadre di quattro uomini?»

«Sì. Quindi, stai dicendo che potrebbe essere limitato a un piccolo gruppo, piuttosto che avere un significato più ampio a livello di reggimento?»

«Esattamente. E dici che non c'era nient'altro per identificarlo?»

«No, niente a livello di vestiti o piercing. Lucas ha inviato a un ortodontista specializzato i denti staccati che erano sparsi per terra. Spero che possa ricavarne qualche informazione in più per noi».

«Sarà maledettamente difficile se non erano in sede», disse Sharp. «A meno che l'odontoiatra non suggerisca che abbia fatto qualche intervento mentre era all'estero».

«Pensi che siamo sulla buona strada con questo tatuaggio che potrebbe avere a che fare con l'esercito?»

«Credo che valga la pena approfondire, sì». Estrasse un taccuino dalla tasca e scarabocchiò su una pagina pulita prima di puntare la penna verso le immagini. «Posso tenerle?»

«Certamente».

«Bene, farò alcune telefonate, parlerò con alcuni dei contatti che ho che sono in pensione o ancora in servizio. Cos'altro sta facendo la tua squadra?»

«Gavin e Laura sono fuori ad aiutare con le indagini casa per casa intorno alla fattoria di Maitland. Barnes sta attualmente esaminando i rapporti del sistema automatico di riconoscimento targhe con Debbie West per vedere se qualcuno di questi solleva dei sospetti. Ci stiamo concentrando sui veicoli di proprietà di persone con precedenti condanne per aggressione e quel genere di cose che potrebbero essere state nella zona». Kay spinse indietro la sedia e si stiracchiò. «Carys ha iniziato a esaminare le ricerche sulle proprietà in un raggio più ampio attorno alla fattoria, nel caso ci sia qualcuno con precedenti penali con cui dovremmo parlare. Non c'è nessuno all'interno dei parametri attuali del casa per casa che compaia nel sistema».

«Sembra che tutto sia sotto controllo», disse Sharp, appoggiando i gomiti sulla scrivania. «Come si sta ambientando la nostra nuova recluta?»

«Laura? Molto bene, in realtà. Sarà interessante vedere come bilancerà questa indagine insieme agli esami, ma ho incaricato Gavin di farle da mentore. Dato che si è trovato nella stessa situazione un paio d'anni fa, speriamo che Laura possa imparare da lui».

«Bene. D'accordo, tienimi aggiornato».

CAPITOLO 6

Kay si rannicchiò nel grosso bavero del suo cappotto di lana e si guardò alle spalle prima di attraversare Palace Avenue.

I suoi tacchi bassi traballarono sulla superficie irregolare della strada pedonale che conduceva verso High Street e, mentre i muscoli del polpaccio si tendevano con la salita di Gabriel's Hill, si concentrò sul respirare profondamente per aiutare a rilassarsi dallo stress delle ultime ore.

L'aria intorno a lei era pungente, come se l'inverno non fosse ancora pronto a rilasciare la sua presa dalla contea, mentre il respiro le sfuggiva dalle labbra in una leggera nebbiolina.

Lasciò vagare la mente mentre osservava le vetrine dei negozi davanti ai quali passava.

Alla sua sinistra, la libreria di beneficenza aveva cambiato la sua esposizione concentrandosi sulle guide locali, senza dubbio sperando che qualche turista di inizio stagione approfittasse dell'opportunità di conoscere meglio la città della contea contribuendo allo stesso tempo a una buona causa.

Sorrise, in parte grata che la porta fosse chiusa a chiave e il cartello sulla vetrina fosse stato girato per indicare "chiuso", altrimenti sarebbe stata tentata di sfogliare i tascabili che erano allineati sugli scaffali.

Adam, la sua metà che lavorava come veterinario, avrebbe avuto un infarto se avesse comprato altri libri. Gli scaffali nel loro soggiorno già si piegavano sotto il peso delle loro combinate passioni letterarie, per non parlare dei pesanti tomi tecnici che lui teneva per lavoro.

Una vecchia discoteca restava con le serrande abbassate, e il posto sembrava desolato mentre lei passava davanti ai suoi scalini di nudo cemento.

La sua bocca si storse al ricordo di quando pattugliava la strada come giovane agente in uniforme nei mesi prima di iniziare il suo addestramento come ispettrice. Il vicolo poteva essere sgombro al momento, ma durante il fine settimana sarebbero bastate poche ore prima che i marciapiedi fossero coperti di vassoi di kebab vuoti, involucri di hamburger da asporto e peggio.

A metà settimana, però, la città era più tranquilla, più pacata e un po' meno conflittuale.

Quando raggiunse la fine del vicolo, svoltò a sinistra in Jubilee Square e attraversò in fretta la strada verso il passaggio noto come Market Buildings.

Adorava la scorciatoia verso Earl Street... boutique di abbigliamento e caffè artigianali si contendevano lo spazio accanto a negozi di sigarette elettroniche e pub. Questi ultimi erano gli unici a fare affari a quest'ora della sera.

Adam aveva prenotato il tavolo per le sette: nonostante

fosse un giorno infrasettimanale, c'era uno spettacolo teatrale al piccolo teatro più avanti nella strada, ed entrambi sapevano quanto potessero affollarsi i locali dopo uno spettacolo, quando sia il pubblico che gli attori si riversavano nei pub e nei ristoranti su e giù per la strada.

Passò davanti a una lavagna pubblicitaria verde scuro sul marciapiede all'ingresso del ristorante mentre un'ondata di aromi di cucina l'avvolse.

Il capo cameriere sorrise mentre prendeva il suo cappotto e lo appendeva a un attaccapanni dietro il bancone della reception. «È un piacere vederla. La sua dolce metà è già qui».

«È molto che aspetta?»

Lui scosse la testa e indicò i tavoli disposti in una sala alla sinistra della porta principale. «È arrivato circa quindici minuti fa. Ho fatto portare al tavolo una bottiglia di Verdelho australiano per voi. Bello fresco».

Kay si fermò di colpo. «Davvero? Come lo ha trovato? Non riusciamo a trovarlo da nessuna parte».

Lui strizzò l'occhio. «È un segreto. Il capo mi ucciderebbe se glielo dicessi».

Lei rise mentre raggiungevano il tavolo.

Adam si alzò dal suo posto, le baciò la guancia e attese mentre il capo cameriere la faceva accomodare sulla sedia. Quando l'uomo si allontanò verso un altro tavolo, lui le prese la mano e le accarezzò le dita con il pollice.

«Sei stupenda».

«Indosso i vestiti da lavoro».

«Sono meglio dei miei, che al momento sono a mollo in un secchio di acqua calda a casa».

«Oh, no… cos'è successo questa volta?»

«Non chiedere. Spero che le macchie vengano via».

Lei rise, e poi notò un cameriere che attraversava la sala diretto verso di loro. Scorse rapidamente con gli occhi il menù che Adam le aveva passato e fece il suo ordine.

Mentre l'uomo si dirigeva verso la cucina, lei fece un sospiro soddisfatto.

«È stata una buona idea».

«Ho pensato che se avessi un nuovo caso, non ti avrei visto molto nelle prossime settimane, quindi meglio averti per me finché posso».

«Probabilmente non è una cattiva idea. Ho la sensazione che questo non sarà un caso facile».

«Brutto?»

«Molto, e insolito». Gli diede la più breve delle spiegazioni, non volendo rovinargli la cena e tenendo presente la natura riservata del suo lavoro. «Domani dovremmo ricevere i risultati dell'autopsia con un po' di fortuna. Speriamo che ci aiutino».

«Meglio goderci al massimo questa serata, allora».

Arrivarono gli antipasti; un misto di olive, pane e salsine su un piatto da condividere che fu posizionato tra loro. Dopo che i loro bicchieri di vino furono riempiti, il cameriere augurò loro buon appetito e si ritirò al bar.

Kay sbriciolò una fetta di pane tra le dita e la intinse in una ciotolina di aceto balsamico. «Non usciamo come si deve da secoli. Non hai qualche randagio o animale abbandonato che ti aspetta a casa da accudire?»

«Non questa settimana, a meno che tu non voglia due maialini vietnamiti panciuti molto amichevoli nella tua cucina».

«Ehm, no grazie».

«Lo immaginavo. Non preoccuparti, stanno felicemente approfittando di uno dei nostri recinti in ambulatorio. Se hai bisogno di una pausa dall'ufficio, dovresti passare a vederli».

«Ci proverò».

«Le cose potrebbero cambiare la prossima settimana, però... te lo dico giusto per avvertirti. Abbiamo ricevuto una chiamata da un centro di recupero fauna selvatica a Thurnham questo pomeriggio. Hanno ricevuto alcune segnalazioni riguardo una cucciolata di volpi in pessime condizioni che è stata avvistata sulla Pilgrim's Way. Se non hanno nessuno che possa tenerli per qualche giorno dopo che saranno stati catturati e avranno ricevuto un certificato di buona salute, potrei lavorare da casa e occuparmene io. Posso seguire la routine di alimentazione tra una pausa e l'altra mentre finisco un articolo che devo consegnare prima della fine del mese.»

«Cuccioli di volpe? Cristo, non dirlo a Carys... verrà a trasferirsi da noi.»

Mentre si puliva le ultime briciole dalle dita, il cameriere venne a togliere i piatti, e pochi minuti dopo arrivarono le loro portate principali.

Kay guardò la sua bistecca con gusto mentre venivano portati al tavolo i contorni, un'ampia ciotola colma di verdure al vapore e un piatto carico di patate novelle che brillavano con uno strato di burro.

Aspettò che Adam iniziasse a tagliare la tenera carne del polletto alla diavola che aveva ordinato, e si sporse più vicino. «Questa è la parte che odio delle indagini. Aspettare e chiedersi da dove potrebbe arrivare la svolta.»

«Siamo ancora nell'ora d'oro, no?»

Lei arricciò il naso.

Adam aveva ragione, le prime ore di qualsiasi indagine su un crimine importante erano le più cruciali, ma non sempre le più fruttuose.

«Il problema», disse, abbassando la voce mentre la donna del tavolo accanto passava e si sedeva, «è che non sappiamo quando sia arrivato lì. Non sappiamo da quanto tempo fosse sdraiato là fuori. Potrebbe essere stato in qualsiasi momento tra martedì scorso e stamattina.»

«Conosco alcuni proprietari di piccoli poderi a nord di quella zona. Se ti trovi in difficoltà, posso metterti in contatto con loro. I proprietari di terreni più piccoli tendono a guardarsi le spalle a vicenda, specialmente quando si tratta di furti di attrezzature o cose del genere. Potrebbero essere in grado di aiutare.»

«Grazie. Aspetta per il momento, ti farò sapere se arriviamo a quel punto.»

«Va bene. Nel frattempo terrò le orecchie aperte quando sarò in giro per i miei lavori. Ora, mangia. Posso sentire il tuo stomaco brontolare da qui.»

CAPITOLO 7

«Buongiorno, detective».

Lucas Anderson si girò a guardare mentre Kay e Carys entravano nella sala autoptica attraverso le porte doppie, con le loro tute protettive che frusciavano nella quiete dell'ambiente climatizzato.

Il luogo di lavoro del patologo legale presso l'ospedale Darent Valley era uno spazio angusto nascosto al primo piano, dietro la farmacia e il reparto di radiologia. Nonostante questo, lui e Simon Winter, il suo assistente, riuscivano in qualche modo a gestire le autopsie richieste sia dall'ospedale che dal medico legale della contea di Kent.

Kay non si era mai abituata all'odore.

Per quanto ci provasse, il fetore della morte le rimaneva attaccato alle narici, ai vestiti e alla pelle per almeno ventiquattro ore dopo. Non era sicura se fosse la sua immaginazione o un fatto scientifico, ma parlando di tanto in tanto con i suoi colleghi, tutti erano d'accordo.

Kay non sapeva come Lucas riuscisse a sopportarlo,

ma era contenta che lo facesse. Spesso la sua indagine poteva dipendere dalle informazioni che il patologo ricavava dalle sfortunate anime che si ritrovavano in sua compagnia.

«Hai iniziato senza di noi, Lucas?» disse Carys, avvicinandosi al tavolo di alluminio. «Gesù».

Kay ridacchiò mentre la sua collega si ritrasse all'ultimo momento, portandosi il dorso della mano vicino alla bocca.

«Ti avevo detto che non sarebbe stato un bello spettacolo».

«Comunque, capo». La detective sbatté le palpebre, poi si voltò di nuovo verso il corpo disteso davanti a loro. «Povero bastardo».

«Infatti», disse Lucas. Fece un cenno al ventenne assistente di obitorio, allampanato, che si aggirava sullo sfondo con le mani guantate che reggevano due bacinelle di alluminio dal contenuto indeterminato. Lui annuì verso le due detective e poi rivolse l'attenzione a una collezione di strumenti e attrezzature su un bancone che correva lungo tutta la parete posteriore. «Simon ed io abbiamo iniziato mezz'ora fa, quindi vi siete perse il peggio».

Kay lasciò andare il respiro che aveva trattenuto. «Sei riuscito a raccogliere altre informazioni su come è stato ucciso?»

Lucas sospirò e indicò il corpo davanti a sé. «Non è semplice, temo. Ha lacerazioni agli avambracci, diverse costole rotte, il bacino fratturato… puoi vedere qui quanto gravemente sono rotte le sue gambe. Questo mi suggerisce un trauma da forte impatto, ma sto aspettando i risultati delle radiografie per chiarire meglio. Simon sta effettuando alcuni test sul fegato, cuore e pancreas là. Ci sono segni di legature sui polsi, che suggeriscono che fossero legati insieme con fascette di plastica simili a quella trovata intorno a una delle caviglie. A prima vista, possiamo notare lesioni da compressione agli organi vitali... tutti quanti, non solo quelli che Simon sta analizzando. Quando avrò finito qui, farò alcune telefonate ad alcuni miei colleghi nell'area metropolitana di Londra perché ci sono alcuni punti che voglio discutere con loro prima di procedere oltre».

«Hai stabilito la causa della morte?» disse Kay.

Il patologo fece una risata amara, poi si strinse nelle spalle. «È difficile individuarla al momento. Ciascuna di queste lesioni sarebbe stata sufficiente a ucciderlo. Oppure, lo shock di una qualsiasi di queste lesioni potrebbe aver causato un attacco cardiaco. Dobbiamo solo capire l'ordine in cui sono state inflitte. Le punte delle dita e la pelle delle mani ci farebbero pensare che lavorasse come operaio. C'erano tracce di schegge nel palmo della mano e le sue unghie, quelle che non sono rotte, appaiono consumate».

«Quindi, non un impiegato».

«Non credo. Anche se fosse stato un appassionato giardiniere o un tuttofare nel tempo libero, questo tipo di usura si accumula in un lungo periodo di tempo, forse anni».

«E vecchie ferite?» disse Carys. «C'è qualcosa come lavori dentali o placche di titanio su eventuali lesioni alle gambe o alle braccia che potrebbero essere utilizzate per identificarlo?»

«Gli erano rimasti una mezza dozzina di denti in bocca quando l'abbiamo portato qui», disse Lucas. «Altri due si sono staccati durante il trasporto, e naturalmente Harriet e la sua squadra hanno raccolto i rimanenti sulla scena».

«Ne ho alcuni qui», disse Simon, e sollevò un vassoio di alluminio. «Il resto è stato inviato allo specialista».

Carys arricciò il naso mentre l'assistente di laboratorio agitava il vassoio e il suo contenuto tintinnava. «C'è qualche indizio in quella roba?»

«Non andava da un dentista da molto tempo», disse Simon. «Ma no, non ci sono dentiere o ponti dentali su cui lavorare».

«C'è una vecchia lesione all'osso della caviglia», disse Lucas, e fece loro cenno di avvicinarsi lungo il tavolo verso i piedi dell'uomo. «Sarà più facile mostrarvelo quando avrò le radiografie a portata di mano, ma potete vedere che la pelle è leggermente rialzata qui... questo è stato rotto in precedenza, e dato il modo in cui la pelle è guarita, sono incline a pensare che questa lesione risalga a diversi anni fa. Sicuramente non l'ha subita contemporaneamente a tutte queste altre».

Kay represse la frustrazione che minacciava di emergere. «E riguardo alla sua età? Altre idee a riguardo?»

«Non posso restringere molto il campo se non dire che è tra la fine dei quaranta e l'inizio dei cinquanta».

«E non puoi darci una causa di morte finché non sentirai i tuoi colleghi dell'area metropolitana di Londra...»

«Mi dispiace, Kay». Si strinse nelle spalle. «Ho chiesto a Brian o Hugo di chiamarmi il prima possibile. Sanno che è urgente, spero di avere notizie questa mattina. Non appena le avrò, e se potranno fare chiarezza su questo caso, ti chiamerò».

«Grazie, Lucas. Capisco, è frustrante, tutto qui. Non

sappiamo nulla di lui. Ci chiedevamo se il tatuaggio sul bicipite potesse essere militare», disse Kay. «Sharp parlerà con alcuni dei suoi contatti di ex-militari».

«Beh, dato lo stato della sua fisiologia, non è nell'esercito da molto tempo. La massa muscolare non è proprio presente».

«Un vero uomo del mistero, allora», disse Kay.

Come se avesse colto la delusione nella sua voce, Lucas agitò un dito.

«Non mi arrendo ancora con lui», disse. «Ho alcune idee su questo caso, ma voglio assicurarmi di avere le informazioni corrette prima di mandarvi sulla strada sbagliata con le vostre indagini».

CAPITOLO 8

Ian Barnes sorseggiò rumorosamente il suo tè, spinse gli occhiali da lettura sul naso e avvicinò la sedia alla scrivania.

Un costante brusio di attività riempiva la stanza intorno a lui, un rumore di fondo che fluttuava dentro e fuori dalla sua mente mentre lavorava. Il rumore della fotocopiatrice che si arrestava a singhiozzo contrastava con lo squillo continuo dei telefoni fissi e mobili mentre ciascuno degli agenti investigativi portava avanti i compiti che Kay aveva assegnato loro durante il briefing mattutino, cercando di far progredire le indagini.

Un sottile velo di condensa si aggrappava ai vetri delle finestre mentre il flusso costante del traffico su Palace Avenue scorreva di sotto. In lontananza, risuonò una sirena e lui si fermò per un momento prima di valutare che appartenesse a un'ambulanza, e non a una delle auto di pattuglia dei suoi colleghi.

La porta si spalancò quando Kay entrò di corsa nella

stanza con Carys alle calcagna: la loro eccitazione era palpabile.

«Venite tutti davanti nella stanza ora», disse. «Abbiamo avuto una svolta e ho bisogno della vostra completa attenzione».

Barnes alzò un sopracciglio verso di lei mentre gettava la borsa sotto la scrivania dopo averne estratto il taccuino. «Presumo che Lucas abbia fatto centro?»

«Non ci crederai, Ian», disse, «ma penso di sì. Vieni, ti spiegherò tutto».

Bloccò lo schermo, spinse la tastiera attraverso la scrivania e seguì l'ispettrice mentre si faceva strada tra gli agenti di polizia e il personale amministrativo che si stavano radunando, con espressioni che erano un misto di confusione e curiosità.

Le voci si spensero quando Kay raggiunse la lavagna e si girò per affrontarli, e Barnes annuì a Gavin in segno di ringraziamento mentre prendeva una sedia libera accanto all'agente di polizia.

Carys si aggirava intorno al gruppo, la sua attenzione era concentrata su Kay. Barnes poteva percepire l'impazienza della sua collega mentre gli ultimi membri della squadra investigativa si univano a loro, sgomitando per trovare spazio.

«Ok, ci sono tutti?» disse Kay. «Carys ed io abbiamo assistito all'autopsia della nostra vittima questa mattina, la cui identità rimane ancora sconosciuta al momento. Il rapporto di Lucas Anderson è stato inviato via email a Debbie. È già stato inserito in HOLMES2?»

«Lo farò subito dopo questo briefing, capo», disse l'agente di polizia.

«Per favore, fallo. Sarà utile se tutti leggono per familiarizzare con l'entità delle ferite della nostra vittima e con ciò che sto per dirvi». Kay batté le nocche sulla fotografia al centro della lavagna, un'immagine che mostrava la vittima distesa a braccia aperte tra i solchi fangosi del campo. «Lucas stava aspettando di avere notizie da uno dei suoi colleghi dell'area metropolitana di Londra prima di essere disposto a dare la sua opinione definitiva sulla causa della morte dopo l'autopsia, ma mi ha telefonato mentre stavamo tornando. Secondo il suo contatto, e Lucas ha confermato che per quanto lo riguarda, le ferite della vittima supportano pienamente le sue affermazioni, il nostro uomo è caduto da un aereo».

Barnes sobbalzò sulla sedia mentre le voci esplodevano intorno a lui.

Volti scioccati si voltarono l'uno verso l'altro, la cacofonia raggiunse un crescendo prima che la voce di Kay li coprisse tutti.

«Silenzio, per favore. Calmatevi e vi illustrerò ciò che abbiamo appreso nell'ultima mezz'ora».

Si agitò sulla sedia e girò una nuova pagina nel suo taccuino, ansioso di scoprire cosa sapessero i suoi colleghi, e quasi - *quasi* - desiderando di essere stato lui ad andare all'autopsia.

Carys si appoggiò a un archivio mentre il suo sguardo spazzava la stanza, un sorriso consapevole sulle labbra mentre valutava le reazioni dei colleghi.

«Prima di illustrarvi le notizie che abbiamo appena ricevuto, passerò in rassegna gli elementi fondamentali del rapporto. La nostra vittima ha tra la fine dei quarant'anni e l'inizio dei cinquanta, pesa circa novantaquattro chili, poco meno di quindici stone per quelli di voi che stanno già cercando le app con la calcolatrice, e prima di colpire il terreno, Lucas stima che la sua altezza fosse di circa centottanta centimetri. L'impatto gli ha rotto le gambe in diversi punti, ecco perché nelle fotografie sembra essere più basso».

«Non era un tipo minuto, quindi», disse Gavin.

«Esatto», disse Kay. «Il contatto di Lucas nel centro di Londra ha esaminato i suoi risultati e ha detto che l'unica volta in cui ha visto ferite come quelle trovate sulla nostra vittima è stato in un caso in cui un clandestino è caduto dal carrello di un aereo mentre scendeva verso Heathrow. Quel clandestino è atterrato in uno skate park, e fortunatamente non ha ucciso nessuno che si trovasse nel parco in quel momento. Tuttavia, in quel caso la vittima avrebbe sofferto prima per mancanza di ossigeno e ipotermia, poi sarebbe caduta perché sarebbe stata incosciente, se non prossima alla morte, quando il carrello è stato abbassato. L'altro problema che abbiamo è che oltre alle ferite che il clandestino diretto a Londra aveva, era coperto di ghiaccio, e molto, a causa dell'altitudine di volo si crociera dell'aereo prima di atterrare. Quindi, ci siamo vicini, ma ci sono ancora lacune nella nostra conoscenza dei fatti».

L'ispettrice incrociò le braccia iniziando a camminare sulla moquette. «Ho tre problemi con i risultati di Lucas. Non sto dicendo che si sbaglia, ma le implicazioni per questa indagine ci metteranno alla prova. Primo, a meno che non ci sia stato un problema grave con un volo internazionale la settimana scorsa che non è stato divulgato dalle autorità di Heathrow o Gatwick, nessun aereo abbasserebbe il carrello così lontano da quegli aeroporti.

Secondo, avremmo ricevuto centinaia di reclami dai residenti se un aereo commerciale avesse volato così basso sul Kent. È già abbastanza fastidioso quando ci sono gli spettacoli aerei. Terzo, la nostra vittima era nuda. Dove sono i suoi vestiti? Il contatto di Lucas a Londra dice che l'unico caso in cui ha visto corpi cadere dal cielo in quello stato è quando l'aereo di linea su cui viaggiavano si è spezzato in volo. L'effetto improvviso della velocità del vento in quota o della scia può strappare i vestiti dai corpi».

Laura Hanway alzò la mano. «Capo, mi scuso dell'ovvietà, ma se il nostro uomo si nascondeva nel carrello ed è morto congelato, sicuramente il ghiaccio si sarebbe sciolto rapidamente. Lucas ha trovato tracce di congelamento tra le altre ferite della vittima?»

«No, non le ha trovate. Né ha trovato tracce di ipotermia, che sarebbero state coerenti con quelle temperature estreme». Il volto di Kay era cupo quando i suoi occhi incrociarono quelli di Barnes. «Non c'è un modo semplice per dirlo, ma Lucas afferma categoricamente nel suo rapporto che, dati i fatti e le prove a sua disposizione in questo momento, la nostra vittima non era incosciente quando è caduta. I suoi polmoni contenevano particelle di terreno che corrispondono ai campioni prelevati dal campo dove è stato trovato. Ha esalato l'ultimo respiro a faccia in giù in quel fango».

Un silenzio attonito accolse le sue parole, e Barnes deglutì.

«Povero bastardo», disse.

«Lo so» disse Kay. Passò lo sguardo sugli agenti riuniti. «Quindi, abbiamo un uomo morto, con ferite simili a quelle riportate da un clandestino l'anno scorso, senza segni di congelamento che indicherebbero una caduta da un'altezza identica a quella degli incidenti noti di clandestini, e non abbiamo ricevuto segnalazioni dai residenti locali di grandi aerei passati sopra la settimana scorsa. Questo mi porta a un'unica conclusione al momento: che la nostra vittima sia caduta da un aereo, ma non uno grande come un aereo di linea commerciale, e non da un'altezza tale da farlo svenire prima di colpire il suolo. E, dato che non abbiamo ricevuto segnalazioni dal pubblico di aver visto l'accaduto, molto probabilmente è successo di notte. Quanto ai suoi vestiti, non ne ho idea.»

«Pensi che sia stato un incidente?» chiese Barnes, tamburellando con la penna sul ginocchio. «Forse una sorta di scherzo di un club di paracadutismo finito male?»

«Forse» disse Kay. «Di certo non lo escludo finché non sapremo il contrario.»

«Le squadre di ricerca nei campi adiacenti non hanno segnalato nulla, capo» disse Carys. «E la squadra della scena del crimine di Harriet non ha trovato niente che assomigli a un paracadute nelle siepi o nel sottobosco vicino a dove è stato trovato il corpo.»

«Bene, se qualcosa cambia, assicuratevi che venga segnalato» disse Kay. «Nel frattempo, questi sono i vostri compiti per il resto della settimana, per tutti. Voglio che contattiate i club locali di paracadutismo, per scoprire se ci sono state segnalazioni di attività fuori programma nella zona. Voglio un elenco di tutti gli aeroporti registrati nell'area, raccolto e messo a disposizione della squadra, e voglio che la nostra ricerca includa chiunque abbia un brevetto di pilota, compresi aeromobili leggeri e ultraleggeri. Dobbiamo anche stabilire quali sono le regole riguardanti i lanci notturni, perché non riesco a immaginare che nessuno noti un tizio che cade in aria in pieno giorno. Segnalate qualsiasi cosa insolita per ogni briefing e prenderemo una decisione su quando e come approfondirla, soprattutto se queste attività includono qualcuno che decide di saltare da un aereo senza vestiti.»

Quando si passò una mano tra i capelli, Barnes poté vedere gli sforzi della sua collega per non lasciarsi sopraffare dal rapido susseguirsi degli eventi, e sentì nel petto una fiammata d'orgoglio.

«È tutto, ragazzi» disse lei, forzando un sorriso. «Non ho mai detto che sarebbe stato facile, vero?»

CAPITOLO 9

Kay tornò alla sua scrivania e fece un profondo sospiro mentre la squadra si disperdeva intorno a lei, formando coppie o lavorando in piccoli gruppi per diffondere le informazioni e i compiti che aveva assegnato loro per le prossime quarantotto ore.

Mandò un messaggio ad Adam per fargli sapere che sarebbe tornata tardi, poi alzò lo sguardo quando Barnes le si avvicinò.

«È stato un risultato eccezionale, capo».

«Vero? Tutto a posto qui?»

Lui annuì. «Tutto sotto controllo. Debbie ha inserito nel sistema tutte le dichiarazioni raccolte casa per casa, e lei e Phillip le confronteranno una volta caricato il rapporto di Lucas. Gavin e Laura sono passati a esaminare il resto delle registrazioni delle telecamere a circuito chiuso che abbiamo ricevuto stamattina da un paio di motel della zona, e io sto morendo dalla voglia di un caffè. Vieni a fare due passi?»

Lei infilò il telefono nella borsa e sorrise. «Sai una

cosa? Mi sembra un'idea maledettamente buona. Dio solo sa quando faremo di nuovo una pausa, quindi cerchiamo anche qualcosa da mangiare. Offro io».

Il volto di Barnes si illuminò. «Sapevo che mi piacevi per un motivo, capo».

«Ah ah».

Cinque minuti dopo, Kay e Barnes avevano attraversato Palace Avenue e stavano passeggiando lungo East Street, costeggiando una fila di studi legali distribuiti lungo tutta la strada trafficata.

«Buon tempismo, Ian. Con mezz'ora di ritardo avremmo avuto tutta questa gente da affrontare», disse Kay. «Dove preferisci andare?»

Lui si guardò alle spalle, poi la guidò verso l'area pedonale di Bank Street. «Non fa troppo freddo. Prendiamo qualcosa dal caffè qui vicino e andiamo a sederci vicino al fiume? Meno probabilità di essere ascoltati».

«Mi sembra un buon piano. Va bene mezz'ora per te? Volevo controllare con Gavin come se la sta cavando Laura prima di provare a raggiungere Sharp».

«Nessun problema. Prego».

«Grazie».

Kay entrò dalla porta che lui le teneva aperta, e l'aroma di pasticci appena sfornati, erbe aromatiche e spezie l'avvolse mentre esaminava il menù sulla lavagna inchiodato alla parete. Abbandonò l'idea di prendere un misero sandwich e ordinò uno dei pasticci, quasi con l'acquolina in bocca mentre il proprietario del caffè usava le pinze per metterlo in un sacchetto di carta prima di porgerglielo.

Una volta che il suo collega ebbe in mano il suo pranzo da asporto, un pasticcio di pollo, e i loro caffè furono pronti, si diressero verso un posto preferito sul sentiero del fiume, a pochi passi di distanza.

Quando Kay si sedette sulla panchina di legno dietro il Palazzo Arcivescovile, il pasticcio si era raffreddato abbastanza da poter essere mangiato e lei gemette di piacere al primo morso.

«Ottima scelta, Ian. È da un sacco di tempo che non ne mangiavo uno».

«Per l'amor del cielo, non dirlo a Pia. Si suppone che io cali prima che andiamo in vacanza a giugno».

«Il tuo segreto è al sicuro con me».

«A che ora andrai al quartier generale?»

«Verso le due. Sharp doveva fare qualche telefonata a vecchi contatti dell'esercito riguardo a quel tatuaggio, e spero che abbia qualche novità per me sulla nostra vittima. In questo momento qualsiasi cosa sarebbe d'aiuto, anche se fosse solo un particolare reggimento o un gruppo di persone che potremmo contattare. Non mi piace la prospettiva di dover setacciare tutti i nominativi che devono avere nel registro dei residenti nel Kent. E questo se la nostra vittima è di questa zona. Se viveva più lontano, non so cosa faremo».

«Perché pensi che sia caduto in quel campo, allora?» disse Barnes, usando un tovagliolo per tamponare il sugo che gli era colato sul mento. «Devi avere una qualche teoria che non hai voluto esporre alla squadra, nel caso si fossero concentrati solo su quella».

Scrollò le spalle, finì di masticare e poi socchiuse gli occhi guardando lungo il corso d'acqua verso il punto in cui erano ormeggiate le barche turistiche. «Non lo so, ad essere onesta. Una parte di me si chiede se non sia qualcosa come una scommessa durante un addio al celibato finita male. Voglio dire, diciamocelo, abbiamo visto abbastanza ubriachi nudi e stupidi che sono finiti al Pronto Soccorso nel corso degli anni, o sono morti».

«Però tutti i club di paracadutismo e cose del genere devono essere registrati, no?»

«Sì. Ecco perché volevo che fossero controllate e verificate tutte le licenze dei piloti di aerei nella zona, non solo quelle relative ai club. Se si tratta di un incidente, allora una festa privata piuttosto che una organizzata tramite un club rinomato potrebbe aver violato le regole e quindi avrebbe senso che abbiano taciuto su un incidente».

«Ci vorrebbe una bella faccia tosta». Barnes finì il suo pasticcio, tese la mano per prendere il sacchetto di carta scartato di Kay e andò verso il cestino accanto al sentiero. Aveva la fronte aggrottata quando tornò. «Il senso di colpa non è un'emozione facile da nascondere, e un segreto del genere all'interno di un gruppo di persone sarebbe difficile da contenere. Qualcuno cederà prima o poi».

«Lo so». Kay si alzò dal sedile e si spolverò il retro dei pantaloni prima di mettersi al passo con lui.

Reclinò la testa all'indietro finché non riuscì a osservare le decorazioni in pietra della Chiesa All Saints mentre passavano. Le piaceva questo angolo di tranquillità nel trafficato centro città, e assaporava il lussureggiante verde circostante che ammorbidiva l'architettura di cemento e asfalto oltre i giardini ornamentali.

Fermandosi, si rivolse al collega che stava controllando il telefono. «Ian, se non fosse stato un incidente, che tipo di persona spingerebbe un uomo da un aereo in volo? E farebbe tutto quel lavoro per togliere prima tutti i suoi vestiti e qualsiasi identificazione?»

Lui fece un respiro profondo mentre osservava le antiche lapidi alla loro sinistra. «Odio dirlo, ma se hai ragione, sono propenso a pensare che abbia già ucciso prima. È troppo calcolato, troppo ben pianificato».

«Lo so. Confrontando i due scenari, in un certo senso spero che si tratti semplicemente di un incidente non denunciato, e che chiunque sia coinvolto stia cercando di prendere le distanze da qualunque cosa sia andata storta».

«Si potrebbe dire che la nostra vittima è volata sotto il radar, allora», disse Barnes, con le fossette che gli apparivano sulle guance.

Kay strinse gli occhi guardandolo. «La prossima volta paghi tu il pranzo».

CAPITOLO 10

Carys si mise al passo del sergente Harry Davis e si abbottonò la giacca.

Il ronzio costante di un piccolo aereo la raggiunse, e si girò in tempo per vederlo rullare lungo la pista erbosa prima di sollevarsi in aria.

C'era un hangar per la manutenzione sul lato opposto del parcheggio, dietro una recinzione a maglie, con le porte doppie spalancate e il suono dei macchinari che giungeva fino a dove camminavano. L'intero aerodromo brulicava di frenetica attività, come se tutti stessero sfruttando al massimo la pausa dal maltempo prima dell'arrivo di un temporale previsto.

«Tutto bene?» chiese Harry, infilando le chiavi dell'auto in tasca. «Eri un po' silenziosa durante il viaggio.»

Lei sorrise. «Sì, tutto bene. Grazie, stavo solo pensando al caso, nient'altro.»

«È un caso strano, vero? Pensi che Lucas abbia ragione e che il nostro uomo sia caduto da un aereo?»

«Se è questo che indicano le ferite, e se il suo contatto a Londra dice che corrisponde a quel clandestino di qualche anno fa, allora sono propensa a credergli.»

«Un modo orribile di andarsene.» Il sergente più anziano rabbrividì, poi si rallegrò. «Comunque, mi permette di togliermi la divisa per qualche giorno mentre do una mano a voi, quindi non mi lamento.»

«È una follia in questo momento. Ho sentito Kay e Sharp parlare la settimana scorsa, e il quartier generale non può fornire loro altro personale. Non ci sono abbastanza neolaureati che passano attraverso il processo di reclutamento e formazione, e c'è un blocco delle promozioni nella Divisione Ovest, o almeno così ho sentito.»

«È lo stesso per noi in divisa», disse Harry. «Troppi turni e noi non siamo abbastanza per coprirli. Dovrò comunque tornare a controllare il turno per il fine settimana.»

Carys inclinò la testa e annusò l'aria. «Sento odore di cibo.»

«C'è un caffè sul lato dell'edificio principale. Vuoi mangiare qualcosa prima di iniziare con gli interrogatori?»

Lei osservò i tavolini da picnic e gli ombrelloni che sventolavano nel vento freddo che soffiava dal campo d'aviazione più avanti, e scosse la testa. «Dopo. C'è un buon odore, vero?»

Harry le tenne aperta la porta che conduceva all'area della reception dell'aerodromo, e lei osservò la bacheca di sughero fissata alla parete destra.

Brochure colorate mostravano paracadutisti a coppie sorridenti, con le braccia aperte mentre cadevano in un cielo azzurro. Accanto a queste, una serie di avvisi sulla salute e sicurezza erano stati appuntati fianco a fianco con altre brochure che offrivano lezioni di volo, spettacoli aerei e altro.

«Buongiorno, posso aiutarvi?»

Rivolse la sua attenzione all'uomo che stava dietro il bancone della reception, con il viso entusiasta. Era sulla trentina inoltrata, con capelli color paglia un po' lunghi, e la sua gioia alla prospettiva di nuovi clienti svanì quando lei estrasse il suo tesserino e fece le presentazioni.

«E lei è?» chiese.

«Michael Childs. Sono uno degli istruttori qui. C'è qualche problema?»

«In realtà, speravamo che lei potesse aiutarci. Riguarda il club di paracadutismo qui. C'è qualcuno con cui potremmo parlare a proposito?»

«Potrei essere in grado di rispondere alle vostre domande. Faccio dei voli per i paracadutisti in coppia nei fine settimana quando manca un pilota.»

«Ottimo, grazie.» Carys estrasse uno schizzo artistico che era stato creato usando una composizione di immagini del volto della vittima, e glielo consegnò. «Lo riconosce?»

Childs prese lo schizzo e sollevò un sopracciglio. «Non direi. È un pilota?»

«Pensiamo fosse un paracadutista», disse Harry. «O uno skydiver. Al momento, stiamo cercando di identificarlo.»

«Non credo sia stato qui. Volo da qui da quasi sei anni e conosco la maggior parte dei clienti abituali.»

«Potrebbe fornirci un elenco dei loro nomi?» chiese Carys.

«Devo verificare con il capo, ma mi dia il suo indirizzo email e se lui dice che va bene, glieli invierò.»

«Grazie.» Gli consegnò uno dei suoi biglietti da visita e rimise lo schizzo nella borsa. «E per quanto riguarda i paracadutisti occasionali?»

«Si riferisce a quelli che hanno buoni regalo e cose del genere per lanci in coppia? Sì, siamo obbligati a tenere un registro anche di tutti loro. Dobbiamo farlo: non possono lanciarsi senza un certificato medico firmato dal loro medico di famiglia. Niente modulo, niente volo, come diciamo noi.»

«Davvero?» Carys guardò Harry, poi tornò a Childs. «Senta, questo potrà sembrare strano, ma che dire di persone che vogliono fare qualcosa di un po' diverso quando si lanciano?»

«Tipo cosa?»

Sentì il calore salirle alle guance sotto gli occhi verdi dell'istruttore di volo, ma continuò. «E se qualcuno volesse lanciarsi da un aereo nudo?»

Childs scoppiò in una sonora risata, un rumore gutturale che echeggiò contro le sottili pareti dell'ufficio. Si asciugò gli occhi e le sorrise. «Sarebbe un uomo coraggioso a provarci, soprattutto in questa stagione.»

«Non ha mai sentito di qualcuno che l'abbia fatto?» disse Harry.

«No», disse Childs, tornando serio. «E non lo permetteremmo nemmeno. In effetti, non immagino che nessun club lo permetterebbe, non se vuole mantenere la sua licenza. Di cosa si tratta, comunque?»

«Devo chiederle di mantenere la riservatezza per il momento, poiché finché non riusciamo a identificarlo non possiamo informare la sua famiglia, ma stiamo indagando sulla morte di un uomo il cui corpo è stato trovato in un campo a un paio di miglia a sud di Sevenoaks», disse Carys. «L'ultima cosa che vogliamo è che questa notizia trapeli alla stampa: sarebbe traumatico per i suoi parenti.»

«Nessun problema, potete contare su di me.»

«Grazie. Se potesse farmi sapere quando sarà in grado di inviarmi quell'elenco dei membri del club, le sarei grata.»

«Nessun problema.» Le agitò davanti il biglietto da visita e sorrise. «Ho il suo numero di telefono ed email.»

«Grazie.» Carys ricambiò il sorriso e si diresse verso la porta.

«Quanto ha detto che era alto?»

Lei si fermò e si girò, con le dita sulla maniglia della porta. «Poco più di un metro e ottanta.»

«Sa quanto pesava?»

Aggrottò la fronte, colse l'espressione interrogativa di Harry, e poi tornò al bancone. «Sì, quasi novantacinque chili. Perché?»

Childs si acciglió. «Se è così, allora non gli sarebbe stato permesso di lanciarsi. Nessun pilota nel pieno delle facoltà glielo avrebbe permesso.»

«Perché no?»

«Abbiamo delle restrizioni di peso, chiunque pesi più di novantadue chilogrammi è troppo pesante. Sbilancerebbe l'aereo quando si lancia, e ciò può avere conseguenze catastrofiche per il pilota perché altera il centro di gravità. È troppo pericoloso.»

«È lo stesso in ogni club?»

«È una regola della British Parachuting Association.

Non si può aggirare, a meno che non facesse parte di un club privato.» Arricciò il naso. «Un rischio enorme, comunque.»

«Ultima domanda,» disse Carys, con la penna sospesa sul taccuino. «Cosa mi dice dei lanci con il paracadute di notte?»

«Dio, no, non qui, è fuori questione.» Childs fece l'occhiolino. «Lasciamo quel tipo di stranezze ai parà.»

CAPITOLO 11

Kay si stropicciò gli occhi stanchi e riuscì a sorridere mentre la sua squadra investigativa si avventava sui panini con bacon e uova che Debbie West aveva ordinato dal bar poco distante.

Un'occhiata alla mole di informazioni raccolte entro la fine del turno la sera precedente, e aveva deciso di convocare tutti presto al mattino per fare il punto con la squadra e organizzare i turni per il fine settimana.

«Ci stai corrompendo, capo?» disse l'agente Phillip Parker. Si accomodò su una sedia vicino alla parte anteriore del semicerchio che era stato disposto vicino alla lavagna, e affondò i denti nello spuntino unto.

«Come sempre», rispose lei. «Come è andata ieri?»

Lui deglutì e si leccò le dita. «Abbiamo finito di compilare l'elenco degli aeroporti, inclusi quelli che utilizzano terreni privati per far volare aeromobili leggeri e ultraleggeri. Li inseriremo nel sistema HOLMES2 questa mattina.»

«Grazie, Phillip. Sembra che tu abbia tutte le informazioni sotto controllo.»

«Ci stiamo arrivando, capo.»

Kay si alzò dal tavolo accanto alla lavagna mentre il resto della squadra iniziava a radunarsi. Fece un cenno a Sharp che usciva dal suo ufficio con il cellulare in mano, e diede inizio al briefing.

«Prima di tutto, qualcuno è riuscito a ottenere un'identificazione positiva della nostra vittima o un indizio su chi potrebbe essere dalle dichiarazioni che avete raccolto ieri?»

Un mormorio di risposte negative accolse la sua domanda.

«Non importa, immagino fosse una possibilità remota», disse. «Nel frattempo, ho ricevuto un'email da Lucas Anderson questa mattina. Simon Winter ha eseguito alcuni test sugli organi vitali della nostra vittima, e ha riportato risultati interessanti. A quanto pare, il nostro uomo soffriva di una forma di malattia cardiovascolare che avrebbe potuto contribuire a dolori toracici o mancanza di respiro: essendo già un uomo corpulento, avrebbe iniziato a mostrare segni di una malattia cardiaca che, se non trattata, avrebbe potuto rivelarsi fatale nel giro di due o tre anni senza cure mediche.»

Carys alzò la mano.

«Sì?»

«Capo, quando abbiamo parlato con il receptionist dell'aerodromo di Headcorn ieri, ci ha detto che la nostra vittima era troppo pesante per essere autorizzata a fare un lancio con il paracadute. Considerando che aveva anche problemi cardiaci, e non gli sarebbe stato rilasciato un certificato medico per lanciarsi...»

«Non sembra che abbia lasciato l'aereo di sua spontanea volontà», disse Kay. «Quello che dobbiamo stabilire ora è se è salito sull'aereo per sua scelta oppure se è stato costretto o forzato.»

«Era un tipo grosso», disse Barnes. «Non riesco a immaginare che sarebbe salito sull'aereo se avesse saputo come sarebbe andata a finire per lui.»

Kay prese la copia del rapporto dell'autopsia che stava esaminando. «Lucas annota qui che c'erano tracce di fibre sotto le unghie della vittima, e lacerazioni della pelle intorno ai palmi e alle punte delle dita. Se c'è stata una colluttazione, o se ha cercato di aggrapparsi prima di cadere verso la morte, allora potresti avere ragione. Debbie, puoi assicurarti di inserire questo riferimento incrociato in HOLMES2? Se arriviamo ad avere prove sufficienti a sostegno di quello che ha suggerito Barnes, dovremo recuperare tutti i registri degli aerei che hanno registrato piani di volo in quest'area ed esaminare quali interni potrebbero corrispondere a queste fibre. Si spera che, arrivati a quel punto, i produttori possano aiutarci.»

«Ci penso io, capo.»

Mentre la squadra tornava alle proprie scrivanie, Kay vide Sharp farle cenno.

Si affrettò verso di lui e lo seguì nel suo ufficio. «C'è qualche problema, capo?»

«Chiudi la porta, Kay, e siediti. Potrebbe volerci un po' per spiegare.»

L'Ispettore capo investigativo aveva un'espressione

affaticata, la fronte corrugata mostrava concentrazione mentre raccoglieva note informative, verbali di riunioni e rapporti per poi spingerli nel vassoio accanto al suo schermo del computer.

La sua poltrona rivestita in pelle consumata scricchiolò quando si sedette, e si appoggiò all'indietro, posando le mani sulla superficie rugosa della scrivania, spazzando via polvere immaginaria dalla superficie.

Kay sapeva che la sua disciplina militare gli faceva tenere un panno per la pulizia e lucido per mobili nel cassetto inferiore dell'archivio, ma non disse nulla mentre lui raccoglieva i suoi pensieri.

Finalmente, il suo sguardo incontrò quello di lei.

«Parte di ciò che sto per dirti non può essere condivisa con la squadra», disse. «Quindi, mi fido che tu ascolti l'intera storia, e poi decideremo insieme cosa possiamo rivelare per far progredire questa indagine. Capito?»

«Certo, capo.» Kay posò il suo taccuino e la penna sulla scrivania prima di incrociare le mani sul grembo. «Di cosa si tratta?»

«Uno dei miei vecchi contatti dell'esercito è riuscito a rintracciare le origini di quel tatuaggio. Come sospettavamo, si pensava che solo una manciata di soldati l'avesse, e per questo è stata pura fortuna aver ottenuto questa pista.» Tamburellò le dita sulla scrivania, poi si fermò. «Cercherò di essere breve. Nel 1999, una squadra di specialisti di un reggimento di fanteria decise di infiltrarsi in una nota roccaforte nemica in una città del Kosovo. Non so quanto ricordi di quel conflitto, ma è stato un maledetto disastro.»

Sbatté le palpebre e poi espirò. «Mi dispiace. È stato un po' di tempo fa, ma...»

«Non sapevo che lei fosse stato là, capo.»

«Solo per un breve periodo, come parte di un gruppo di osservazione.» Scosse la testa, la tristezza gli offuscava gli occhi. «Così frustrante, non essere autorizzati a fare nulla per aiutare.»

Kay si morse il labbro e abbassò lo sguardo sulle mani. Dopo qualche momento, Sharp si schiarì la gola.

«Gli uomini che si sono fatti quel tatuaggio si diceva che fossero stanchi di ciò che avevano visto. Una notte, partirono da un accampamento improvvisato e si diressero verso una base sulle montagne che era una delle tre roccaforti appartenenti a una delle bande criminali organizzate che circolavano liberamente.

«Inutile dire che le bande avevano molto poco a che fare con le forze armate in quel paese lacerato, ma erano invece strettamente legate alle merci del mercato nero che venivano contrabbandate dentro e fuori, inclusi schiavi sessuali, donne e bambini, attraverso l'Europa e fino al Medio Oriente.»

Kay serrò la mascella. «Bastardi. I soldati li hanno fermati quella notte?»

Sharp scosse la testa e raccolse una graffetta sparsa sulla sua tastiera. «No, era al di là delle loro capacità: erano solo in sei contro un contingente di almeno venti uomini. I miei contatti non possono verificare tutti i fatti. Dopo così tanti anni, è difficile distinguere ciò che è vero da ciò che si è trasformato in mito e leggenda. Quello che si sa è che quei sei uomini hanno salvato quattordici donne e bambini da quella base sulle montagne, sono fuggiti senza perdite di vite nella loro squadra di sei persone, e hanno insistito affinché i rifugiati fossero scortati fuori sotto la copertura dell'oscurità la notte seguente. Trasportato clandestinamente oltre il confine in un luogo sicuro.» Riuscì a sorridere. «Come puoi immaginare, scoppiò un putiferio quando i pezzi grossi lo scoprirono, ma non poterono fare molto a quel punto. Non potevano certo restituire i rifugiati ai loro rapitori... sappiamo tutti cosa accadesse in quella zona in quel periodo.»

«Cosa è successo a loro?» chiese Kay.

«Furono trasportati via con un convoglio di forniture mediche quella mattina, il comandante della base non vedeva l'ora di liberarsene. A quel punto, era risaputo che il campo sarebbe stato sotto sorveglianza dal cartello una volta che si fosse sparsa la voce che quei rifugiati erano stati salvati e portati lì, e il dovere del comandante era proteggere i suoi uomini.» Srotolò la graffetta mentre parlava, attorcigliando il filo sottile attorno al pollice. «Per fortuna, ricevettero un messaggio attraverso la rete di traduttori e informatori che la banda criminale si era spostata, e che credeva che le donne e i bambini avessero tentato di fuggire da soli ma fossero morti a causa delle condizioni della montagna. Non seppero mai che la squadra di sei uomini era stata lì.»

Le spalle di Kay si rilassarono. «Grazie a Dio. E gli uomini? I sei soldati che li hanno salvati?»

Sharp si schiarì la gola e allungò la mano verso un bicchiere d'acqua accanto al telefono sulla scrivania. Bevendo un sorso, la contemplò da sopra il bordo del bicchiere prima di posarlo.

«È qui che diventa interessante», disse. «Ovviamente,

il comandante del campo non poteva permettere che si diffondesse la notizia di ciò che avevano fatto: avrebbe significato invitare ritorsioni sulla base e sul resto dei suoi uomini. Allo stesso tempo, non poteva mostrarsi tollerante di ciò che avevano fatto i sei uomini sotto il suo comando, altrimenti sarebbero andati tutti a fare le proprie missioni di salvataggio, mettendo a rischio l'intero processo di trattative per il cessate il fuoco.»

«Quindi, cosa ha fatto?»

«L'unica opzione sensata a sua disposizione, e una che sapeva sarebbe stata sostenuta dai suoi superiori. Li ha congedati tutti e sei. Li ha rispediti nel Regno Unito tre giorni dopo. Si dice che siano stati sottoposti a debriefing a Brize Norton all'arrivo, sia stato ordinato loro di non parlare della loro missione a nessuno pena l'incriminazione, e sia stato detto che avevano perso tutti i diritti alla pensione militare per insubordinazione e per aver messo a rischio la vita dei loro colleghi.»

«Cavolo», disse Kay. «Ma erano degli eroi.»

«Forse, ma non ci si poteva fidare che seguissero gli ordini», disse Sharp. «Pensala in questo modo: e se i nemici avessero visto quelle donne e bambini in un campo dell'esercito britannico? Cosa sarebbe successo allora?»

«Cosa è successo ai soldati?» disse Kay. «Hanno semplicemente preso strade separate?»

«Alla fine, secondo il mio contatto. Fu permesso loro di lasciare la base dopo le sessioni di debriefing, fino a quando tutta la documentazione non fu firmata. È in quel momento che lui pensa abbiano fatto i tatuaggi, per ricordare ciò che avevano fatto. Nonostante tutto, credevano fosse la cosa giusta da fare.»

Kay si passò una mano tra i capelli. «Gesù, capo. È una storia incredibile, ma come ci aiuta? Il tuo contatto aveva un elenco dei loro nomi?»

Sharp strinse la bocca. «Purtroppo no. Come ho detto, è difficile capire quanto della storia sia diventata leggenda metropolitana, piuttosto che fatto realmente accaduto. Tuttavia, è riuscito ad accertare che uno degli uomini proveniva dalla zona di Thanet, e che è stato nel reggimento di fanteria per un periodo prima di essere congedato.» Alzò la mano. «E, prima che tu lo chieda, no, non abbiamo un nome o dettagli di contatto perché il fascicolo è sigillato. Nessuno potrà consultarlo per almeno altri cinquant'anni.»

«Ma lui pensa che sia tornato nella zona del Kent?» disse Kay.

«Questo è il suo parere, sì.» Sharp allungò la mano verso il mouse del computer e cliccò per aprire un motore di ricerca. «Ci sono alcune associazioni di veterani nella zona, quindi mentre il resto della squadra sta lavorando a quell'elenco di aeroporti questo fine settimana, vorrei che tu iniziassi a parlare con queste. Con cautela, mi raccomando. Vediamo cosa riesci a scoprire nei prossimi giorni, e poi discuteremo i prossimi passi.»

«Lo farò, capo.»

«Ti invierò questo elenco via e-mail.»

«Grazie.» Kay si alzò dalla sedia, prese il suo taccuino e la penna, e poi aggrottò la fronte. «Capo, pensa che la nostra vittima sia stata uccisa come ritorsione per quella missione di salvataggio tanti anni fa? Forse uno dei signori della guerra è sopravvissuto al conflitto e ha deciso di vendicarsi.»

Sharp si fermò, il dito sospeso sul pulsante "invia" sullo schermo.

«Lo spero sinceramente di no, Hunter. Sarebbe un vespaio di cui farei volentieri a meno.»

CAPITOLO 12

Ian Barnes fulminò con lo sguardo il termosifone sotto il davanzale della finestra nella sala riunioni, esaminò il pasticcio marrone e inzuppato tra le pagine accartocciate di carta da cucina nel suo pugno, e poi sfogò la sua frustrazione con un calcio.

La sua scarpa incontrò la superficie metallica ondulata con un soddisfacente clang, ma non servì a riparare l'impianto di riscaldamento centralizzato.

«Funziona?»

Carys si avvicinò, con un'espressione divertita negli occhi.

«No. E neanche sfiatare questa maledetta valvola.» Sollevò la prova color ruggine. «L'hanno riparato solo un paio d'anni fa, per l'amor del cielo.»

«Domani mi porto una felpa in più o qualcosa del genere.» Rabbrividì. «Questa è una cosa ridicola. Non riesco nemmeno a sentire la punta delle dita.»

Barnes lanciò la carta da cucina nel cestino. «Non ha

senso segnalarlo. Non faranno nulla, e poi comunque sarà estate.»

Il suo telefono iniziò a squillare mentre si sedeva. «Che c'è, Hughes?»

«C'è un tizio qui sotto che dice di avere delle informazioni sulla tua indagine,» gli comunicò il sergente di turno. «A quanto pare, Gavin e Laura hanno parlato con sua moglie giovedì mentre lui era al lavoro.»

«Beh, loro sono fuori a esplorare campi d'aviazione questo weekend,» disse Barnes. «Puoi accompagnarlo in una delle sale interrogatori mentre do una rapida lettura alla dichiarazione della moglie?»

«Nessun problema. La numero quattro è libera, quindi sarà lì quando sei pronto.»

«Grazie mille.»

Barnes riappese la cornetta, poi entrò nel database HOLMES2, scorrendo tra le voci finché non trovò la dichiarazione di Beverley Winton.

«Qualcosa di interessante?» chiese Carys.

«Potremmo avere maggiori informazioni da uno dei residenti che vive in una proprietà confinante con la fattoria di Dennis Maitland. Sei occupata, o vuoi venire anche tu?»

Carys fece una smorfia. «Sto facendo controlli incrociati sulle licenze di pilotaggio.»

«Dai, vieni. Forse ti farebbe bene una pausa.»

Lui guidò la strada giù per le scale, passò la sua tessera di sicurezza sul pannello accanto alla porta che conduceva alle sale interrogatori e la tenne aperta per lei. Dopo averla aggiornata sui pochi dettagli della dichiarazione di

Beverley, entrò nella sala interrogatori numero quattro e si presentò a Peter Winton.

L'uomo indossava una camicia da lavoro chambray a maniche lunghe con il familiare logo di un'azienda locale di montaggio pneumatici ricamato sulla tasca sul petto. Aveva i capelli color cenere corti e osservava i due detective con penetranti occhi azzurri.

«Spero di non farvi perdere tempo,» disse, grattandosi il lobo dell'orecchio destro, «ma Beverley mi ha detto che sarei dovuto venire a parlarvi, nel caso.»

«Non è un problema, signor Winton.» Barnes sbottonò la giacca mentre l'uomo tornava al suo posto, e tirò fuori una sedia di fronte a lui mentre Carys si sistemava alla sua destra.

«Per favore, chiamami Peter.»

«Grazie. Ora, ho letto la dichiarazione di tua moglie. Possiedi il cottage accanto a Humphrey Godmanstone, e affittate le due proprietà dall'altro lato della vostra, è corretto?»

«Sì. Hanno un paio di centinaia di anni. Originariamente erano cottage per i braccianti. Non sono catalogati come edifici storici, però, così abbiamo potuto fare ciò che volevamo con le ristrutturazioni.»

«Questo è un bene,» disse Barnes, sorridendo. «Ora, cosa volevi dirci in relazione alla nostra indagine?»

«Giusto, dunque.» Peter si sporse in avanti e congiunse le mani. «Il fatto è che non dormo molto bene di notte. Soffro d'insonnia, ecco. Prima lavoravo come camionista per trasporti intercontinentali, quindi tutti quegli anni di turni notturni devono aver sconvolto il mio bioritmo o come si chiama.»

Si schiarì la gola, poi abbassò lo sguardo. «Ultimamente ho sofferto anche un po' di stress, ma non lo direi a Beverley, perché non vorrei che si preoccupasse. È solo che ci siamo indebitati troppo comprando queste case da ristrutturare un paio d'anni fa, e poi ho perso il lavoro e sono passati alcuni mesi prima che mi assumessero al negozio di pneumatici. Comunque, sì, non dormo molto.»

«E quindi hai sentito qualcosa durante una di queste notti insonni la settimana scorsa?» disse Barnes, nel tentativo di riportare i pensieri divaganti dell'uomo sul giusto binario.

«Esatto. Domenica notte, in effetti.» Il viso di Peter si animò, le linee di tensione incise sotto i suoi occhi si attenuarono. «Beverley era andata a letto, e io avevo cercato di dormire, ma all'una e cinque, mi rigiravo ancora nel letto e, beh, non volevo svegliarla. Lavora così duramente. Sono sceso di sotto, e ho pensato di farmi una tazza di tè e sedermi in una delle poltrone a leggere. Questa è l'unica cosa positiva di tutta questa storia dell'insonnia, suppongo, sto leggendo tutti i libri che ho comprato nel corso degli anni. Comunque, ho sentito un furgone o qualcosa del genere passare davanti al cottage e svoltare.» Aggrottò la fronte. «Non abbiamo molto traffico che passa dalle nostre parti, non a quell'ora della notte, e credo che sia stato questo a farmi smettere quello che stavo facendo e prestare attenzione.»

«Ricordi che ora era?»

«Sì, perché ho guardato l'orologio sulla mensola del camino. Erano appena passate le due e mezza.»

«E cosa ti fa pensare che questo possa avere a che fare

con la nostra indagine?» disse Carys. «Perché eri sospettoso riguardo a questo veicolo in particolare?»

«Sembrava che stesse andando lungo il lato della proprietà di Humphrey. Nessuno dei nostri vicini possiede un furgone, quindi sono salito di sopra e ho dato un'occhiata attraverso le tende, ma non sono riuscito a vedere nulla. Ho pensato che qualcuno potesse essere andato con l'auto sul retro dei giardini dove ci sono i nostri capanni. Penso che invece abbiano guidato lungo il sentiero che porta sul retro della fattoria di Maitland. A dire il vero, non ho visto luci.»

«Hai visto o sentito il furgone tornare indietro?»

Peter annuì. «Circa venti minuti dopo ho sentito il motore, ma non sono ripassati davanti al cottage, hanno continuato lungo il vialetto. Voglio dire, potrebbe non avere niente a che fare con la vostra indagine, potrebbero essere stati dei bracconieri. Sono una piaga da quelle parti, sempre a tagliare recinzioni di filo metallico per trascinare fuori cervi morti e cose del genere. Ma quando l'ho menzionato a Beverley, lei ha detto che avrei dovuto dirvelo, nel caso potesse essere d'aiuto.»

Barnes finì di scrivere nel suo taccuino, poi si tolse gli occhiali da lettura e alzò la testa. «Ti faremo sapere se lo sarà, Peter. Grazie.»

CAPITOLO 13

Gavin sorrise alla sua collega mentre lei si legava i lunghi capelli in una coda di cavallo e alzava gli occhi al cielo, con lo sguardo pieno di meraviglia.

«Ti andrebbe di lanciarti?» disse lui.

«Neanche per sogno», disse Laura. «Sono tutti pazzi».

Lui rivolse l'attenzione alle persone che si lanciavano dall'aereo a diverse migliaia di metri sopra di loro. «Ho sempre pensato che mi sarebbe piaciuto provarlo, ma non dopo aver visto le foto della nostra vittima. Penso che mi limiterò al surf».

«Certo», disse Laura. «Lì devi preoccuparti solo di squali, meduse e correnti di risacca. Cosa potrebbe mai andare storto?»

«L'hai mai provato?»

«Assolutamente no. Tu sarai anche un drogato di adrenalina, ma io no».

«Non vai a cavallo nel tempo libero?»

«E allora?»

«Beh, è altrettanto pericoloso: quegli animali hanno una testa propria».

Trattenne il respiro mentre osservava le figure in caduta libera volteggiare nell'aria; aveva la gola secca. Anche se sembrava che fluttuassero con grazia, sapeva che stavano viaggiando a diversi metri al secondo.

«Non riesco a immaginare quanto debba essere stato terrorizzato, sapendo che stava per morire», disse Laura, con voce appena udibile. «Voglio dire, anche se era buio avrebbe visto le luci delle case, no? Avrebbe saputo quando stava per colpire il suolo».

Rabbrividì, e Gavin osservò i paracadute dei paracadutisti aprirsi uno dopo l'altro.

I luminosi rettangoli di nylon colorato non riuscirono a sollevargli l'umore cupo, e strinse i pugni.

«Andiamo a trovare qualcuno con cui parlare degli orari di volo qui», disse.

Laura lo seguì faticosamente, con l'orlo dei pantaloni della sua tuta che frusciava contro l'erba alta che cresceva tra il parcheggio e l'edificio di cemento a due piani che si ergeva oltre una recinzione a maglie metalliche.

Un'antenna radar ruotava sul suo asse sul tetto piatto, e Gavin sobbalzò quando un sistema di altoparlanti fissato sulla parete sopra una finestra del piano terra si attivò improvvisamente, annunciando l'orario del prossimo lancio previsto per quel pomeriggio.

All'interno dell'edificio, gli spogliatoi per uomini e donne erano segnalati a sinistra delle porte d'ingresso, mentre un avviso di pericolo attaccato al muro avvertiva i clienti che i proprietari del campo di aviazione non si assumevano alcuna responsabilità per gli effetti personali lasciati negli armadietti.

Il resto del piano terra sembrava privo di altre persone, e Gavin rivolse la sua attenzione alle scale di cemento che conducevano al piano superiore.

«Questo posto sembra essere qui dalla Seconda guerra mondiale», disse Laura; la sua voce echeggiava sulle pareti spoglie mentre salivano.

«Ho sentito dire che l'aspetto da bunker era di gran moda nell'arredamento di questa stagione».

«Molto divertente».

Quando raggiunsero la cima delle scale, un paio di pesanti porte di legno bloccò loro il passaggio e Gavin premette un campanello che era stato installato sotto un tastierino di sicurezza.

«Salve?»

La stessa voce dell'altoparlante crepitò attraverso un altoparlante delle dimensioni di una carta di credito sopra il campanello.

«Detective Gavin Piper, e la mia collega detective Hanway. Ci chiedevamo se potesse gentilmente rispondere ad alcune domande riguardo a un'indagine in corso».

«Un attimo».

Un ronzio raggiunse Gavin, che sentì la porta cedere sotto il suo tocco mentre la serratura si sbloccava.

Si aprì verso l'interno, e un uomo sulla quarantina la tirò per il resto del percorso.

«Devo vedere i vostri documenti».

Gavin e Laura mostrarono i loro tesserini.

«Grazie. Venite a firmare qui. Dovrete anche

completare il questionario sulla salute e sicurezza. Volete un tè o un bicchiere d'acqua?»

«Stiamo bene, grazie», disse Gavin. Scorse con gli occhi le righe di testo sotto il logo del campo d'aviazione, accettò tutte le responsabilità elencate e che avrebbe seguito le istruzioni del personale in caso di emergenza, e scarabocchiò la sua firma dove indicato prima di passare la penna a Laura.

«Mi scuso, sono Carl Brightwater», disse l'uomo e tese la mano. «Il mio collega là che gestisce la torre di controllo questo pomeriggio è Len Walters».

Un uomo più anziano con i capelli bianchi li guardò da sopra la console centrale, alzò la mano e poi sistemò le cuffie che indossava prima di tornare al suo lavoro.

«Lasciatemi esaminare le previsioni meteorologiche per i nostri piloti, e poi sarò da voi», disse Brightwater. «C'è un tavolo con delle sedie vicino alla finestra se volete accomodarvi mentre aspettate».

Gavin si fece strada oltre un gruppo di mobili da ufficio economici cosparsi di documentazione, e vagò verso il punto indicato da Brightwater.

Quattro sedie metalliche, nessuna delle quali sembrava comoda, erano state disposte attorno a un vecchio tavolo da giardino in plastica, con gli angoli arrotondati graffiati e scheggiati. Oltre il tavolo, finestre dal pavimento al soffitto offrivano una vista del campo d'aviazione dove un misto di alianti, aeromobili leggere e aerei a elica erano disseminati intorno ai bordi o parcheggiati vicino a un grande hangar nell'angolo vicino al parcheggio.

L'intero posto brulicava di attività.

Mentre guardava, un aereo leggero atterrò, con il pilota

che corresse la sua posizione pochi istanti prima che l'aereo rimbalzasse sulla pista erbosa e rullasse fino a fermarsi alla fine di una fila di modelli simili.

«Quella è la scuola di volo che opera da qui», disse Brightwater. Sorseggiò un bicchiere d'acqua mentre si spostava alla finestra accanto a Laura. «Ha solo tre aerei, ma è in attività da quasi dieci anni e ha una reputazione fantastica».

Si girò e indicò le sedie. «Presumo che non siate qui per lezioni di volo, però. Di cosa volevate parlarmi?»

Aspettando che Laura si sistemasse, Gavin si assicurò che fosse pronta e attenta prima di iniziare il suo interrogatorio. Sapeva quanto fossero importanti questi primi mesi per chiunque studiasse per diventare un detective a tutti gli effetti, e dato il supporto che aveva ricevuto da Kay, Barnes e Carys, era determinato ad assicurarsi che la sua nuova collega ricevesse lo stesso livello di aiuto.

Dopotutto, un giorno avrebbe fatto affidamento sulle sue capacità investigative.

«Da quanto tempo lavora qui, signor Brightwater?» disse.

«Qui nella torre di controllo, circa sei anni. Ero uno dei primi allievi di Matt quando ho imparato a volare qui.» Indicò con il pollice alle sue spalle dove l'istruttore di volo stava ora camminando verso la torre di controllo con il suo ultimo allievo. «Quando sono stato licenziato in città, ho contattato i proprietari dell'aeroporto per vedere quali opportunità ci fossero disponibili. Ho dovuto rinunciare al mio sogno di possedere un giorno il mio aereo, ma ho pensato che avrei comunque potuto fare qualcosa qui. Ho iniziato otto mesi dopo essere uscito dalla porta dell'istituto finanziario in cui lavoravo a Cheapside.»

«Quanti piloti usano regolarmente questo aeroporto?»

«Ci sono otto proprietari privati, poi ci sono due gruppi in multiproprietà, condividono l'uso di un aereo per risparmiare sui costi di gestione, proprio come si farebbe con una casa vacanze, e poi abbiamo una dozzina di piloti che affittano uno dei due aerei che abbiamo disponibili per il noleggio. Oltre a ciò, ci sono sei proprietari di aeromobili leggere che utilizzano l'aeroporto e naturalmente chiunque visiti questa parte del Kent è il benvenuto ad utilizzarlo. Possono parcheggiare qui per una o due notti mentre noleggiano un'auto per esplorare la zona o incontrare amici.»

«E tenete registrazioni di tutti questi?»

«Certamente.»

Gavin si prese un momento per controllare i suoi appunti, gestendo l'intervista in modo che Brightwater non si sentisse bombardato di domande, e determinato a mantenere l'uomo rilassato per ottenere quante più informazioni possibili.

«Vedo che avete alcuni paracadutisti qui oggi, è una cosa regolare?»

«Sì. I proprietari dell'aeroporto hanno collaborato con la British Parachute Association per aprirlo agli appassionati diciotto mesi fa. Abbiamo due piloti, Matt Pendergast, l'istruttore di volo è uno di loro, e Clive Asher, uno dei due proprietari, è l'altro. Potete vedere l'aereo laggiù, quello con la striscia blu lungo la fusoliera.»

«Quanti dei piloti registrati qui sono autorizzati a volare di notte?»

«Solo Matt. Non ha registrato voli notturni da un po',
ma mantiene aggiornata la sua licenza perché può essere
chiamato a insegnare nel corso per l'abilitazione al volo
notturno di tanto in tanto.» Si alzò dalla sedia e fece cenno
a Gavin e Laura di avvicinarsi alle finestre mentre il
Cessna iniziava a rullare verso la pista. «Ecco, il prossimo
gruppo di paracadutisti sta per decollare. Clive sta facendo
volare questo gruppo, e poi faranno un lancio in coppia.»

L'aereo accelerò lungo la pista, sollevandosi in aria
quando raggiunse un capannone fatiscente all'estremità
dell'aeroporto, prima di descrivere un arco elegante sopra
gli alberi mentre prendeva quota.

«E i lanci con il paracadute notturni?» disse Gavin.
«Qui li offrite?»

Brightwater scosse la testa. «Non abbiamo personale
sufficiente per farlo, e ad essere onesto non credo che i
proprietari vogliano i rischi aggiuntivi che ne derivano, per
non parlare dei costi assicurativi.»

«Di che tipo di cose dovrebbe tenere conto un
aeroporto, se offrisse lanci notturni?» disse Laura.

Gavin le lanciò un'occhiata e annuì. Era una buona
domanda, e non gli dispiaceva se interrompeva. Almeno
era abbastanza sicura di sé per farlo.

«Beh, l'area di atterraggio del paracadute dovrebbe
essere chiaramente delimitata», disse Brightwater,
tornando a rivolgersi verso la stanza. Incrociò le braccia
sul petto. «Tutti gli ostacoli dovrebbero essere illuminati in
modo da poter essere visti dall'alto, e ogni paracadutista
dovrebbe portare almeno una luce per poter essere seguito
da terra, e da altri in aria con lui. È un incubo logistico, ad
essere onesti.»

«Conosce club o aeroporti locali che offrono lanci notturni?» disse Gavin.

«No, non al momento. In effetti, non conosco nessuno che lo abbia fatto qui intorno, non da quando volo io.»

Laura chiuse il suo taccuino mentre Gavin stringeva la mano a Brightwater.

«Grazie per il suo tempo, lo apprezziamo.»

Attese finché non furono usciti dall'edificio e stavano camminando verso l'auto, poi si rivolse alla sua collega.

«Non sono state trovate luci abbandonate o cose del genere vicino al corpo della nostra vittima, vero?»

«Non che ricordi dai rapporti che Harriet e la sua squadra ci hanno inviato, no.»

«Nessun paracadute... e nemmeno vestiti.» Tirò fuori dalla tasca le chiavi dell'auto e puntò il telecomando verso la portiera. «Quindi, o è saltato durante il giorno e nessuno l'ha visto cadere, oppure è saltato di notte senza luci.»

«Forse se fosse stato un lancio privato, qualcosa di segreto per divertimento come un addio al celibato o simile, potrebbero aver usato l'aereo di un amico o qualcosa del genere», disse Laura. «Se avessero già fatto lanci prima, potrebbero avere la propria attrezzatura. Dovremo solo scoprire se si può comprare quel tipo di roba online o nei dintorni.»

«Ok, torniamo alla sala operativa e iniziamo a fare qualche telefonata.»

CAPITOLO 14

La mattina seguente, Kay sorseggiò il caffè da una tazza da viaggio in acciaio inossidabile e osservò un gruppo di persone che si erano radunate alla fine di un vialetto asfaltato che conduceva a una sala comunale locale.

Gemme fresche coprivano la siepe ornamentale che costeggiava il marciapiede alla sinistra del suo parcheggio, e un albero di magnolia faceva spuntare foglie timide dai suoi rami inferiori nel giardino di fronte.

Allungò la mano e abbassò il volume della radio, stanca del numero di pubblicità che venivano trasmesse con entusiasmo tra le ultime canzoni pop, tre delle quali sembravano essere in rotazione permanente ogni ora, ma riluttante ad ascoltare le dispute politiche sugli altri canali.

Un cartello a cavalletto era stato posizionato alla fine del vialetto, pubblicizzando un gruppo di supporto volontario per i veterani locali, la cui riunione regolare era iniziata alle nove.

Impaziente di ottenere risposte, ma consapevole di non poter affrettare la sua indagine per paura di spaventare potenziali testimoni o farli chiudere quando un estraneo si avvicinava, Kay aveva scelto di aspettare fino a quando il gruppo si fosse disperso e avrebbe potuto parlare con i volontari da sola.

Scorse i risultati di ricerca sul suo telefono e individuò il sito web di due pagine del gruppo.

Secondo la home page, si riuniva la domenica mattina tra le nove e le undici, con l'ultima ora dedicata a caffè, torta e conversazione informale. La seconda pagina del sito web elencava organizzazioni di supporto e linee di emergenza per la prevenzione del suicidio.

Controllando l'orologio sul cruscotto, vide che mancavano quindici minuti alla fine della riunione.

Alzò lo sguardo verso il gruppo che sostava fuori dalla sala, tutti fumavano sigarette vere, non elettroniche come molti dei loro contemporanei più giovani avrebbero fatto.

Sigarette rollate, anche. Più economiche.

Il suo cuore si rattristò alla vista di alcuni degli uomini, per quanto avesse visto non c'erano donne oltre a quelle che facevano volontariato questa mattina.

Due dei più anziani, pensionati all'apparenza, si stringevano in disparte, un uomo più giovane era chino ad ascoltare. Indossava jeans sbiaditi, stivali da trekking economici e malconci e una giacca a vento nera, e sembrò barcollare un paio di volte prima che uno degli uomini più anziani si allungasse per sostenerlo.

Altri quattro stavano con le spalle rivolte verso di lui, le loro teste si girarono verso la strada mentre una moto rosso brillante accelerò passando, con espressioni di apprezzamento sui loro volti. Un uomo gesticolò mentre il motociclista scomparì in lontananza. Kay sentì le risate sguaiate degli altri.

Gradualmente, un gruppetto di altre persone uscì dalla sala comunale, si fermò per stringere la mano o scroccare una sigaretta, e cominciò a disperdersi in coppia o da soli.

Quando fu sicura che fossero rimasti solo i volontari, Kay controllò gli specchietti, alzò il finestrino e scese in strada.

Guardando lungo la strada, vide gli ultimi del gruppo di veterani, quattro uomini che erano usciti dalla sala spintonandosi e ridendo,- fermarsi davanti a un pub all'incrocio a T con la strada principale.

Sembravano discutere se aspettare un'altra ora fino all'apertura delle porte, poi ci ripensarono e scomparvero dietro l'angolo.

Kay chiuse l'auto e si diresse verso la sala mentre una donna si affrettava oltre due auto parcheggiate nel vialetto e si chinava per ripiegare il cartello a cavalletto.

Sorrise mentre Kay si avvicinava. «Buongiorno. Posso aiutarla?»

Kay attese finché non fu più vicina, e poi mostrò il suo tesserino. «Non volevo interrompere la riunione, ma mi chiedevo se potessi scambiare due parole?»

«Siamo nel bel mezzo delle pulizie, ma è la benvenuta se non le dispiace che risponda alle sue domande mentre lavo i piatti. Dobbiamo restituire le chiavi alle undici e mezza così il club di calcio può usarla dalle dodici. Sono Janice Crispin, comunque.»

Spostò faticosamente il cartello nel retro di una due porte color ruggine, poi indicò le porte doppie aperte della sala comunale. «Venga dentro. Siamo solo in due a lavorare oggi. Fortunatamente, alcuni dei veterani si sono offerti di aiutare a impilare tutte le sedie prima di andarsene, quindi non abbiamo molto da fare.»

«A chi appartiene l'altra auto?»

«Alla donna delle pulizie, vive qui accanto ma, con due figli adulti a casa, penso sia più facile per lei lasciare la sua auto qui nel fine settimana.»

Mentre Kay la seguiva nell'edificio a un piano, osservò la fila di bacheche di sughero che riempivano l'ingresso pubblicizzando ogni sorta di club sociali e sportivi, gruppi di supporto e una biblioteca comunitaria.

«Può capire perché il comitato insista sulla puntualità», disse Janice. «È un posto popolare.»

«Da quanto tempo siete qui?»

«Circa tre anni. Abbiamo usato la sala a Seal prima di questa per un paio d'anni, ma era difficile da raggiungere per alcuni dei nostri veterani, specialmente per quelli che non potevano permettersi di guidare. Il servizio di autobus è atroce la domenica. Eccoci qui.»

Janice la condusse in una cucina ben illuminata che aveva mobili su entrambi i lati, un piano di lavoro in acciaio inossidabile al centro ed elettrodomestici moderni.

«Questo è mio marito, Andrew.»

Kay strinse la mano a un uomo robusto di sessant'anni inoltrati che indossava un grembiule a righe sopra jeans e una felpa sportiva.

«La detective Hunter voleva farci alcune domande», disse Janice. Immerse le mani in un lavandino pieno di acqua saponata e iniziò a occuparsi con energia di una pila di tazze da caffè sporche.

Suo marito si tolse uno strofinaccio dalla spalla e asciugò le stoviglie mentre si appoggiava al bancone.

«Problemi con uno dei nostri partecipanti?» disse.

«In realtà, sto cercando delle informazioni. Ho detto a tua moglie che pensavo fosse meglio parlare prima con voi due, piuttosto che causare problemi agli uomini che vengono qui. Immagino che abbiano già abbastanza di cui occuparsi.»

«Non hai torto», disse Andrew. «Grazie per la tua premura. Cosa volevi sapere?»

Kay posò la sua borsa sul tavolo al centro della cucina e spiegò lo schizzo dell'artista della vittima.

«Questo è un composito realizzato da una serie di fotografie. Purtroppo sto indagando sulla morte di quest'uomo. Qualcuno di voi lo riconosce?»

Andrew prese lo schizzo dalle sue mani e lo tenne in modo che sua moglie potesse vederlo contemporaneamente.

«Non credo di averlo mai visto prima», disse Janice, con l'acqua che gocciolava dalle sue dita. «Ha fatto qualcosa di male?»

«Non lo so. È quello che sto cercando di scoprire. Vedete, questa cosa deve essere trattata con la massima riservatezza...»

«Puoi fidarti di noi», disse Andrew. «Sono stato un paramedico per trent'anni, e Janice qui ha lavorato come consulente per la salute mentale. Siamo abituati a mantenere le cose private. È per questo che gli uomini del nostro gruppo si fidano di noi.»

«Grazie. Lo apprezzo.» Kay indicò lo schizzo. «Non abbiamo un nome per lui, ma ha un tatuaggio sul braccio che ci dà motivo di credere che fosse di stanza in Kosovo nel novantanove. Speriamo che questo possa aiutare qualcuno a ricordare quale potrebbe essere il suo nome, e con chi potremmo parlare di ciò che ha fatto da allora.»

Andrew aggrottò la fronte. «Non credo che nessuno dei nostri frequentatori abituali abbia partecipato a quel conflitto. Un paio dei più anziani sono stati coinvolti nella fase finale della guerra di Corea, poi c'è uno che è stato nelle Falkland...»

«La maggior parte di loro sono veterani del Golfo, tranne Robin, che è il nostro partecipante più giovane. Afghanistan.» Janice tolse il tappo dal lavandino e prese un secondo strofinaccio mentre l'acqua gorgogliava nello scarico. «Oliver Townsend al centro vicino a Riverhead, dall'altra parte di Sevenoaks, potrebbe conoscere qualcuno che potrebbe aiutarti, forse?»

«Oliver?» disse Kay.

«È anche lui un veterano della guerra in Afghanistan», disse Andrew. «Gestisce un gruppo più piccolo, ma con una fascia d'età diversa rispetto a molti dei nostri partecipanti. Potresti avere più fortuna lì. Aspetta, ho il suo numero sul mio telefono.»

Restituì lo schizzo a Kay e tirò fuori un telefono cellulare dalla tasca posteriore mentre lei prendeva il suo taccuino.

«Sarà ancora al centro?» disse, guardando l'orologio sulla parete sopra il lavandino.

«No, si incontrano il lunedì sera.» Andrew dettò il numero di telefono e controllò che l'avesse scritto correttamente, insieme al nome di Oliver e all'indirizzo del suo gruppo di supporto. «Ma sono sicuro che se lo chiami, sarà felice di vederti oggi. Digli solo che hai parlato con noi.»

«È fantastico, grazie per il vostro aiuto. Vi lascio continuare.»

«Nessun problema. Però puoi farmi un favore?»

«Di cosa hai bisogno?»

Gli occhi di Andrew si addolcirono. «Quando scoprirai chi è la tua vittima, se non ha famiglia che possa rendergli l'ultimo omaggio, faccelo sapere. Cerchiamo di fare qualcosa di speciale per coloro che non hanno nessuno a dire addio.»

Kay deglutì, reprimendo le emozioni che le stavano attraversando.

«Lo farò. Te lo prometto.»

CAPITOLO 15

Oliver Townsend teneva la testa chinata su un giornale scandalistico quando Kay scese dalla sua auto e attraversò il parcheggio del pub verso una raccolta eterogenea di tavoli da picnic sparsi su un prato spelacchiato.

Doveva essere lui; non c'era nessun altro nei paraggi, e il pub non avrebbe aperto per altri dieci minuti.

Sulla trentina, sedeva con il mento appoggiato su una mano, la barba incolta che gli copriva la mascella mentre sbadigliava e passava una mano su una zazzera di capelli castani.

«Oliver?» Kay tese la mano mentre si avvicinava. «Ispettrice Hunter.»

L'uomo si alzò leggermente dal tavolo da picnic; la sua stretta era decisa. «Siediti pure. Conosco il proprietario, ci farà entrare appena ci vedrà aspettare qui fuori.»

Kay lanciò un'occhiata verso l'intonaco dai colori caldi del pub, notò alcune luci accese all'interno, e sperò che il proprietario avesse pietà di loro due. Si infilò le mani nelle tasche e riportò l'attenzione su Townsend.

Lui iniziò a piegare il giornale, prima di riporlo in una borsa di tela da corriere sul sedile accanto a lui. «In cosa posso aiutarla?»

«Sono stata a trovare Janice e Andrew Crispin al gruppo di supporto per veterani, e mi hanno suggerito che forse potrebbe aiutarmi.»

«Sì, me l'ha detto al telefono. Ha un uomo scomparso, giusto?»

«Ho un uomo morto.»

«Oh.» Townsend si spostò all'indietro e sbatté le palpebre. «Questo spiega perché non ha voluto dire molto prima, allora.»

«Ho pensato che fosse meglio spiegare la situazione faccia a faccia. Sto cercando di fare questo senza sollevare un polverone per il momento, almeno finché non so con cosa, o con chi, potremmo avere a che fare.»

«Giusto. E pensa che fosse un soldato?»

«Sì.»

Guardò oltre la sua spalla mentre la porta del pub si apriva e un uomo faceva loro cenno.

«Entrate, gente. Fa troppo freddo per stare seduti là fuori.»

«Avrei potuto dirtelo quindici minuti fa», disse Townsend. Fece oscillare la gamba oltre il sedile e sorrise all'oste. «Una pinta di birra amara per me, e qualsiasi cosa voglia prendere la signora.»

«Un succo d'arancia, grazie.»

«In servizio?»

«Sempre.»

«Andiamo, allora. Speriamo che quel taccagno abbia acceso anche il riscaldamento. Non si sa mai.»

Lo sguardo di Kay cadde sulle gambe dell'uomo mentre lui li conduceva nel pub, notando che camminava con una zoppia pronunciata.

Lui si voltò, come se le avesse letto nel pensiero. «Mina terrestre. Afghanistan.»

«Mi dispiace.»

«Non è colpa sua. Si sbrighi, farà entrare uno spiffero.»

Kay lo ringraziò mentre lui teneva aperta la porta per lei, ed entrò in una stanza dal soffitto basso con travi a vista.

Un fuoco ardeva in un camino all'estrema sinistra di dove si trovava, e un bancone correva lungo il lato destro. Tavoli e sedie, oltre a un paio di divani dall'aspetto confortevole, erano stati disposti per tutta la lunghezza dello spazio, mentre opere d'arte locali adornavano una parete accanto a una porta con l'indicazione per i bagni. Briglie di ottone erano state inchiodate a un'enorme trave di quercia sopra il camino, luccicanti nella luce dei faretti strategicamente posizionati lungo il soffitto.

«Vi porto da bere», disse l'oste. «Accomodatevi.»

«Grazie, amico.» Townsend indicò un tavolo vicino al fuoco. «Tanto vale approfittarne. Non lo accende così spesso.»

«Vai a quel paese», fu la risposta dal bancone.

Kay sorrise. «Immagino che lei sia un cliente abituale.»

«Come ha fatto a indovinarlo?» Oliver le tirò fuori una sedia, e poi ne prese una rivolta verso la stanza, con le spalle al fuoco. Appese la borsa da corriere allo schienale della sedia, e poi ringraziò l'oste quando le bevande furono portate al tavolo prima di rivolgere nuovamente l'attenzione a lei. «D'accordo. Come posso aiutarla?»

«Da quanto tempo gestisce il tuo gruppo di supporto per veterani?»

«Circa due anni. Avevo già frequentato qua e là comunque, solo per uscire di casa una volta che ero stato congedato. Me la sono cavata da solo per un po', e sono stato fortunato, ho trovato un lavoro con mio suocero nel suo vivaio, quindi i soldi non erano un problema. Era solo difficile trovare qualcuno che potesse ascoltarmi quando avevo bisogno di parlare. Mia moglie è fantastica, davvero, ma lei non era là, capisce? E non è giusto che debba ascoltarmi mentre ripercorro continuamente quello che è successo. Volevamo entrambi andare avanti.»

«Come sta? Voglio dire...»

«Mentalmente e fisicamente? Meglio di molti altri.»

«È un bene.»

«Lo è, grazie. Sì, quindi quando l'ultima persona che gestiva il gruppo ha deciso di ritirarsi un paio d'anni fa, mi sono offerto di subentrare. Avevo studiato varie cose per tenere la mente attiva mentre stavo attraversando la fase di recupero e la fisioterapia, e ho pensato che avrei potuto mettere a buon uso alcune di quelle conoscenze.»

«Le piace?»

«Sì, mi piace. Mi dà un senso di concentrazione, e se ho bisogno di parlare con qualcuno, posso farlo all'interno di quel gruppo. C'è un vero mix di persone che si presentano, ma tutti abbiamo passato qualcosa. Non fa bene tenersi tutto dentro: ci ho provato, e non ha funzionato.»

«Che tipo di fascia d'età vede presentarsi?»

Townsend sorseggiò dalla sua pinta, e si leccò le labbra prima di rispondere. «È una demografia più giovane rispetto a quella del gruppo dei Crispin. Io sono più o meno nel mezzo, ho trentun anni. Ci sono un paio di persone più giovani di me, e poi il resto ha probabilmente un'età che arriva fino alla fine dei cinquanta. Veterani del Golfo, un paio dei Balcani che hanno avuto problemi di salute continui, e un tizio che è rimasto gravemente ferito in un incendio nella base qui nel Regno Unito otto anni fa.»

«Come dice lei, proprio un mix di persone.»

«Genera conversazioni interessanti. A proposito, cos'ha per le mani?»

Kay gli fornì un riassunto del caso fino a quel momento, facendo attenzione a eliminare qualsiasi informazione che potesse alludere a miti o prove non confermate, e poi gli mostrò uno schizzo del volto della vittima. «Lo riconosce?»

Corrugò la fronte. «Non posso dire di conoscerlo, no.»

Fece scivolare una fotografia del tatuaggio della vittima verso Townsend. «Pensiamo che potrebbe averlo fatto al suo ritorno dal Kosovo. Hai mai visto qualcosa del genere prima?»

Girò la fotografia e la tenne in controluce davanti al fuoco alle sue spalle, socchiudendo gli occhi. «Non credo. Che cos'è? Una specie di tatuaggio commemorativo?»

«Tatuaggio commemorativo?»

«Sì, sai… un tatuaggio per commemorare un evento, o una missione. Qualcosa del genere.»

«Cosa glielo fa pensare?»

Sorrise e batté il dito sulle lettere sotto il tatuaggio. «Per via di questo. È insolito, tutto qui.»

«L'ha già visto prima?»

Townsend scosse la testa. «No. Quello no. Mi ha solo ricordato un paio che ho visto in Afghanistan quando i ragazzi tornavano dalla licenza. Magari sopravvivevano insieme a uno scontro a fuoco o qualcosa del genere, e poi andavano tutti a farsi lo stesso tatuaggio, una specie di distintivo d'onore. O una commemorazione se uno di loro era morto.»

«D'accordo, ho capito. Sì... pensiamo che potrebbe essere qualcosa del genere. È l'unico elemento identificativo che abbiamo al momento per la nostra vittima. Non aveva documenti con sé quando è stato trovato.»

Arricciando il naso, Townsend posò la fotografia sul tavolo tra di loro. «Come è morto?»

«Non è stato un suicidio.»

«L'avevo un po' immaginato.»

«Mi dispiace, non posso dire molto di più al momento.» Kay fece roteare i residui del suo succo nel bicchiere. «Conosce qualcuno che potrebbe fare un po' di luce su questa cosa?»

Townsend tamburellò le dita sul tavolo, poi indicò la fotografia del tatuaggio. «Posso prenderla?»

«Posso fidarmi di lei?»

«Parola di scout.»

«Va bene. Cosa ha intenzione di farci?»

«Sono ancora in contatto con il tizio che gestiva il gruppo di volontari, e posso chiedere ai nostri due frequentatori abituali che hanno prestato servizio nei

Balcani se conoscono qualcuno della zona che è stato in Kosovo e ha un tatuaggio come questo. Presumo sia un'edizione limitata?»

«Pensiamo che fossero in sei.»

«Questo rende le cose più facili. D'accordo, mi faccia fare qualche verifica nei prossimi giorni e le farò sapere. Ha un numero di telefono?»

Kay prese dalla borsa uno dei suoi biglietti da visita e glielo passò.

«Bene.» Sorrise, finì la sua birra e indicò il bicchiere vuoto di lei. «Nel frattempo, tocca a lei offrire.»

CAPITOLO 16

Quando Kay entrò nella sala operativa il mattino seguente, lo spazio ronzava di attività.

Nonostante mancasse mezz'ora all'inizio del turno, la maggior parte della squadra investigativa, quelli che non stavano facendo corse dell'ultimo minuto per portare i figli a scuola o concludendo compiti sui loro altri casi, era presente, e l'atmosfera era di operosità e cupa determinazione.

Un aroma amaro di caffè, noodle istantanei e bevande energetiche inacidiva l'aria e lei arricciò il naso mentre accendeva il computer per accedere al sistema.

Barnes mise una tazza di tè accanto alla sua tastiera prima di spostarsi dalla sua parte della scrivania.

«Weekend produttivo?» chiese lei, scorrendo con lo sguardo le e-mail che si erano moltiplicate durante la sua assenza.

«Sì, spero di sì... e tu?»

«Penso che dovremo prevedere più di un'ora per il

briefing. Secondo gli avvisi di HOLMES2, vedo aggiornamenti da ogni membro della squadra.»

«Sarebbe bene fare qualche progresso stamattina. Sharp verrà qui?»

«Non questa volta, no. Mi ha telefonato mentre venivo qui... è diretto al quartier generale per una riunione con l'ufficio stampa. Vedremo cosa emergerà durante il briefing e nel corso della giornata, e poi parlerò con lui se sia il momento di lanciare un appello pubblico per ottenere informazioni. È successo qualcosa altrove durante il weekend?»

«No... ho esaminato i registri del piano di sotto, ed è stata una coppia di notti tranquille. Neppure incidenti gravi sulle strade.»

«Beh, almeno se facciamo un appello non sarà oscurato da nulla e potremmo ottenere degli agenti extra in uniforme per aiutare con le telefonate.» Si appoggiò allo schienale della sedia e soffiò sulla superficie del tè prima di berne un sorso, e osservò Gavin e Laura che si fermavano accanto alla scrivania di Debbie per parlare con l'agente. «Come se la sono cavata quei due durante il weekend?»

Barnes sbirciò oltre la spalla. «Bene, da quello che sento. Gavin ha detto che Laura non ha paura di intervenire e fare domande, e penso che vadano perfettamente d'accordo. Ho notato che si rivolge a Carys per le procedure quotidiane, ma è comprensibile visto che è la più esperta delle due. Laura sembra comunque integrarsi bene.»

«Questo è un problema in meno di cui preoccuparsi,

almeno.» Kay finì il suo tè. «Va bene, iniziamo, d'accordo?»

Dieci minuti dopo, un gruppo di agenti in uniforme e detective in borghese formava un semicerchio intorno a Kay, in piedi davanti alla lavagna. Ogni membro della squadra investigativa teneva una copia di un'agenda prodotta dal sistema gestionale HOLMES2. Scese il silenzio quando Kay alzò la mano.

«Grazie a tutti. Abbiamo avuto un weekend intenso, e abbiamo ancora molta strada da fare nei prossimi giorni, ma vediamo se riusciamo a trovare una via da seguire e ottenere giustizia per la nostra vittima. Ian, vuoi iniziare tu, per favore? Vedo qui nel rapporto che hai avuto una conversazione di aggiornamento riguardo le indagini casa per casa della settimana scorsa.»

«Grazie, capo.» Barnes si spostò davanti alla stanza e allentò la cravatta prima di aggiornare i colleghi sull'intervista a Peter Winton. «Ho trascorso il resto del weekend esaminando i rapporti degli investigatori forensi che ci sono stati inviati via email dalla squadra di Harriet venerdì pomeriggio, in particolare in relazione alle tracce di veicoli sulla scena del crimine. Sappiamo che aveva piovuto molto da domenica scorsa quando Peter ha detto di aver sentito il furgone, quindi qualsiasi prova sarebbe stata lavata via, ma ho deciso di fare una passeggiata lungo il sentiero quando ero fuori con Pia ieri, e ci sono segni evidenti di veicoli. Ho messo dei bastoncini sul sentiero accanto alle tracce per segnarle... stava iniziando a fare buio. Ho organizzato una squadra di agenti in uniforme per isolare il sentiero prima di andarcene, e ho lasciato un messaggio sul telefono di Harriet quando sono tornato a casa. Spero che mandi una squadra lì questa mattina per prelevare alcuni campioni.»

Kay aggiornò i suoi appunti mentre parlava, e poi alzò la testa quando lui tornò al suo posto. «Ian, ottimo lavoro, grazie. Se Harriet non ti risponde entro le dieci, puoi farmelo sapere? Quei campioni devono essere una priorità ora. Il furgone potrebbe non essere collegato al nostro caso, ma dobbiamo escluderlo se non lo è. Tienimi aggiornata.»

Il collega annuì in segno di riconoscimento, e lei si rivolse a Carys. «Come stai procedendo?»

«Ho fatto ulteriori indagini sui lanci notturni con il paracadute, capo. Se il nostro uomo fosse stato vittima di un incidente, avrebbe dovuto avere almeno cinquanta lanci precedenti a suo nome prima di poter essere autorizzato a salire di notte. Mi è stato anche detto che avrebbe avuto bisogno di possedere una "Patente B" con specifica annotazione. Ho esaminato i registri di tutti quelli della zona che possiedono una di queste patenti e ho parlato con i club di paracadutismo, ma nessuno lo riconosce dall'immagine che abbiamo.»

«Questo processo di eliminazione è però di enorme aiuto, Carys. Grazie» disse Kay.

«Capo?» Gavin alzò la mano e fece un cenno verso Laura. «Quello che sta dicendo Carys si lega con ciò che abbiamo sentito parlando con il personale dell'aeroporto sabato. Se qualcuno avesse pianificato di fare un lancio notturno, avrebbe dovuto registrarlo presso l'Associazione Paracadutisti, l'Autorità dell'Aviazione Civile e la centrale di polizia locale. Abbiamo parlato con tutti questi enti, e non ci sono registrazioni per un tale lancio tra il martedì in cui Dennis Maitland ha arato quel campo e mercoledì scorso quando è stata trovata la nostra vittima. In effetti, non ci sono stati lanci notturni in quella zona per un bel po' di tempo.»

Kay attese che gli agenti riuniti avessero finito di aggiornare i loro appunti, e poi indicò l'elenco di punti che aveva aggiornato sulla lavagna.

«Penso sia abbastanza chiaro che la nostra vittima non è stata uccisa in un incidente» disse. «L'obiettivo di questa indagine ora è accertare chi sia e perché sia morto in circostanze così orribili. Ian, voglio che tu porti Laura con te e torni al sentiero accanto alla casa dei Winton. Organizza con gli agenti in uniforme di continuare a fornire assistenza per isolare l'accesso fino a quando Harriet non avrà elaborato le prove che hai identificato.»

«Capo.»

«Carys, tu e Gavin potete andare a interrogare di nuovo Dennis Maitland per scoprire cosa sa sull'utilizzo pubblico di quel sentiero, o se ha avuto motivo di utilizzarlo nelle ultime due settimane? Chiedetegli anche degli avvistamenti di aerei sopra la sua proprietà. Forse ha sentito qualcosa domenica notte che può collegarsi con la dichiarazione di Peter Winton».

«Sì, capo», disse Carys.

Kay finì di delegare i compiti urgenti del giorno, e poi alzò la mano. «Prima che andiate tutti, posso confermare che abbiamo ricevuto alcune informazioni che indicano che la nostra vittima era un membro delle forze armate, in base al tatuaggio sul suo braccio. Al momento, non abbiamo ancora identificato la vittima, e questa parte dell'indagine potrebbe richiedere del tempo. Per quanto riguarda il movente, mantenete una mente aperta mentre portate avanti le vostre indagini. Finché non avremo maggiori informazioni, non possiamo escludere nulla, è chiaro?»

Un mormorio di assenso riempì la stanza.

«Bene, grazie a tutti. Avete molto da fare, quindi a meno che non ci sia qualcosa di urgente, il prossimo briefing sarà alle quattro del pomeriggio di domani».

CAPITOLO 17

Barnes arricciò il naso per il fetore che saliva da una pozza stagnante oltre le felci e lo strato di foglie marce che copriva il bosco alla sua destra, poi rivolse lo sguardo verso la linea di nastro bianco e blu della scena del crimine che era stato legato tra due pioppi.

Oltre la barriera di plastica a strisce, una coppia di agenti in uniforme stava con le spalle rivolte a Barnes, la loro attenzione catturata dal gruppo di sei investigatori forensi che si accovacciavano sui lati opposti del sentiero allagato, parlando a bassa voce.

Il vento frusciava tra i rami sopra di lui, un suono inquietante che attutiva le conversazioni e gli faceva rizzare i capelli sulla nuca.

I suoi piedi stavano gelando.

Si spostò verso Laura, che aveva un'espressione affascinata mentre osservava le figure in tuta bianca muoversi avanti e indietro.

Lei alzò lo sguardo quando lui la raggiunse.

«Non ho mai avuto il tempo di osservare cosa fanno

quando ero in uniforme», disse. «Ero sempre quella con il blocco per appunti a tenere lontano dalla scena del crimine chi non doveva esserci, o a gestire il pubblico con i loro maledetti telefoni e le fotocamere».

«Come mai ti trovi all'anticrimine, allora?»

Laura emise un respiro. «Se dicessi che lo adoro, suonerebbe davvero insensibile, vero?»

«Ma tutti noi lo capiremmo. È ciò che ci fa andare avanti. Kay dice sempre che si tratta di giustizia. Giustizia per la vittima e giustizia per chi rimane. Non vorrei essere da nessun'altra parte».

Sorrise vedendo le sue spalle rilassarsi, poi si voltò alla sua sinistra al suono di un forte fischio.

Barnes aveva incaricato quattro agenti in uniforme di perlustrare i boschi circostanti alla ricerca di altre prove e l'agente Aaron Stewart ora teneva la mano alzata dalla sua posizione a diversi passi di distanza tra il fitto sottobosco.

«Cosa hai trovato?»

«Un coniglio». Stewart si chinò per un momento, poi si raddrizzò e mostrò un coniglio morto. «C'è una trappola qui».

«Bracconieri?»

«Sembra proprio».

«Merda».

«Cosa c'è che non va?» disse Laura.

«Questo mette il veicolo sotto una luce diversa, non credi?» disse Barnes mentre Stewart gettava via l'animale morto e iniziava a togliere il laccio. «Eccoci qui, sperando che il furgone abbia qualcosa a che fare con la morte della nostra vittima, e invece ora abbiamo prove di bracconaggio».

Si interruppe mentre Stewart scavalcava un albero caduto per raggiungerli, con un groviglio di legno e filo metallico tra le mani.

«Brutto affare», disse. «Lo segnalerò alla Crimini agroalimentari».

«Grazie», disse Barnes. «Avvisa gli altri che potrebbero essercene altri: l'ultima cosa di cui abbiamo bisogno è che qualcuno si ferisca in tutto questo sottobosco».

«Lo farò, capo».

Mentre Stewart trasmetteva il messaggio via radio ai suoi colleghi prima di tornare al suo quadrante di ricerca, Barnes scrutò il sentiero che scompariva in lontananza oltre la posizione degli investigatori forensi.

Era stato attento a delimitare le impronte degli pneumatici, assicurandomi che i ramoscelli che aveva usato come segnalatori fossero a centimetri di distanza dalle potenziali prove in modo che gli esperti forensi potessero scattare fotografie e fare calchi come richiesto senza preoccuparsi della contaminazione.

I segnalatori erano stati gettati ai margini intricati mentre gli investigatori forensi analizzavano la scena, partendo dal confine delimitato dal nastro e avanzando verso il confine del campo oltre il bosco.

«Dove porta questo sentiero?» disse Laura. «Al campo dove è stata trovata la vittima o a uno accanto?»

«A uno accanto, se pensi al cancello del campo dove è stato trovato, questo porta al campo sulla destra. Maitland stava arando quello a sinistra mercoledì scorso».

«Quanto è lontano?»

«Circa seicento metri da dove siamo. Appena oltre quella curva».

Laura girò su sé stessa, guardando indietro nella direzione dalla quale erano venuti dopo aver parcheggiato l'auto nel vialetto. «Quindi, in tutto solo circa quattrocento metri di lunghezza. E se Peter Winton non avesse dormito male...»

«Non l'avremmo mai saputo».

«Pensi che abbia qualcosa a che fare con il morto?»

«Professionalmente parlando, direi di aspettare le prove prima di trarre conclusioni, specialmente considerando quel coniglio morto».

«Personalmente?»

«Il mio istinto dice di sì. Perché qualcuno dovrebbe guidare un furgone fin qui nel cuore della notte? Non credo che un bracconiere correrebbe un rischio del genere, non il tipo che cattura un coniglio qui e là, e nemmeno chi caccia cervi si avvicinerebbe troppo. Di solito parcheggiano lontano dalla loro zona di caccia. È per questo che gli agricoltori di queste parti si lamentano sempre di recinzioni di filo spinato tagliate e cavalli o mucche che scappano, è perché i bracconieri trascinano le carcasse attraverso i campi fino ai loro veicoli e non si preoccupano di cosa succede al bestiame».

Lanciò un'occhiata alla sua collega, che sembrava affascinata dalle sue intuizioni. «Sai cosa, quando torniamo in centrale, contatta la Crimini agroalimentari e chiedi loro se ci sono state segnalazioni di bracconaggio da queste parti, giusto per escluderlo, ok?»

«Certo». Tirò fuori il suo taccuino, poi indicò il laccio che Stewart aveva lasciato per terra vicino al suo veicolo.

«C'è qualche possibilità di trovare impronte digitali su quello?»

«Stewart ci proverà, ma se è come quelli trovati in precedenza, non troveremo nulla. Di solito indossano i guanti».

Mezz'ora dopo, la squadra investigativa della scena del crimine stava riponendo la propria attrezzatura, e i quattro agenti in uniforme avevano raccolto un piccolo mucchio di lacci, lattine di alluminio abbandonate, una scarpa e un fagotto di stracci irriconoscibili.

«Dovremo analizzare anche tutto questo», disse Patrick mentre stava accanto a Harriet e si toglieva la tuta protettiva di carta. «Ci vorranno un paio di giorni prima di avere qualcosa da riferire, comunque».

«Grazie», disse Barnes, reprimendo la sua delusione. Iniziò a camminare verso l'auto, con Laura al suo fianco. «Spero davvero che Carys e Gavin abbiano più fortuna parlando con Maitland».

CAPITOLO 18

Carys rallentò mentre l'auto rombava attraverso una grata di ferro per il bestiame, poi manovrò il veicolo attorno a un gruppo di galline che beccavano sulla superficie di cemento coperta di fango del cortile della fattoria.

C'era un fienile aperto sulla sinistra di dove aveva parcheggiato. Una varietà di macchinari ampiamente utilizzati ingombrava il pavimento mentre un trattore con ruote enormi bloccava l'accesso a un ingresso con cancello sul retro del cortile. Due capannoni e una tettoia fatiscente occupavano il lato destro, i loro contenuti oscurati da una foschia polverosa.

Quando sganciò la cintura di sicurezza e aprì la portiera, il fetore di letame le assalì i sensi e si voltò verso Gavin con una smorfia.

«Ce l'ha assegnata apposta?»

Il suo collega sorrise. «Devi aver fatto qualcosa di davvero terribile».

«Stavo scherzando». Gli diede un colpetto sul braccio.

«Pensavo che Kay avesse detto che qui coltivavano lavanda?»

«Forse è a questo che serve il letame. Per darle una spinta prima dell'estate».

«Queste sono stron…»

«Esattamente». Gavin indicò la casa che si trovava al centro del gruppo di edifici a forma di U. «Cominciamo da lì?»

«È un posto come un altro. Non vedo nessuno qui fuori».

Aggirò il fango, chiedendosi fugacemente se fosse solo sporcizia, o peggio, e poi scostò i viticci di un glicine aggrovigliato e spoglio che si aggrappava a un traliccio di legno accanto alla porta d'ingresso, prima di premere il campanello.

La porta si aprì dopo quello che sembrava un'eternità, e sulla soglia c'era un uomo dell'altezza di Gavin. Aveva i capelli grigi macchiati di chiazze giallo-nicotina e una maglietta da rugby a maniche lunghe logora che aveva visto giorni migliori.

«Dennis Maitland? Sono il detective Carys Miles, e questo è il mio collega, il detective Gavin Piper. Possiamo entrare?»

«Sono nel bel mezzo dei pagamenti degli stipendi, ma va bene. Presumo che non possiate aspettare».

Carys si sforzò di sorridere. «Ha presunto bene, grazie».

Maitland si fece da parte per farli entrare e indicò lungo un ampio corridoio verso una porta in fondo. «Accomodatevi nell'ufficio, è la porta laggiù a sinistra. Stavo per farmi un'altra tazza di caffè. Ne volete una?»

«Stiamo bene così, grazie».

«Va bene. Sarò da voi tra un minuto».

Carys seguì Gavin nella stanza verso cui Maitland li aveva indirizzati, e osservò la pila di documenti ammucchiati sulla scrivania del fattore accanto a un portacenere.

Un vecchio computer ronzava accanto a una tastiera coperta di polvere, e riconobbe un popolare software di contabilità visualizzato sullo schermo. Una libreria contro la parete di sinistra traboccava di riviste agricole, almanacchi e alcuni logori thriller di spionaggio, mentre un archivio a quattro cassetti traballava accanto alla finestra, il cassetto superiore era aperto e altri documenti erano sparsi sui fascicoli sospesi all'interno.

Si sedette accanto a Gavin al suono di passi nel corridoio e Maitland riapparve con una tazza fumante di caffè in una mano e un piatto di fette di torta nell'altra, che procedette a posare sulla scrivania tra di loro.

«Mia moglie non me lo perdonerebbe mai se non ve ne offrissi un po'», disse, con un sorriso che gli sfiorava la bocca.

«Non dirò mai "no" a una torta di frutta fatta in casa, signor Maitland», disse Gavin, prendendo una grande fetta.

Carys alzò gli occhi al cielo e tirò fuori il suo taccuino. «Ha detto che stava facendo i pagamenti degli stipendi, signor Maitland. Quante persone ha che lavorano per lei?»

«Per favore», disse Maitland tra un boccone di torta e l'altro. «Chiamatemi Dennis. Ho otto lavoratori adesso. Ho assunto un ragazzo part-time l'estate scorsa e lavora qui tra un semestre universitario e l'altro per fare esperienza prima di laurearsi. Gli altri sono con me da anni. Uno di loro ha persino lavorato per mio padre, si rifiuta di andare in pensione. Credo che sua moglie lo spaventi».

«Stiamo cercando di comprendere meglio il terreno intorno alla tua proprietà», disse lei. «In particolare, un sentiero che corre dal campo accanto a dove è stata trovata la nostra vittima fino alla strada che si collega con una delle strade secondarie per Sevenoaks. Abbiamo la dichiarazione di un testimone che dice di aver sentito un furgone usare quel sentiero alcune notti prima che il corpo di quell'uomo fosse scoperto».

Maitland aggrottò la fronte. «Mi sorprende che qualcuno sia riuscito a far passare un veicolo da lì in questa stagione. Aspettate».

Si spazzolò le briciole dal grembo, si pulì le mani sul retro dei jeans e poi attraversò la stanza fino alla libreria. Passando le mani sui contenuti, tirò fuori un documento e tornò alla scrivania, spingendo via il piatto prima di aprire una mappa.

«Questa mostra più dettagli di una normale mappa dell'Ente delle Cartografie, ha quasi un secolo, quindi non è coperta con tutte le informazioni delle mappe moderne. È più facile se vi mostro i confini su questa, piuttosto che cercare di spiegarli», disse. Batté il dito sulla mappa. «Ecco qui la fattoria, e questo è il campo dove Luke e Tom stavano cercando metalli. Questo è quello in cui stavo lavorando mercoledì, e potete vedere il sentiero segnato qui sul retro dell'altro campo».

«Hai idea del perché qualcuno potrebbe usarlo?» disse Gavin.

«Bracconieri, suppongo», disse Maitland, «ma cosa sperassero di catturare, non lo so. Niente di grosso, questo è certo. Non vedo cervi da quella parte della proprietà da alcuni anni ormai, non da quando abbiamo sostituito tutte le siepi e le recinzioni. Potrebbero essere ragazzi, suppongo? Che si nascondono per un po' di sesso?»

Carys sorrise per l'espressione del fattore. «Potrebbe essere. Quanto si estende il tuo terreno?»

Maitland tracciò il confine con il dito. «Non troppo. Gestibile, almeno. È questo che aiuta a mantenere bassi i costi, anche se questa idea di Liz di dedicare questo campo alla lavanda nei prossimi due anni mangerà i nostri profitti per un po', finché non scopriremo se c'è un mercato per questo prodotto».

«Hai un aereo, Dennis?» disse Gavin.

Il fattore alzò la testa e sbatté le palpebre. «Un aereo? A cosa mi servirebbe?»

«È solo una domanda di routine come parte della nostra indagine in corso», disse Carys. «Ce l'hai?»

«No. Non ne ho mai visto l'utilità, a meno che non stia andando in vacanza. Anche se sono tre anni che non ne faccio una».

«Le fattorie vicine che confinano con il tuo terreno - cosa coltivano?» disse lei.

«Qui in fondo, al confine della mia proprietà, c'è la famiglia Ditchens», disse. «Hanno un frutteto, molte diverse colture di frutta. Sono qui da un paio di secoli. Da questa parte, più vicino alla strada, hanno un paio di campi di fragole. Dall'altro lato della mia proprietà ci sono Adrian ed Helen Peverell. Stanno allevando conigli per scopi commerciali, sapete, cibo per animali domestici e cose del genere». Fece una smorfia. «Non sono mai stato un fan dell'allevamento intensivo, ma sono passati dall'orzo e dal grano ai conigli circa dieci anni fa e stanno andando alla grande. Penso che abbiano venduto parte del terreno inutilizzato ai Ditchens, ora che ci penso».

«Qualcuna di queste famiglie possiede un aereo?»

«Non che io sappia».

«Tornando alla settimana prima che il corpo fosse trovato nel campo», disse Carys. «Hai sentito aerei leggeri sorvolare di notte, o qualsiasi altra cosa che ti sia sembrata insolita?»

«Onestamente, detective, no. Appena si spegne la luce sul comodino, dormo fino a quando non suona la sveglia alle cinque. Liz sostiene che non mi sveglierebbe nemmeno un terremoto».

«Socializzi molto con i tuoi vicini?» chiese Gavin.

«Li vedo agli eventi locali di tanto in tanto», disse Maitland, «e a volte ci prestiamo attrezzature a vicenda se ne abbiamo bisogno. Il problema è che siamo tutti così impegnati nella gestione quotidiana delle cose che non abbiamo molto tempo per socializzare. A proposito, se non avete altre domande, devo finire questi stipendi prima delle tre per poter trasferire il denaro online».

Carys mise il suo taccuino nella borsa. «No, non ci sono altre domande. Grazie per il tuo tempo, Dennis. Se dovessi sentire qualcosa riguardo a qualcuno che usa quel sentiero, potresti chiamarci?»

«Lo farò».

CAPITOLO 19

Kay abbassò il volume usando i comandi sul volante mentre il traffico si bloccava completamente sulla Ashford Road e osservò la berlina argentata che eseguì una manovra in otto punti nel vialetto dell'arco di Turkey Mill prima di sfrecciare davanti a lei nella direzione opposta.

Si chiese quanti altri automobilisti sarebbero stati tentati di fare lo stesso e cercare un'altra strada per il centro città.

Dopo aver controllato l'orologio sul cruscotto, trasalì quando un motociclista rischiò la vita zigzagando tra i veicoli fermi su uno scooter fatiscente che probabilmente non avrebbe superato il prossimo controllo alla revisione, e si domandò se dovesse telefonare a Sharp per chiedergli di condurre il briefing quella mattina.

Aveva altri quaranta minuti prima di dover essere nella sala operativa, e incrociò le dita quando la fila di auto avanzò improvvisamente.

Quella mattina presto, un colpo alla porta d'ingresso aveva mandato all'aria la sua routine mattutina quando la donna del rifugio per la fauna selvatica aveva affidato quattro cuccioli di volpe alle cure di Adam ed era corsa via per portare i suoi figli a scuola in tempo.

Uscire di casa dieci minuti dopo il solito orario aveva sconvolto il tragitto di Kay, ma Adam stava facendo fatica a nutrire i quattro affamati volpacchiotti da solo, e lei aveva avuto compassione di lui, tenendo ciascun cucciolo mentre lui somministrava la successiva porzione speciale di cibo.

Sorrise. A essere sincera, le piaceva avere l'opportunità di condividere del tempo con lui e con le ultime aggiunte temporanee alla loro casa, dopotutto, non tutti potevano dire di avere una cucciolata di volpi in cucina.

Prima o poi, avrebbe dovuto invitare Carys a conoscerli, prima che venissero trasferiti al centro di riabilitazione della fauna selvatica e liberati, altrimenti la sua agente non l'avrebbe mai perdonata.

Mentre sollevava il piede dal freno, l'auto acquistò velocità col traffico che si snelliva, e lei respirò profondamente mentre la strada curvava oltre il museo delle carrozze e il Palazzo Arcivescovile.

Era in anticipo di quindici minuti, questo le concedeva abbastanza tempo per controllare la corrispondenza, le nuove piste e i rapporti che Debbie avrebbe elaborato dal sistema HOLMES2 e lasciato sulla sua scrivania prima che il turno iniziasse sul serio.

Mentre svoltava con l'auto nel vialetto asfaltato accanto alla centrale di polizia in mattoni, si sporse dal finestrino e passò il suo badge di sicurezza, poi avanzò lentamente per evitare quattro agenti in uniforme che erano usciti di corsa dalla porta laterale dirigendosi verso le loro auto.

Aggrottò la fronte mentre si avvicinava a un posto libero, riconoscendo la figura di Carys rannicchiata accanto alla propria auto, con un'espressione preoccupata impressa sul suo viso chiaro mentre le due auto di pattuglia sfrecciavano oltre la barriera, con le sirene spiegate.

La donna sollevò il mento all'arrivo di Kay, poi rimase nei pressi del cofano mentre lei parcheggiava in retromarcia e afferrava la sua borsetta dal sedile del passeggero.

«Buongiorno, Carys» disse, chiudendo la portiera a chiave. «Tutto bene?»

«Potrei scambiare due parole con te, capo? Prima che tu entri?» Sollevò un bicchiere da asporto. «Ti ho preso un caffè.»

«Grazie.» Kay sollevò un sopracciglio. «Che succede?»

Carys si avvicinò a Kay prima che le sue spalle si abbassassero. Ruotò il suo bicchiere tra le mani. «Mi dispiace, capo. Non c'è un modo semplice per dirtelo, e mi frulla nella testa da quando ho ricevuto la chiamata venerdì perché so quanto sei impegnata in questo momento, e con questa indagine in corso e tutto il resto...»

Kay bevve un sorso di caffè e la scrutò da sopra il bordo del bicchiere.

Il nervosismo della detective era palpabile; un'energia che emanava da lei mentre spostava il peso da un piede all'altro e abbassava lo sguardo sulla superficie rugosa del parcheggio.

Abbassando il bicchiere, Kay inclinò la testa da un lato. «Carys? Che cosa c'è?»

Carys deglutì, poi si schiarì la gola. «Non so come dirtelo, capo, ma mi hanno proposto un colloquio.»

«Colloquio? Per cosa?»

«Una promozione. Sergente detective.»

«Oh. Non sapevo che ci fossero posizioni disponibili nella Divisione Ovest. Io...» Il cuore di Kay saltò un battito mentre il suo mondo si spostava, una sensazione inspiegabile che ciò che sarebbe accaduto nei momenti successivi avrebbe avuto un impatto monumentale sul futuro di entrambe. Si morse il labbro quando pieno significato di ciò che Carys le stava dicendo la colpì al plesso solare. «Dove?»

«Glamorgan, capo. Cardiff.»

«Galles?» Kay sbatté le palpebre. «È lontanissimo.»

«Lo so, vero?» Carys riuscì a fare un sorriso triste.

«Accidenti.»

«Io…io non volevo solo che tu lo scoprissi per sentito dire, non dopo tutto quello che hai fatto per me. Sei stata così buona con me, dandomi una possibilità e tutto il resto nel corso degli anni.»

«Buongiorno, capo!»

Kay alzò lo sguardo a un richiamo dall'altro lato del parcheggio e sollevò il bicchiere del caffè in segno di saluto verso Phillip Parker, che si stava dirigendo verso l'ingresso con Debbie, poi si voltò di nuovo verso Carys. «Qualcun altro lo sa?»

«No. Volevo dirlo prima a te.»

«Quando è il colloquio?»

«Venerdì. Però devo andarci giovedì sera, perché è alle

dieci del mattino a Bridgend. Non ce la farò mai se provo a partire presto, e...»

«No, va bene. Parlerò con Barnes. Troveremo una soluzione. Wow. Cardiff, eh?» Kay sorrise, passando dallo shock all'orgoglio mentre posava la mano sul braccio di Carys e iniziava a guidarla verso la stazione. «Sanno a cosa vanno incontro?»

Carys sorrise, rilassando le spalle. «Ero preoccupata, capo. Non sapevo cosa avresti detto. Pensavo che ti saresti arrabbiata con me.»

«Arrabbiata con te? No, assolutamente no. È solo uno shock, tutto qui.» Si fermò sulla porta, avvolgendo le dita intorno alla maniglia prima di guardare verso la sua collega. «Ti rendi conto che se ti fanno il colloquio, supererai la concorrenza? Seriamente, hai tutto quello che serve. Sei sicura che sia questo che vuoi?»

«Voglio diventare un sergente detective, capo. Sono pronta. E siamo onesti, con i tagli al bilancio da queste parti ultimamente, non avrò un'altra possibilità di promozione qui intorno tanto presto, giusto?» Carys si illuminò un po'. «Almeno in Galles potrò permettermi un posto tutto mio. Potrei prendere un gatto.»

Kay annuì, incapace di controbattere alle osservazioni della donna, e tirò la porta per aprirla.

«Mi mancherai da morire.»

CAPITOLO 20

Kay allungò ciecamente la mano verso il telefono della scrivania quando iniziò a squillare, e sfogliò un rapporto che avrebbe dovuto leggere quattro giorni prima in relazione alle limitazioni di personale nella Divisione Ovest, mentre i suoi pensieri rimuginavamo sulla conversazione avuta con Carys.

Il briefing era passato in un turbine di conversazioni rumorose e scartoffie, insieme a una sensazione di angoscia per il fatto che un cambiamento di personale senza un probabile sostituto all'altezza delle competenze della detective avrebbe avuto un effetto a catena sulla squadra.

«Ispettrice Kay Hunter.»

«Ispettrice? Sono Oliver Townsend. Ci siamo incontrati domenica.»

«Buongiorno, signor Townsend. Cosa posso fare per lei?»

«In realtà, si tratta di cosa potrei fare io per lei. Ho

parlato con Brian ieri sera, è il tizio che gestiva il gruppo di veterani a Riverhead di cui le ho parlato.»

Kay mise da parte il rapporto e prese il suo taccuino. «È stato veloce, grazie. È riuscito a dare informazioni utili?»

«Lui no, ma uno dei frequentatori abituali mi ha sentito parlare con lui e potrebbe avere alcune informazioni per aiutarla. Il fatto è che ho pensato fosse meglio se parlasse con lui di persona, quindi mi chiedevo se adesso fosse un buon momento?»

«Ho una riunione alle due di questo pomeriggio, ma se parto ora…»

«Non serve,» disse Townsend. «Stephen doveva venire comunque a Maidstone per qualcosa e gli ho dato un passaggio, quindi siamo qui. Stavamo per prendere un caffè e ci chiedevamo se volesse unirsi a noi. Si risparmia il viaggio.»

«È fantastico, grazie. Dove siete?»

«Stiamo adocchiando quel caffè proprio dietro l'angolo, vicino a tutte le banche su High Street. Non è troppo affollato a quanto pare.»

«Perfetto: sarò lì in cinque minuti.»

Terminò la chiamata, afferrò il cappotto dall'appendiabiti accanto all'ufficio di Sharp e si affrettò giù per le scale verso la reception.

«Hughes, se qualcuno mi cerca, esco per un'ora. Chiamami se arriva qualcosa di urgente.»

Il sergente di turno alzò una mano in segno di conferma, e lei volò fuori dalla porta.

Rischiando la vita per zigzagare tra il traffico che si riversava lungo Palace Avenue, Kay raggiunse il caffè in orario e notò Oliver Townsend seduto a un tavolo apparecchiato per quattro sul retro, rivolto verso la sala.

Si alzò mentre lei si avvicinava, le strinse la mano e indicò l'uomo accanto a sé.

«Investigatrice Hunter, questo è Stephen Halsmith. Come le ho detto al telefono, potrebbe essere in grado di aiutarla.»

Kay sollevò il mento mentre l'uomo spingeva indietro la sedia.

Era più alto di lei di diversi centimetri, con gli avambracci decorati da tatuaggi sbiaditi e una cicatrice di dieci centimetri sul dorso della mano destra. La sua stretta era salda e lo sguardo deciso. Come Oliver, portava i capelli più lunghi di quanto avrebbe fatto nelle forze armate, e la sua corporatura era snella piuttosto che muscolosa e robusta.

«Investigatrice Hunter.»

Halsmith parlava con un leggero accento del Northumberland condito dal ringhio di un fumatore.

«Grazie per avermi chiesto di venire,» disse lei. Ordinò un caffè alla cameriera e poi incrociò le mani sul tavolo. «Immagino che Oliver le abbia spiegato della mia indagine?»

«Sì,» disse Halsmith. «Non so se quello che posso dirle le sarà d'aiuto, ma ho pensato che valesse la pena provare. Non si sa mai, giusto?»

«Giusto. Cosa faceva nell'esercito?»

«Fanteria. Ha prestato servizio nei Balcani per due volte, una in Kosovo, e una nella prima guerra del Golfo.» Il suo sguardo vagò verso la finestra oltre la spalla di Kay. «Ho visto troppi amici uccisi, e gli altri…

beh, diciamo che la loro salute non è mai stata la stessa dopo.»

«Cosa fa adesso?»

«Parole crociate e tiro con l'arco a livello agonistico.» Sorrise. «E mi occupo dei miei nipoti durante la settimana quando mia figlia e suo marito sono al lavoro.»

«Non sembra male.»

«Sono entrambi impegnativi, ma sì, mi piace.»

Kay ringraziò la cameriera che arrivò con il suo caffè, poi si rivolse di nuovo ai due uomini mentre una coppia di pensionati si sedeva a un paio di tavoli alla loro destra. «Va bene. Cosa ha per me?»

Halsmith si grattò la barba corta, poi avvolse le mani attorno alla tazza di tè e abbassò la voce. «Olly mi ha mostrato la foto del tatuaggio dopo che l'ho sentito parlare con Brian. Non l'avevo mai visto prima, ma avevo sentito delle cose. Ai tempi del Kosovo.»

«Del tipo?»

«Qualcosa che a che fare con una pattuglia di sei uomini che si erano allontanati senza permesso e avevano salvato alcune donne e bambini.» Scosse la testa. «Non lo so, a volte senti storie del genere e c'è un che di fasullo in tutto questo. Mito urbano, quel tipo di cose. Ma questo ha preso piede per un po' prima di svanire. Avevo sentito dire che tutti gli uomini erano stati rispediti a casa e congedati. Me ne ero dimenticato per alcuni anni, finché non mi sono cacciato nei guai.»

«Guai?»

Lui sostenne il suo sguardo. «Droga. Non molta. Ma sono stato stupido. Avrei dovuto solo provare a parlare con qualcuno. Per fortuna, mia moglie ha scoperto il gruppo di supporto di Brian e mi ci ha trascinato. Da allora non mi sono più guardato indietro.»

«Quanto tempo fa è stato?»

«Circa dieci anni ormai. Oggi ci vado per aiutare, ascoltare i più giovani. Ci siamo passati tutti, quindi è bello fare qualcosa per sostenere altri in una situazione simile. Comunque, un giorno, devono essere cinque anni fa, un tizio si presenta a uno degli incontri del lunedì sera. Era ovvio che aveva dormito all'addiaccio. Brian è bravo con i nuovi, quindi gli ha procurato vestiti puliti, un kit per la doccia, cose del genere. Il posto dove ci incontriamo ospita un club di cricket e ha degli spogliatoi, così ha potuto lavarsi e sistemarsi mentre era lì.»

«Hai idea di dove alloggiasse?»

«Campeggio selvaggio, credo. Ce ne sono molti che lo fanno… è più sicuro al giorno d'oggi, e lo era anche allora. Non l'avevo mai visto in giro per la città prima di allora, né a Sevenoaks né a Tonbridge. Non ha senso andare nei posti più piccoli, non farai abbastanza soldi elemosinando.»

«Hai visto il tatuaggio?»

«No, mai. Ho solo pensato a lui quando ho sentito Olly parlare e ho messo insieme i pezzi. Non gli ho mai chiesto cosa avesse fatto in Kosovo, ma ho capito che c'era stato da alcuni commenti che ha fatto. Si è aperto di più con me dopo, sapendo che probabilmente avevo visto alcune delle cose che aveva visto lui.»

«Come ha capito che era uno dei sei uomini?»

«Ha menzionato che aveva aiutato a salvare alcuni profughi nel novantanove. Data la posizione dove era stato di stanza e il fatto che ammise di dormire all'addiaccio perché non aveva una pensione militare, ho messo insieme i pezzi. Ero in soggezione, ad essere onesto. Un'impresa infernale.»

«Si ricorda il suo nome?»

«Sì. Ethan Archer. Doveva essere sulla quarantina quando l'ho visto l'ultima volta.»

Kay frugò nella sua borsa ed estrasse lo schizzo composito. «Questo è lui?»

«Sì, direi che è lui.»

«Quando ha visto Ethan l'ultima volta?»

Halsmith finì il suo tè, lanciò un'occhiata a Townsend, poi tornò a guardare Kay. «Beh, il fatto è che, vede, è questo che stavo raccontando a Olly. Non vedo Ethan da tre o quattro anni ormai.»

«Cosa intende? Cosa gli è successo?»

«Nessuno lo sa. Un giorno, ha lasciato il gruppo e non l'abbiamo più rivisto.»

«Ha controllato con altri contatti che aveva?»

«Sì, e ho chiesto in giro per un po', ma è come se fosse svanito nel nulla. Nessuno sa niente.»

CAPITOLO 21

Spalancando la porta della sala operativa, Kay si mise le dita tra le labbra e fischiò.

Dopo essersi scusata con l'agente di polizia alla scrivania più vicina a lei, che era sobbalzato sulla sedia per l'improvvisa interruzione, alzò la voce.

«Tutti, briefing, adesso, per favore. Abbiamo una svolta riguardo l'identità della nostra vittima.»

Diede una pacca sulla spalla di Barnes mentre passava accanto alla sua scrivania. «Avrò bisogno del tuo aiuto per coordinare tutto questo. Puoi delegare parte del tuo altro lavoro altrove?»

«Posso provarci,» disse lui. «Un altro detective al Quartier Generale mi deve un favore per quel caso di furto con scasso del mese scorso.»

«Fai del tuo meglio. Sharp è qui?»

«Sì.»

«Potresti fargli sapere che potrebbe volersi unire a noi? Penso che sarà interessato a sentire questa cosa.»

«Lo farò.»

Scansando uno degli impiegati amministrativi che quasi si scontrò con lei, con le braccia cariche di rapporti, Kay attraversò la stanza fino alla lavagna e la spostò più vicino alla parete posteriore sulla quale era stata fissata una lunga bacheca di sughero.

La fotografia della vittima era il primo elemento ad essere stato appuntato, e mentre la squadra trovava posto e si sistemava, lei iniziò a creare una rete a ragnatela dei fatti noti fino a quel momento. Quando si girò, un mare di volti la fissava con espressioni ansiose.

Sharp era appoggiato alla fotocopiatrice, con lo sguardo incollato alla lavagna.

Kay si schiarì la gola. «Grazie a tutti. Se manca qualcuno, se c'è qualcuno fuori che sta seguendo delle piste, qualcuno può assicurarsi che queste informazioni vengano trasmesse non appena finito il briefing?»

Debbie West alzò la mano. «Me ne occupo io, capo.»

«Grazie. Ho ricevuto conferma nell'ultima ora che la nostra vittima è Ethan Archer. Era noto per frequentare un gruppo di supporto per veterani a Riverhead fino a tre o quattro anni fa, momento in cui è scomparso. Prima di ciò, era stato nell'esercito britannico e aveva prestato servizio in Kosovo. Uno dei membri del gruppo di supporto, Stephen Halsmith, ricorda che quando Ethan si è presentato per la prima volta al gruppo, stava dormendo all'aperto... Halsmith pensa che facesse campeggio selvaggio basandosi su alcuni commenti che Ethan gli aveva fatto durante il periodo in cui frequentava il gruppo.»

Indicò i due pannelli informativi. «Ora che abbiamo un nome, voglio che ci concentriamo sull'identificazione dei parenti più prossimi, qualsiasi traccia di lui nel sistema dei servizi sociali, e se è conosciuto dalle associazioni di beneficenza locali. Dov'è Laura?»

Una mano si alzò in fondo al gruppo. «Qui, capo.»

«Puoi seguire la questione con l'ufficio alloggi del Comune e parlare con qualcuno per vedere se riconosce il nome o la sua fotografia? Halsmith pensa che se Ethan chiedeva l'elemosina di tanto in tanto, si sarebbe diretto verso Sevenoaks o Tonbridge. Puoi tenerti in contatto con gli agenti Ben Allen e Nigel Best da quelle parti se hai bisogno di ulteriore aiuto.»

«Sì, capo.»

«Controlla anche Maidstone, ed estendi la tua ricerca se necessario. Qualcuno qui ha contatti all'interno dei progetti abitativi del Kent County Council?»

«Io conosco qualcuno,» disse l'agente Dave Morrison. «Se non può aiutarci, potrebbe essere in grado di dirci con chi possiamo parlare.»

«Bene, grazie. Lo lascio a te. Passando alle attività di ieri... Ian, ci sono novità su quel furgone o sulle impronte degli pneumatici sulla pista?»

Barnes si fece avanti. «Patrick sta elaborando le impronte che lui e la sua squadra hanno prelevato ieri. Abbiamo trovato prove di trappole e conigli morti, ma non siamo ancora sicuri se questi siano collegati al furgone.»

«Quindi, potremmo considerare un aspetto di bracconaggio piuttosto che qualcosa legato alla morte di Ethan?»

«È una possibilità, capo. Stamattina mi metterò in contatto con la divisione Crimini agroalimentari per avere la loro opinione al riguardo.»

«D'accordo. Carys e Gavin, cosa ha detto Dennis Maitland?»

«Pensava che forse fossero bracconieri a usare la pista, ma riteneva più probabile che fossero ragazzi,» disse Carys. «Sostiene che chiunque pratichi bracconaggio da quelle parti vada a caccia di selvaggina più grossa, come cervi. Ci ha dato però i dettagli dei proprietari delle fattorie vicine. Li ho inseriti nel sistema e organizzeremo colloqui con loro nella giornata di domani.»

«Ha anche menzionato che, per quanto ne sappia, nessuno dei suoi vicini possiede un aereo leggero,» disse Gavin. «E ha confermato che nemmeno lui ne usa uno.»

Kay li ringraziò mentre riprendevano posto. «Dato lo stato delle analisi forensi sui segni degli pneumatici, Ian, puoi coordinarti con gli agenti in uniforme per effettuare ulteriori indagini tra i residenti lungo quel vialetto? Dobbiamo corroborare la dichiarazione di Peter Winton secondo la quale ha sentito un veicolo quella domenica sera. Se qualcuno ha una telecamera di sicurezza fissata alla propria proprietà, vedi se puoi ottenere qualche filmato. So che è un tentativo disperato, ma dobbiamo chiudere questa linea d'indagine se non ha alcuna relazione con la morte di Ethan.»

«Lo farò, capo.»

Kay fece un respiro profondo. «Ok, c'è abbastanza da fare per ora. Siete congedati, ma sapete dove trovarmi se avete domande. Grazie per il vostro tempo.»

Raccolse i suoi appunti mentre le sedie stridevano all'indietro e la squadra si disperdeva.

Sharp le fece cenno di avvicinarsi mentre tornava verso

il suo ufficio. Quando lei entrò, lui chiuse la porta e si voltò verso di lei.

«Dobbiamo prendere una decisione se informare la squadra del coinvolgimento di Archer nel salvataggio di quelle donne e bambini nei Balcani.»

«Intendi nel caso in cui il movente dell'assassino fosse la vendetta per la missione di salvataggio, anche dopo tutto questo tempo?»

«Esattamente.»

Lei sospirò, si passò una mano tra i capelli e si spostò verso la finestra prima di appoggiarsi al davanzale. «Non so se sia la cosa giusta da fare ancora. Voglio dire, potrebbe influenzare l'indagine se glielo diciamo.»

«Vuoi esaurire prima le altre possibilità?»

«Non mi dispiacerebbe, solo per essere sicura. Altrimenti, siamo solo io e te a interpretare ciò che è successo nel novantanove come un movente, giusto? Non abbiamo prove che suggeriscano che sia questo il caso. Ci sono così tante incognite al momento attuale, non è vero?»

«D'accordo. Sono d'accordo che tu continui a condurre l'indagine su questa base, ma se pensi che qualsiasi prova che emerga punti verso quell'incidente militare, fammelo sapere immediatamente.»

Kay annuì e si diresse verso la porta. «Non preoccuparti, lo farò, specialmente se qualcuno minaccia la mia squadra.»

CAPITOLO 22

Gavin scorse il suo riflesso nella parete a specchio dell'ascensore e si affrettò a sistemarsi i capelli mentre Laura premeva il pulsante per il terzo piano.

Lei gli sorrise mentre le porte si chiudevano. «Ho della lacca nella borsa se la vuoi».

Lui abbassò la mano e voltò le spalle alla parete, scorrendo con gli occhi il testo del manifesto sopra il pannello di controllo. «Molto divertente. Chi stiamo andando a incontrare?»

«Valerie Hayes. È un'ufficiale di collegamento tra il comune e le associazioni locali per i senzatetto. Sto avendo difficoltà a contattare persone in un paio di associazioni: sono volontari part time. Ho pensato che se Valerie potesse fare da intermediaria, ci libererebbe per seguire alcuni degli altri compiti che Kay ci ha assegnato».

«Sembra un buon piano. Come la conosci?»

«Non la conosco, è il contatto di Dave Morrison che ha menzionato durante il briefing. Lui sta ancora dividendo il suo tempo tra noi e un'udienza in tribunale questa settimana, quindi mi sono offerta di incontrarla al posto suo». Aggrottò la fronte. «Non ti dispiace, vero?»

L'ascensore si fermò con un sobbalzo, e Gavin allungò la mano mentre le porte si aprivano.

«Per niente. Preferisco fare questo che restare bloccato nella sala operativa». Si sbottonò la giacca mentre camminavano lungo un breve corridoio verso una reception deserta. «Qui dentro fa più caldo, tanto per cominciare».

Laura represse una risatina mentre lui suonava un campanello sulla scrivania.

Pochi istanti dopo, una ragazza appena maggiorenne con quantità copiose di trucco sugli occhi apparve da una porta aperta alla sinistra della scrivania e inclinò la testa.

«Posso aiutarvi?»

«Ispettrice Laura Hanway e il mio collega, detective Gavin Piper». Laura si rimise il tesserino in tasca. «Valerie Hayes ci sta aspettando».

«Aspettate».

La ragazza girò sui tacchi e scomparve, ma Gavin la sentì parlare con qualcuno nella stanza accanto.

Dei passi risuonarono sul sottile pavimento rivestito di moquette e poi una donna più anziana con i capelli castani fino alle spalle entrò nell'area della reception, con un raccoglitore nero da archivio sotto un braccio. Porse la mano prima a Laura.

«Sono Valerie Hayes. Temo di non avere una sala riunioni dedicata a questo piano, quindi dovremo usare l'ufficio del mio direttore». Passò accanto a Gavin e proseguì lungo il corridoio, poi si voltò e disse: «È in una riunione a Chatham fino alle quattro e il traffico sulla collina a quest'ora del giorno è di solito terribile, quindi dovremmo essere a posto».

Si fermò alla fine e aprì una porta, facendosi da parte per lasciarli passare.

«Accomodatevi. Vi offrirei qualcosa da bere, ma è un'ora che l'idraulico sta con la testa sotto il lavandino del bagno degli uomini, e non credo che l'acqua tornerà presto».

Mentre Gavin si sedeva su una delle due sedie per i visitatori accanto a una scrivania economica in finto rovere, osservò la confusione di scartoffie sparse su di essa e i promemoria scritti su post-it attaccati intorno ai bordi dello schermo del computer. Si chiese come il capo di Valerie fosse riuscito a sottrarsi a così tanti impegni che reclamavano il suo tempo.

L'intera stanza sembrava un caos totale.

«Dovreste vederla in una brutta giornata». Valerie spinse il raccoglitore da archivio in uno spazio tra altri due su uno scaffale accanto alla finestra e poi si sedette di fronte a loro. «Ha menzionato al telefono che avevate una richiesta urgente riguardo a un veterano senzatetto, Ispettrice Hanway».

Gavin colse l'occhiata di traverso di Laura e le fece cenno di continuare.

Se aveva già stabilito un rapporto di base con la donna, allora era felice di lasciare che la sua collega gestisse l'interrogatorio.

«Stiamo cercando di scoprire di più su un uomo di nome Ethan Archer», disse. «Stiamo indagando su una morte sospetta e ci risulta grazie alle persone che lo conoscevano che è scomparso dalla zona tre o quattro anni fa. Speriamo che lei possa aiutarci a capire dove abbia vissuto durante quel periodo».

Valerie gonfiò le guance. «Accidenti. È una bella sfida. Sa qualcosa del suo passato?»

«Crediamo che possa essere stato un ex-militare di fanteria, potenzialmente del Reggimento Paracadutisti», disse Laura. «Era noto per dormire all'aperto e aveva frequentato un gruppo di supporto per veterani a Riverhead prima della sua scomparsa. Ci chiedevamo se fosse stato in contatto con questo dipartimento in qualche momento durante quel periodo in cui non era stato visto, o se lei ha un ultimo indirizzo noto per lui».

«Mi ci vorrebbero un giorno o due per esaminare il nostro database», disse la funzionaria. «Avete una data di nascita per lui?»

«Stiamo ancora aspettando la conferma dall'Esercito Britannico», disse Gavin.

«Bene, potrebbe volerci tempo per trovarlo senza questa, ma posso provarci».

«Grazie».

Valerie finì di scrivere un appunto per sé stessa e strappò il foglio dal blocco accanto alla tastiera del computer del suo direttore. «Sa quando ha lasciato l'esercito?»

«Abbiamo una data del novantanove».

«È tanto tempo fa».

«Ci rendiamo conto che non sarà facile».

Facendo una smorfia, Valerie piegò l'appunto e lo tamburellò con le dita. «Non lo è. Voglio dire, a meno che non sia stato specificamente indirizzato a questo dipartimento, o a una sua versione precedente, saremo fortunati a trovare un documento su di lui».

«Che tipo di problemi incontrano questi veterani?» chiese Laura.

«A parte i problemi fisici e mentali che tipicamente vediamo nei veterani che hanno vissuto conflitti, i problemi si manifestano spesso quando tornano alla vita civile», disse Valerie. «Molti di loro si sono arruolati in giovane età, alla fine dell'adolescenza o all'inizio dei vent'anni, quindi l'esercito, per esempio, è l'unica vita che conoscono. Penso che negli ultimi anni abbiano iniziato a dar loro una mano quando lasciano il servizio, una sorta di transizione da una vita all'altra, ma non è abbastanza. È un enorme shock per il sistema passare dall'avere la tua vita organizzata quotidianamente fino al minimo dettaglio al dover pianificare per te stesso. Nella mia esperienza, ho visto insorgere gli stessi problemi quando i detenuti vengono rilasciati dopo lunghe pene».

«Il vostro dipartimento come supporta la ricerca di alloggi protetti per loro?»

«Se vengono da noi, li mettiamo in contatto con le organizzazioni che possono assisterli con l'alloggio e i servizi associati. Si tratta di fornire loro le informazioni necessarie affinché possano fare le scelte giuste». Fece una pausa e indicò le file di cartelle che si allineavano sugli scaffali. «Siamo oltre la nostra capacità, però, e i comuni locali sono sotto pressione dal governo per quanto riguarda i finanziamenti. Purtroppo, il benessere mentale della nostra crescente popolazione di senzatetto non è in cima alle loro priorità, nonostante la nostra stia aumentando perché stanno incoraggiando queste persone a lasciare le città. Non è stata una priorità per loro per quasi un decennio, nonostante tutte le prove che dimostrano che abbiamo disperatamente bisogno di fondi per gestire il problema».

«La nostra vittima potrebbe aver dormito all'aperto in campagna, facendo campeggio selvaggio», disse Gavin.

Valerie sospirò. «In tal caso, potrebbe non essersi mai registrato con noi, oppure se l'ha fatto e poi ha interrotto ogni contatto, avremmo perso traccia di come trovarlo».

«Cosa succede se persone come lui scompaiono o si spostano in altri luoghi?»

«Beh, niente. Se non ci dicono dove vanno, non possiamo aiutarli».

«Ma sicuramente dovete fare qualcosa per loro se si comportano così», disse Laura, «voglio dire, cosa succede ai sussidi a cui potrebbero aver diritto?»

Valerie rivolse un sorriso triste alla giovane investigatrice. «Questo è il problema. Alcune di queste persone non si preoccupano di questo. Non *vogliono* essere trovate».

CAPITOLO 23

Kay sfogliò le pagine del giornale gratuito che era stato infilato nella cassetta delle lettere quel pomeriggio, con il mento appoggiato sulla mano e il cuore pesante.

Non leggeva le parole.

Non si concentrava sulle fotografie delle competizioni sportive locali o delle attività di raccolta fondi.

La sua mente continuava a tornare alla conversazione avuta con Carys quella mattina, e alle ripercussioni sulla squadra se la detective avesse lasciato la Polizia del Kent per perseguire le sue ambizioni di carriera.

Un miagolio proveniente dalla gabbia metallica nell'angolo della cucina interruppe il suo stato di trance, e sollevò la testa per guardare oltre il bordo del piano di lavoro dove Adam sedeva sulle piastrelle, controllando un cucciolo di volpe alla volta e assicurandosi che ciascuno ricevesse una giusta porzione del cibo che stava somministrando loro.

Da quando erano arrivati quella mattina, li aveva

nutriti ogni ora e avrebbe continuato a farlo durante la notte.

«Carys se ne va», disse, sentendo lo stupore e la tristezza nella propria voce.

Lui alzò di scatto la testa e il suo sguardo si bloccò nel suo, dimenticandosi del cucciolo che aveva in grembo. «Quando?»

«Non lo so. Presto, suppongo. Ha un colloquio a Bridgend con la Polizia del Galles del Sud venerdì. Se ottiene il lavoro, si trasferirà a Cardiff.»

Adam arruffò le orecchie del cucciolo prima di metterlo sulle coperte nella gabbia insieme ai suoi fratelli, e poi si raddrizzò. Si lavò le mani e prese un asciugamano dal gancio sotto il lavandino.

Avvicinandosi a lei, si asciugò le mani e poi si sedette su uno sgabello di fronte.

«Quando te l'ha detto?»

«Stamattina, quando sono arrivata. Mi ha fermato nel parcheggio.» Riuscì a fare un piccolo sorriso. «Non credo che abbia dormito molto la notte scorsa, preoccupandosi per questo.»

«Stai bene?»

«Sì, sono solo triste. Cioè, so che non posso tenerli tutti con me per sempre, ma ho iniziato a contare così tanto su di lei. È la mia detective più esperta.»

«Perché Cardiff?»

Kay si strinse nelle spalle. «Costa maledettamente meno viverci rispetto a qui. E penso che sia semplicemente il caso che ci sia lavoro lì. Il ruolo di detective, intendo. Non è che debba restarci per sempre se non volesse, anche se credo che abbia degli amici in quella parte del Galles, quindi...»

«Forse questo è sempre stato nei suoi piani.» Adam piegò l'asciugamano e lo posò sul piano di lavoro accanto a sé. «Quando dovrebbe iniziare?»

«Tra quattro settimane, se ottiene il lavoro...»

«Che otterrà, perché stiamo parlando di Carys.»

«Esattamente.»

«Hai ancora Gavin, e c'è quella nuova detective tirocinante nella squadra ora.»

«Laura? Sì, penso che abbia molto potenziale. Forse un po' meno ambiziosa di Carys.»

«Non è una cosa negativa.»

«Forse, anche se mi mancherà la dinamica.»

«Gli altri lo sanno?»

«Ho aggiornato Barnes, giusto per prepararlo al carico di lavoro extra. Non credo che otterremo i fondi per assumere un detective completamente addestrato al suo posto... dovremo aspettare la prossima ondata di agenti in uniforme o dal programma accelerato.»

«Ma Gavin non lo sa ancora?»

«No. Ho pensato che sia probabilmente meglio aspettare fino a quando non avremo la conferma che se ne va davvero prima di preoccuparlo.»

«Farà bene alla sua fiducia, ne sono sicuro.»

«Probabilmente hai ragione.»

Lui le strinse la mano mentre il campanello suonava. «È così. Vuoi preparare i piatti? Sarà il cibo indiano da asporto.»

Kay scivolò giù dallo sgabello e prese i piatti dalla

credenza sopra il tagliere, sistemò le posate accanto ad essi sul piano di lavoro e aveva già stappato due bottiglie di birra fredda quando Adam apparve con un sacchetto di cibo.

«Dio, che buon profumo», disse, e rise quando i quattro cuccioli di volpe alzarono i nasi in aria. «E voi non ne avrete niente, piccoli.»

«Chiuderò la porta così non usciranno mentre mangiamo», disse Adam, fissando un anello di filo metallico intorno alle sbarre.

Poco dopo, stavano mangiando in un piacevole silenzio, un contenitore di alluminio con il riso tra loro e un altro con un mix di avanzi in cui pescavano dopo il pasto principale.

Kay bevve un sorso di birra e indicò le volpi. «Sembrano già più in forma. Non così malmesse come quando sono arrivate stamattina.»

«Amy passerà all'inizio della prossima settimana se continuano a migliorare. A questo ritmo, potranno gestirli meglio al centro di recupero una volta che saranno fuori pericolo immediato di morte.»

«Cosa gli succederà quando verranno rilasciati?»

Adam si mise un altro cucchiaio di riso nel piatto e lo mescolò con i succhi della sua salsa di curry prima di rispondere.

«Il centro di recupero ha una lista di agricoltori disponibili», disse. «Quelli che non permettono la caccia sulla loro terra e che non hanno bestiame di cui preoccuparsi. Questi quattro probabilmente finiranno da qualche parte vicino al Ringlestone, è vicino a dove sono stati trovati, e non in prossimità di precedenti rilasci. Ci sarà un sacco di terra su cui potranno dividersi e vagare per qualche anno.»

«Non so come faccia Amy», disse Kay. «Troverei così difficile lasciarli andare, senza sapere cosa accadrà loro.»

«Sarebbe più crudele tenerli.» sorrise Adam. «Inoltre, ha solo tanto spazio al centro, e ci sono sempre altri animali che hanno bisogno di cure. Dovremmo invitare Carys qui prima che tornino indietro, se ha tempo. Non ti perdonerebbe se non ne avesse potuto tenere uno in braccio.»

Kay fece tintinnare la sua bottiglia di birra contro la sua. «Sembra un buon piano, signor Turner.»

Lui le fece l'occhiolino e puntò la forchetta verso il resto del cibo. «Se vuoi prenderne ancora, fallo, altrimenti lo finisco io.»

CAPITOLO 24

Barnes tirò fuori gli stivali di gomma dal bagagliaio dell'auto e lasciò uscire uno sbuffo d'aria mentre si sedeva sul sedile del passeggero per indossarli.

Accanto a lui, Carys barcollava su un piede mentre cercava di infilare l'altro in uno stivale, imprecando a bassa voce.

«Faresti meglio ad abituarti, Miles. Dove stai andando, ci sono allevamenti di pecore dappertutto».

«Non sono ancora lì, Ian. Prima devo ottenere il lavoro. E poi, è Cardiff, non la campagna». Si raddrizzò e gli rivolse un sorriso triste. «Allora Kay te l'ha detto?»

«Sì». Diede un'ultima spinta al piede e lo stivale scivolò. «Grazie al cielo. Sono sicuro che si siano ristretti quando li ho lavati con la pompa l'altro giorno».

«Li hai messi nei piedi giusti?»

Lui sorrise, le mostrò il dito medio, poi si alzò e osservò i campi oltre il cortile dove avevano parcheggiato, inspirando l'aria fresca.

File e file di alberi da frutto nodosi si estendevano a perdita d'occhio.

Carys seguì il suo sguardo. «È diverso qui, rispetto alla fattoria di Maitland, vero? Più pianeggiante».

«Non sembra così desolato in questa stagione, tra l'altro». Stava in piedi con le mani sui fianchi e si girò per osservare la proprietà estesa. «Non so come le persone possano fare questo per vivere. È un lavoro maledettamente duro, specialmente ora che non possono garantire alcun aiuto per il raccolto dall'estero».

«Ho sentito che è stato piuttosto brutto qui l'anno scorso. Molti dei raccoglitori di frutta non si sono presi la briga di venire». Carys aggirò una pozzanghera profonda che si estendeva tra un rimorchio a pianale e un veicolo a quattro ruote motrici malconcio. «Chi dobbiamo incontrare?»

«Lui», disse Barnes, e alzò la mano mentre un uomo appariva sulla soglia della fattoria e si avviava verso di lui. «Hugh Ditchens?»

«Sono io». Il contadino cinquantenne strinse la mano a Barnes, poi a Carys e indicò un edificio basso in mattoni che costeggiava un lato del cortile. «Venite nell'ufficio. Non importa se sporchiamo il pavimento di fango, ed è caldo. Ho acceso il riscaldamento lì un'ora fa. Vi serve qualcosa da bere?»

«Stiamo bene così, grazie. Siete impegnati qui al momento?»

«C'è un po' di calma», disse Ditchens, mentre si dirigeva verso il suo ufficio e li faceva entrare. «Non preoccupatevi di lasciare gli stivali alla porta, non lo fa nessuno».

La sua voce era allegra, pragmatica.

Mentre Barnes osservava le pareti e prendeva nota dei calendari annuali e degli acquerelli amatoriali che si contendevano lo spazio insieme a tre sbiadite stampe aeronautiche, ognuna raffigurante un aereo della Seconda guerra mondiale in volo, e disegni di bambini appesi accanto a quelli, intuì che Ditchens non era un uomo che si lasciava facilmente stressare.

«Si tratta dell'uomo trovato nel campo di Dennis?» disse Ditchens, indicando una poltrona imbottita e una sedia da campeggio traballante. «Scusate per i mobili. Ho intenzione di prendere qualcosa di più nuovo verso l'estate».

Barnes guardò con sospetto la sedia da campeggio e ignorò lo sguardo malizioso che Carys gli lanciò mentre affondava nella poltrona e accavallava le gambe. Si sedette con cautela, quasi aspettandosi di finire sul pavimento, e poi rivolse la sua attenzione al contadino.

«Esatto. Solo alcune domande di routine per aiutarci a capire come potrebbe essere arrivato lì. Ha notato attività insolite nelle ultime due settimane?»

«Non posso dire di averle notate. Ovviamente con la stagione turistica ancora a qualche mese di distanza qui non c'è molto movimento, ci può essere un problema con gli scaricatori abusivi, particolarmente nel campo che confina con il frutteto di ciliegi. È il più vicino alla strada, capisce. Quei bastardi si fermano, gettano tutta la loro spazzatura oltre la recinzione e poi se ne vanno».

«Siamo particolarmente interessati a qualsiasi cosa potrebbe aver visto o sentito lei di notte», disse Barnes. «Veicoli, cose del genere».

Ditchens si tirò il lobo dell'orecchio. «Ad essere onesto, di solito dormo già alle dieci e mezza quasi tutte le sere, quindi non sento molto».

«Possiede un aereo leggero, signor Ditchens?» disse Carys.

Lui rise vedendola guardare oltre le sue spalle alle stampe aeronautiche. «No, non me lo posso permettere».

«Quei quadri sembrano vecchi».

«Erano di mio padre. Ha sempre avuto un debole per i caccia della Seconda guerra mondiale, lo Spitfire in particolare».

«È a conoscenza di aeroporti privati nella zona?» disse Barnes. «Per l'irrorazione delle colture e cose simili?»

«Non lo sono, e non riesco a immaginare che qualcuno da queste parti ne abbia bisogno, semplicemente non abbiamo l'estensione di terreno come alcune delle fattorie di cereali più grandi».

«Da dove viene la sua forza lavoro? È locale?»

«Principalmente dal villaggio, sì. Il lavoro si intensifica durante il periodo del raccolto, naturalmente, quindi assumiamo manodopera occasionale per aiutare, anche se oggi la maggior parte della raccolta della frutta viene fatta a macchina». Sorrise con indulgenza. «Ci sono ancora alcuni lavori che le persone fanno meglio».

«Capitano mai viaggiatori in cerca di lavoro?»

«A volte». Ditchens si spostò sulla sedia. «Ma questa è una tradizione del Kent, no? Tutti venivano da Londra ai vecchi tempi per aiutare con i raccolti di frutta e luppolo. Ne facevano una vacanza».

«E come li paga?»

«In contanti». Il collo del contadino arrossì. «Ma

chiarisco tutto con il mio commercialista quando faccio la dichiarazione dei redditi».

Barnes sorrise. «Preso nota, signor Ditchens. Molto lodevole da parte sua. Ha avuto problemi con persone che dormono all'aperto sulla sua terra o nelle vicinanze?»

«No, grazie al cielo». Ditchens si appoggiò allo schienale della sedia e incrociò le mani in grembo. «Ho sentito che sta succedendo sempre più spesso, ma il governo non farà nulla al riguardo. Sono interessati solo ai senzatetto che vedono nelle città, no? Ho pensato di essere fortunato a non dover affrontare questo tipo di cose qui intorno».

Barnes si alzò dalla sedia, le gambe oscillarono mentre si raddrizzava. «Penso che queste siano tutte le domande che abbiamo al momento, signor Ditchens. Grazie per il suo aiuto».

«Nessun problema, detective. Spero che troviate chiunque abbia ucciso quell'uomo. Chiunque fosse, non meritava di vedere la sua vita finire così. Non è giusto».

CAPITOLO 25

«È questo il posto. Peverell Pet Food Supplies», disse Laura, svoltando a sinistra dalla strada secondaria e seguendo un vialetto di cemento crepato che serpeggiava tra folti pini.

Gavin sfogliò le pagine che aveva stampato da una ricerca su Internet mentre lei frenava fino a fermarsi. «Dice che sono qui da dieci anni e producono carne di prima scelta per l'industria del cibo per cani e gatti. Conigli».

«Non potrei mai fare quel lavoro».

«Neanch'io». Piegò i fogli stampati e li lasciò cadere nel vano piedi. «Suppongo che qualcuno debba farlo, però. Altrimenti Fido non avrà i suoi croccantini senza conservanti e senza cereali, no?»

«Mia sorella ha un gatto. Non mangia altro che una marca particolare di cibo. Quella costosa che viene prodotta in quelle bustine, ovviamente».

«Non sei un'amante degli animali, dunque?»

«Mi piacciono gli animali, solo non quello. Un

bastardo di palla di pelo feroce. Mi sono offerta di tenerlo solo una volta. Mai più, a meno che non mi diano dei guanti da indossare».

Frenò accanto a una station wagon grigia ammaccata con schizzi di fango sui passaruota.

Un brivido di apprensione attraversò le spalle di Gavin mentre seguiva Laura tra una serie di buche profonde e osservava i bassi edifici che costeggiavano la recinzione oltre il cortile.

Dall'interno provenivano rumori soffocati, un ronzio di movimento interrotto da un singolo stridio, e poi, silenzio.

«Avremmo dovuto insistere per il posto del frutteto», mormorò Laura.

Gavin non rispose, ma rivolse l'attenzione alla villetta che era stata costruita su un lato, la cui posizione faceva sì che le finestre fossero rivolte lontano dai capannoni e offrissero una vista su un orto ben curato e aiuole fiorite appena coltivate.

Un abbeveratoio per uccelli in terracotta occupava il centro di un prato che aveva bisogno di essere falciato, mentre un sacco di terriccio e una pala leggera erano stati lasciati sull'erba accanto a un solco di terra tagliato con precisione.

Il panorama offriva un forte contrasto con ciò che sicuramente si trovava all'interno degli edifici alle sue spalle.

Non vedendo nessuno fuori dalla casa, suonò il campanello.

Non dovette attendere a lungo.

La porta si aprì e apparve una donna con una giacca a

vento blu e jeans attillati. I capelli castano chiaro le sfioravano le spalle.

«Sì?» disse, con gli occhi verdi interrogativi.

Gavin mostrò il suo distintivo e presentò Laura. «Helen Peverell? Stiamo conducendo indagini nella zona in relazione a un incidente avvenuto sulla proprietà di Dennis Maitland. Possiamo scambiare due parole?»

La fronte della donna si corrugò un momento prima che le sopracciglia scattassero verso l'alto. «Si tratta dell'uomo morto che abbiamo sentito dire è stato trovato? Adrian stava per chiamare Dennis per scoprire cosa stesse succedendo».

«Esatto. Suo marito è in casa?»

«È in cucina. Volete accomodarvi?»

«Grazie».

Si pulì le scarpe sullo zerbino in fibra di cocco e la seguì lungo un corridoio spoglio privo di opere d'arte o soprammobili fino a una cucina ariosa sul retro della villetta.

Un uomo si alzò da un tavolo accanto a un grande frigorifero, con il giornale aperto alle pagine delle corse dei cavalli. Tese la mano. «Adrian Peverell. Ho sentito bene? Siete della polizia?»

«Sì», disse Gavin. «Volevamo fare alcune domande a lei e a sua moglie riguardo a un uomo il cui corpo è stato trovato in uno dei campi di Dennis Maitland».

Adrian indicò un paio di divani che occupavano un lato della cucina accanto a un tavolino basso. «Venite a sedervi qui. Gradite una bevanda calda?»

«No, grazie».

Lasciò andare avanti Laura e osservò le candele striate

di cera e i libri che occupavano la maggior parte della superficie del tavolo, e alzò lo sguardo quando Helen Peverell si sedette accanto al marito.

Lei sorrise. «Trascorriamo la maggior parte del nostro tempo qui, come probabilmente potete notare. In inverno è spesso più caldo del soggiorno. Come possiamo aiutarvi?»

Gavin passò lo schizzo di Ethan Archer. «Avete mai visto quest'uomo prima?»

Helen si morse il labbro e inclinò lo schizzo in modo che suo marito potesse vedere. «Non mi sembra familiare. No, non credo. È l'uomo che è stato trovato nel campo?»

«Sì. Stiamo cercando di stabilire se potrebbe aver praticato campeggio selvaggio nella zona. Avete subito furti dalla vostra fattoria o notato qualche segno di effrazione negli ultimi mesi?»

Adrian restituì lo schizzo e scosse la testa. «No, ma abbiamo telecamere di sorveglianza intorno alla fattoria, e i confini del cortile hanno allarmi attivati durante la notte, quindi se qualcuno tentasse di rubare qualcosa o di introdursi, lo sapremmo immediatamente».

«È un dispositivo di sicurezza piuttosto esteso, signor Peverell», disse Laura. «Avete avuto problemi in passato?»

Contorse la bocca. «Attivisti per i diritti degli animali, circa due anni fa. Alla gente non piace conoscere la verità su da dove proviene il cibo per i loro animali domestici».

«Non vendete i conigli per il consumo umano?»

«No, solo per cibo per animali. Ci sono un paio di aziende ben avviate nella zona che vendono carne di selvaggina di qualità, incluso il coniglio. Abbiamo visto uno spazio nel mercato per la carne più economica per il cibo per animali, quindi non siamo in concorrenza con loro. Helen viene da una famiglia di agricoltori e mio padre era un macellaio...»

«...Ma devo dire che i conigli sono molto più facili da gestire di una mandria di bovini», disse Helen.

«Non sapevo che i conigli fossero allevati in batteria», disse Gavin.

«È una pratica comune in Europa. È da lì che abbiamo preso l'idea», disse lei. «La maggior parte dei fornitori britannici di cibo per animali importa la carne di coniglio, ma abbiamo pensato che avremmo potuto battere i prezzi di importazione e fornire un'alternativa più economica».

«L'attività sta andando bene?» disse Laura.

«Estremamente bene», disse Adrian. «Un bel sollievo, in realtà, abbiamo contratto un prestito bancario enorme per comprare la fattoria».

«Quante persone avete che lavorano qui?»

«Non molte. Abbiamo una manciata di lavoratori part time che vengono ad aiutare quando macelliamo la carne e la prepariamo per la distribuzione, ma la maggior parte del tempo siamo solo noi due. Possiamo nutrire e mantenere le gabbie in batteria e far fronte alla gestione quotidiana del posto». Adrian scrollò le spalle. «Questo aiuta a mantenere bassi i costi generali. Ecco perché abbiamo avuto tanto successo: non assumiamo molte persone».

«E per quanto riguarda il lavoro occasionale, escursionisti con lo zaino in spalla, persone di quel tipo?» disse Gavin.

«Negli anni ne abbiamo avuti alcuni che si sono presentati chiedendo lavoro», disse Helen. «Più che altro persone in difficoltà che cercavano un po' di lavoro pagato in contanti, ma li abbiamo sempre mandati via. Qui facciamo tutto secondo le regole, quindi anche i lavoratori part time passano attraverso il sistema delle buste paga».

«Semplicemente non possiamo permetterci che un'ispezione trovi qualsiasi scusa per chiuderci», disse Adrian. «Questo è il nostro sostentamento. Quindi, come dice Helen, tutto è documentato e rendicontato, compresi i nostri lavoratori».

«Possedete un aereo?» chiese Laura.

Adrian rise. «No, tanto per cominciare non possiamo permettercelo. E non è che ci serva per allevare conigli».

Gavin controllò i suoi appunti, poi si alzò dal divano e porse un biglietto da visita ad Adrian. «Grazie ad entrambi per il vostro tempo oggi. Credo che per ora sia tutto, ma se vi viene in mente qualcosa che potesse aiutarci, o sentite qualcuno menzionare qualcosa che vi preoccupa, vi sarei grato se mi chiamaste».

«Nessun problema». Adrian si alzò, infilò il biglietto nella tasca posteriore dei jeans e indicò la porta. «Vi accompagno all'uscita, se volete».

Mentre Gavin seguiva Laura e l'allevatore di conigli fuori dalla porta d'ingresso, il suo sguardo si posò sugli edifici bassi di fronte alla casa.

«Avevate esperienza di agricoltura prima di comprare questo posto?» chiese.

«Helen sì, come ha detto, i suoi genitori hanno un allevamento di bovini nello Shropshire. Io avevo dato una mano in alcune fattorie durante il mio viaggio zaino in spalla in Australia», disse Adrian. «È lì che ho conosciuto Helen, io sono originario del Suffolk. Abbiamo visto questo posto in vendita quando siamo tornati, e costava poco. Comunque costoso, da qui il prestito bancario, ma meno di quanto sarebbe costato se la banca non stesse per pignorare il mutuo del precedente proprietario. Quell'edificio laggiù dove teniamo le gabbie dei conigli stava quasi crollando, ma l'abbiamo sistemato nel primo anno. L'attività si è espansa rapidamente dopo, quindi abbiamo dovuto costruirne un altro». Adrian indicò con il pollice oltre la spalla il secondo fabbricato. «Usiamo quello per lavorare i conigli, macellazione, scuoiamento e poi preparazione della carne per la spedizione alle aziende di cibo per animali. Volete dare un'occhiata in giro?»

Gavin scosse la testa, chiedendosi quali orrori avrebbe dovuto affrontare se fosse passato attraverso le doppie porte indicate dall'allevatore. «Va bene così, signor Peverell. Credo che abbiamo abbastanza per andare avanti. Grazie per il suo tempo».

«Nessun problema».

Mentre si girava verso l'auto, Laura si mise al suo fianco e fece un respiro profondo.

«Grazie a Dio», disse. «Pensavo che avresti detto di sì. Quei poveri conigli».

«Lo so, ma è così che vengono allevati anche i polli qui da noi».

«Non sono così carini».

«Non dirlo al compagno di Kay».

CAPITOLO 26

Una frustrazione palpabile aleggiava nell'aria mentre la squadra di Kay si riuniva per il briefing pomeridiano.

Brontolii e la tendenza a rispondersi bruscamente avevano sostituito l'entusiasmo, e lei cercò di ricordare come Sharp li avesse spronati quando era un detective sergente che riferiva a lui.

Fece un respiro profondo e cercò di mantenere un tono leggero.

«Iniziamo, ragazzi. Mi rendo conto che è un caso difficile, ma stiamo facendo progressi. Lo dobbiamo a Ethan Archer di mantenere la concentrazione».

Lo percepì allora; un cambiamento che si diffuse tra gli agenti e il personale amministrativo riuniti, che iniziarono a sedersi più dritti.

Il click delle penne che scattavano, i taccuini che venivano girati su pagine nuove arrivò fino a lei, e poi un graduale silenzio cadde sulla stanza.

«Grazie», disse. «A quest'ora, spero abbiate avuto la

possibilità di leggere i rapporti delle interviste con Hugh Ditchens e i Peverell. Nessuno di quei proprietari terrieri ha riconosciuto la nostra vittima, e nessuno ha segnalato furti o segni di campeggio selvaggio sulle loro terre. Debbie, come ti è andata la ricerca dei parenti prossimi?»

L'agente di polizia si alzò dal suo posto e alzò la voce.

«Ho esaminato tutti i documenti, capo. I suoi genitori sono morti tredici anni fa, ed Ethan non si è mai sposato».

«Fratelli o sorelle?»

«Non sono riuscita a scoprirlo. Ethan è stato adottato dagli Archer quando aveva tre anni. Non avevano figli propri, e non ho trovato nulla che suggerisca che avesse fratelli naturali».

«Va bene, grazie». Kay fece una pausa per controllare l'ordine del giorno. «Barnes, quali sono le ultime novità riguardo al furgone?»

«Tutte le indagini casa per casa lungo la strada sono state completate», disse il sergente detective. «Nessun altro ricorda di aver sentito un furgone quella notte. Uno o due residenti all'estremità della strada ha dichiarato di sentire veicoli che percorrono la strada tardi di notte di tanto in tanto, ma non può identificare specificamente un furgone o una data particolare».

«Niente sulle telecamere a circuito chiuso?»

«Niente, purtroppo, capo. Nessuno in quella zona ha telecamere di sicurezza, sono tutte residenze private. Non ci sono attività commerciali lungo quella strada. La più vicina è sulla strada principale in direzione Hildenborough. Abbiamo controllato le riprese da lì, ma nessun furgone appare la sera menzionata da Peter Winton».

«E i segni delle impronte dei pneumatici?» disse Kay. «Come procede con quelli?»

Barnes si girò verso Laura e sollevò un sopracciglio.

«Stiamo ancora aspettando notizie da Patrick, capo», disse lei. «L'ho chiamato un paio d'ore fa, ma ha degli arretrati. Dice che potrebbe avere qualcosa per noi la prossima settimana».

«E gli aerei leggeri nella zona?» disse Kay. «Qualcosa?»

«Tutti gli aerei registrati e i piloti della zona sono stati verificati», disse Phillip Parker. «Nessuno di loro ha registrato un volo che coincida con la notte in questione».

Kay camminò sulla moquette. «Ok, date le circostanze lasceremo perdere il furgone per il momento. In assenza di prove che corroborino l'affermazione di Winton di aver sentito un furgone quella notte, rischiamo di sprecare tempo su qualcosa che potrebbe essersi inventato. Dobbiamo concentrarci su dove potrebbe essere stato Ethan Archer prima di essere ucciso. È emerso qualcosa dalle associazioni locali per senzatetto o dal comune?»

«Nessuno ha sue tracce», disse Gavin. «Stanno lottando con la mancanza di fondi, e sembra che questo stia avendo un impatto sulla capacità di tenere traccia dei senzatetto nella zona. Sicuramente non ha fatto domanda di assistenza per quanto riguarda l'alloggio, secondo le persone con le quali abbiamo parlato».

«Quindi, dobbiamo iniziare a considerare altre opzioni». Kay si girò e toccò la mappa appesa al muro. «Date le circostanze, Gavin, voglio che tu collabori con gli agenti in uniforme per coordinare una ricerca nella riserva naturale che include il bacino idrico a sud dei terreni agricoli qui».

«Pensa che sarebbe riuscito a campeggiare lì senza essere visto, capo?» disse Carys.

«Possibile, in questa stagione», disse Kay. «È stato un inverno rigido, quindi potrebbe aver contribuito al basso numero di visitatori, solo un appassionato di birdwatching o un pescatore avrebbe avuto il coraggio di affrontare queste temperature. D'altra parte, potrebbe essere qualcosa di cui Ethan avrebbe potuto approfittare, sarebbe stato meno probabile che qualcuno lo avvistasse».

Laura alzò la mano. «Capo? Pensa che potrebbe essersi deliberatamente nascosto in campagna, piuttosto che semplicemente fare campeggio selvaggio come alternativa al trovare riparo in città? Insomma, se fosse stato spaventato, o si stesse nascondendo da qualcuno?»

«Sì, lo penso. Dobbiamo anche considerare la possibilità che non soggiornasse affatto nella zona. Se è così, allora perché è tornato qui? Se si è nascosto per tutto questo tempo, cosa lo ha fatto uscire allo scoperto?»

«Qualcuno deve avere usato un bello specchietto per le allodole», disse Barnes. «Qualcosa per attirarlo fuori. Quando hai parlato con Stephen Halsmith, ha detto qualcosa sul perché Ethan potrebbe essere sparito innanzitutto?»

«No», disse Kay. «Non credo fossero intimi. Ha detto che Ethan ha semplicemente smesso di presentarsi al gruppo di supporto, e immagino che non avesse modo di contattarlo».

«Hai fatto un buon lavoro con le associazioni dei veterani, Kay», disse Sharp, infilzando un gambero gigante con la forchetta. «Non credo che il comune ci avrebbe fornito la svolta di cui avevamo bisogno».

«Grazie, capo». Kay bevve un sorso dalla sua bottiglia di birra, poi raccolse un altro boccone di riso. «Dio, dovrò iniziare una dieta o qualcosa del genere a questo ritmo. Abbiamo preso cibo da asporto anche ieri sera a casa».

«Corri ancora?»

«Non abbastanza».

Sharp passò il pollice sull'etichetta della sua bottiglia di birra. «Dobbiamo scoprire dove è stato Ethan in questi ultimi tre anni circa, da quando Halsmith ha detto che è scomparso».

«Ho fatto contattare a Laura le agenzie per veterani in un raggio di trecento chilometri questo pomeriggio», disse Kay. «Ci vuole tempo, ma finora i suoi dati non hanno fatto scattare alcun segnale presso nessuna di esse».

«Credi che si sia nascosto per tutto quel tempo?»

Si strinse nelle spalle. «Se fosse riuscito a mantenersi in salute, a trovare abbastanza da mangiare e ad avere un riparo, penso che ce l'avrebbe potuta fare. Specialmente considerando il suo vissuto e l'addestramento».

«E soprattutto se era determinato a non farsi trovare».

«Beh, non abbiamo nulla su di lui tramite la Motorizzazione, quindi si spostava a piedi, o in bicicletta, a meno che non avesse un veicolo non registrato».

«Più difficile da nascondere».

«Lo so».

«Immagino che tu abbia già provato con tutti i contatti locali che abbiamo nei vari programmi antidroga?»

«Sì, ma non credo che Ethan fosse comunque un consumatore abituale. Nel referto tossicologico che Lucas ha allegato ai risultati dell'autopsia non è stato rilevato nulla, e non ha annotato alcun danno associato all'uso prolungato di droghe».

Sharp usò un tovagliolo di carta per pulirsi il mento dal sugo dei noodle. «Non sarebbe stato in grado di restare nascosto così a lungo se avesse avuto bisogno di una dose regolare».

«Esattamente», disse Kay.

Sedendosi all'indietro sulla sedia, Sharp fece scivolare la bottiglia di birra in cerchi sulla scrivania, con la condensa che creava un percorso sulla superficie.

«Penso sia ora di diffondere i suoi dati al pubblico», disse. «È passata una settimana, e siamo riusciti a identificarlo solo grazie a Halsmith, e questo deve ancora essere confermato».

«Gli ho chiesto se fosse disposto ad andare all'obitorio con Barnes per verificare che si tratti di Ethan», disse Kay. «Ha accettato, ma non sarà prima di domani mattina».

«Va bene, nel frattempo facciamo mettere la sua foto, o almeno lo schizzo, nei notiziari della mattina, e vediamo se qualcuno si fa avanti con altre informazioni». Si sporse in avanti e scarabocchiò sul suo taccuino.

«Chiederò a Barnes di approfondire la pista kosovara», disse Kay. «Non sono a conoscenza di problemi all'interno della comunità qui nel Kent, ma qualcuno potrebbe aver sentito qualcosa che potrebbe aiutarci».

«Bene, sì, fallo. Ci si può fidare della discrezione di Barnes».

Kay sospirò e lasciò cadere la forchetta nel contenitore di alluminio vuoto.

«E se tutto questo non porta a nulla, siamo fregati, vero?»

CAPITOLO 27

Una leggera foschia avvolgeva la strada mentre Kay uscì dalla centrale di polizia, scendendo i gradini e girando a sinistra lungo Palace Avenue.

Strinse la tracolla della sua borsetta sulla spalla e si strinse il collo del cappotto di lana con l'altra mano, rimpiangendo di non aver indossato una sciarpa, o almeno un cappotto che la lasciasse meno esposta agli elementi, come la giacca cerata che aveva lasciato appesa al piolo della ringhiera nell'ingresso nella fretta di uscire di casa quella mattina.

Il suo respiro appannava l'aria umida mentre accelerava il passo e svoltava nel parcheggio per sosta breve dietro il Museo delle Carrozze.

Nonostante non avesse pianificato di lavorare fino a tardi, il suggerimento di Sharp di aggiornarsi durante una cena dopo che tutti gli altri se ne fossero andati aveva senso, e avevano trascorso del tempo a riflettere sulla decisione di Carys di andarsene, oltre che sul caso in corso.

Apprezzava il fatto che, nonostante la sua promozione attraverso i ranghi fino a Ispettrice, Sharp rimanesse un buon ascoltatore, e un amico su cui poteva contare per vedere i problemi sotto una luce nuova che lei poteva non aver considerato.

Lui era stato più stoico riguardo al fatto che stavano per perdere il loro detective più esperto, e pragmatico su ciò che Kay vedeva come un'interruzione per la squadra.

D'altronde, finché non avessero saputo quali decisioni aggiuntive sul finanziamento o sul personale potevano essere prese dai responsabili di tali questioni al quartier generale, non potevano fare nulla comunque.

Kay cercò di scrollarsi di dosso il suo umore cupo mentre camminava dietro i veicoli rimasti nel parcheggio e si dirigeva verso il marciapiede che costeggiava la strada di fronte al Palazzo Arcivescovile.

Il traffico era scarso a quell'ora di notte, e attraversò di corsa la strada a senso unico dietro un autobus di passaggio piuttosto che fermarsi ad aspettare all'attraversamento pedonale.

Il vialetto si separava dalla strada una volta superato l'Ufficio del Registro e tagliava attraverso i terreni del Palazzo, con la nebbia che attenuava in modo inquietante il rumore occasionale di un'auto di passaggio e avvolgeva le antiche lapidi che si ergevano solennemente fuori dalla Chiesa di All Saints.

Non aveva paura dei morti.

Erano i mostri vivi che incrociavano il suo cammino a darle incubi di tanto in tanto.

Sopprimendo uno sbadiglio, fece un cenno a un anziano signore che passava nella direzione opposta con un incrocio di terrier al guinzaglio, mentre il cane si fermava ad annusare alla base dei sorbi e dei tassi che costeggiavano il vialetto.

Le porte della chiesa del quattordicesimo secolo rimanevano risolutamente chiuse; la prossima funzione non si sarebbe tenuta fino a domenica e il luogo non era aperto ai visitatori dopo le quattro. Davanti, il vialetto zigzagava a destra e poi a sinistra, passando davanti a un gruppo di lapidi ammucchiate sotto gli alberi, che si ritiravano dalla vista mentre invecchiavano.

Le piaceva percorrere la scorciatoia fino al parcheggio di College Road, era ragionevolmente ben illuminata, nonostante i lampioni sembrassero macchie bianche nella nebbia che si sollevava dal fiume, e offriva un po' di tregua dalla massa di cemento del centro città dopo una giornata di lavoro.

Avvicinandosi a un incrocio del vialetto, guardò automaticamente alla sua destra e sorrise.

Diversi anni prima, il consiglio comunale aveva installato lanterne in stile vittoriano lungo il Horseway che scendeva verso l'acqua, e nell'aria fredda della notte le ricordò una storia d'infanzia su un armadio e luoghi al di là.

Un secondo dopo, inciampò quando qualcuno le piombò addosso dalla direzione del parcheggio.

Gridando per lo shock, Kay strinse la presa sulla sua borsetta e si girò, con il grido d'allarme ancora sulle labbra.

«Scusa, signora. Scusa». Una figura incappucciata alzò le mani, indietreggiando, il viso in ombra e il tono dispiaciuto. «Non volevo spaventarti».

«Guarda dove vai», scattò Kay, con il cuore che le batteva forte.

«Scusa».

La figura si ficcò le mani in tasca, si girò e si allontanò correndo attraverso il cimitero, lasciando dietro di sé un fetore di vestiti e corpo non lavati.

Espirando, Kay sentì il calore salirle alle guance mentre si guardava intorno, rivalutando l'ambiente circostante.

Non c'era nessun altro nei paraggi; nessun altro a testimoniare il suo senso di colpa e l'imbarazzo per la sua reazione al fatto che l'altra donna l'aveva urtata.

Diversi rifugi per senzatetto erano nelle vicinanze, e lei aveva fatto donazioni alle associazioni locali tramite i loro siti web di tanto in tanto.

Eppure eccola qui a spaventarsi a morte per qualcuno che probabilmente aveva appena lasciato un posto del genere dopo aver ricevuto aiuto.

«Stupida». Si rimproverò sottovoce, poi accelerò il passo e passò sotto l'arco di pietra che attraversava un muro a secco e conduceva al parcheggio.

Quando raggiunse la sua auto, il battito cardiaco era tornato alla normalità.

Frugando nella sua borsetta, ancora arrabbiata con se stessa, imprecò mentre cercava di angolare la borsa per vedere all'interno e trovare le chiavi, senza riuscirci. Esasperata, infilò la mano nella tasca del cappotto.

Le sue dita toccarono la familiare superficie metallica delle chiavi di casa accanto al portachiavi in plastica dell'auto, ma anche qualcos'altro.

Accigliata, estrasse la mano e fissò il pezzo di carta piegato che stringeva.

Non ricordava di averlo messo in tasca, aveva ritirato il cappotto dalla lavanderia solo due settimane fa, e oggi era la prima volta che lo indossava.

Deboli linee blu attraversavano la pagina bianca e, mentre passava il pollice sulle pieghe, sbirciò oltre il tetto dell'auto verso il cimitero al di là del muro a secco.

Non c'era traccia della donna incappucciata che l'aveva urtata.

«Dannazione».

Kay sbloccò l'auto, gettò la borsa sul sedile del passeggero e si sedette al volante. Lasciando la portiera aperta, dispiegò il foglio sotto il fascio di luce proveniente dall'interno.

Il suo cuore perse un battito mentre leggeva la scritta scarabocchiata attraverso la pagina.

So cosa è successo a Ethan. Incontriamoci domani. Ore 7 - anfiteatro. Vieni da sola.

CAPITOLO 28

Kay sistemò la spessa sciarpa di lana al collo, maledicendo il fatto di aver dimenticato di tagliare l'etichetta che le stava graffiando la pelle.

Scrutò attraverso la foschia del primo mattino verso il centro città.

Il vialetto era deserto quella mattina, eccetto per una coppia di anatre che le si erano avvicinate a nuoto quando era arrivata cinque minuti prima, per poi voltarle le spalle disgustate dalla mancanza di cibo offerto loro.

Controllò l'orologio.

Due minuti alle sette.

Una coppia di bicchieri da asporto identici era posata sul primo dei bassi muretti di cemento che formavano l'anfiteatro dietro l'Hermitage.

Li aveva acquistati da un furgoncino che vendeva in una piazzola sulla strada verso la città, i cui clienti abituali erano un gruppo di operai edili con giubbotti ad alta visibilità.

Aveva riso e scherzato con loro mentre aspettava in

fila, con l'aroma dei sandwich al bacon troppo irresistibile, motivo per cui un fagotto di carta oleata era appoggiato su ciascuno dei bicchieri di caffè.

Ora, si chiedeva se la donna sarebbe venuta.

Sospirò e si voltò dal fiume per guardare l'anfiteatro.

La struttura moderna si fondeva con il paesaggio in pendenza che saliva dal corso d'acqua verso il retro dell'Hermitage. I suoi muri semicircolari in cemento erano intervallati da erba folta e rigogliosa in estate, che si riempiva di persone durante picnic improvvisati che accompagnavano spettacoli teatrali o concerti organizzati nei mesi più caldi.

Lanciò lo sguardo sul terreno umido e fangoso che era stato calpestato durante l'inverno, e rabbrividì.

Da qualche parte nella siepe che bordava l'Hermitage, un merlo lanciò un rimprovero prima di ammutolirsi e un pettirosso rispose litigioso. Il traffico stava iniziando ad intensificarsi oltre l'edificio, con il rombo dei camion che tuonavano lungo College Road mentre una debole luce diurna cominciava a dissolvere l'oscurità.

Si voltò di scatto al suono di passi alla sua destra.

La donna indossava una giacca a vento, jeans sciupati e scarpe che avevano visto giorni migliori, ma Kay la riconobbe dalla sera precedente.

Camminò verso Kay, i suoi occhi scuri scrutavano a destra e a sinistra, le spalle erano curve mentre si avvicinava.

«Cominciavo a pensare che avessi cambiato idea», disse Kay.

«Dovevo assicurarmi che fossi da sola».

La voce della donna era sottile, flebile, come se fosse poco usata e instabile, tinta di paura. «Lo sei, vero?»

«Sì». Kay prese uno dei bicchieri di caffè e un sandwich caldo. «Non ho fatto colazione. Ho pensato che anche tu potessi volere qualcosa».

La donna le strappò il cibo dalle mani, guardandola poi con diffidenza.

«Non ci ho fatto niente», disse Kay, impaziente. «Viene dal furgone sulla Sittingbourne Road. Se non lo vuoi, me lo mangio io».

Scartò l'altro sandwich, vi affondò i denti e poi si avvicinò a uno dei gradini costruiti nei muri dell'anfiteatro e si sedette. Posando il bicchiere di caffè sul gradino accanto a sé, osservò mentre la donna si leccava il grasso dalle dita e divorava il cibo.

Un accenno di sorriso attraversò il suo volto mentre accartocciava il sacchetto di carta, camminò verso dove Kay sedeva e bevve un sorso di caffè. Arricciò il naso.

«Scusa, non sapevo se volessi lo zucchero, quindi ho dovuto indovinare», disse Kay.

«Non importa. È caldo. Grazie».

«Prego. Come facevi a sapere chi sono?»

«Ti ho vista in TV nel rifugio. L'ho chiesto a uno dei volontari».

«Sei di qui?»

«Per ora. Ma non ho intenzione di rimanere».

«Come ti chiami?»

«Shelley».

«Shelley...?»

«Solo Shelley».

«Come conoscevi Ethan?»

La donna sbatté le palpebre, abbassò il bicchiere di caffè e fissò l'orizzonte mentre la debole luce del sole iniziava a riscaldare l'aria. Deglutì. «Mi ha salvata. Mi ha fatto scappare».

«Da chi?»

«Da loro».

Kay bevve l'ultimo sorso del suo caffè e si alzò in piedi prima di spazzolare il retro del cappotto.

Shelley era circa dieci centimetri più bassa di lei, magra come un chiodo con zigomi incavati e un pallore malaticcio della pelle che era amplificato dai lunghi capelli scuri che le incorniciavano il viso.

I suoi occhi non smettevano mai di vagare nei dintorni, e sobbalzò visibilmente quando un ciclista con abiti sgargianti sfrecciò sulla banchina. Il sibilo delle sue ruote si perse in lontananza mentre lei riportava l'attenzione su Kay.

«Non avrei dovuto venire qui», disse.

«Eppure sei qui. Cosa volevi dirmi su Ethan? Sai chi l'ha ucciso?»

Shelley si morse il labbro, poi scrollò le spalle. Non disse nulla.

«Dove hai conosciuto Ethan?» disse Kay.

La tristezza riempì gli occhi di Shelley. «Qui. A Maidstone, intendo. In un rifugio».

«Quando?»

«Non lo so. Circa tre anni e mezzo fa. Cristo, sembra passata una vita», disse, con un tono malinconico.

«Posso chiederti perché eri lì?»

Shelley trasalì. «Volevo allontanarmi dal mio ragazzo.

Mi faceva paura. Non avevo nessun altro posto dove andare».

«Il tuo accento... non è del Kent».

«Liverpool. Mi sono trasferita qui con mia madre e mio padre quando avevo tredici anni. Sono tornati qualche anno fa quando mia nonna si è ammalata».

«E tu non hai voluto tornare con loro?»

Shelley scosse la testa, arricciando il labbro superiore.

«Quanti anni hai?»

«Venticinque. Tu?»

«Trentasette». Kay sorrise. «Ti sembrerò antica, probabilmente».

«Perché sei entrata nella polizia?»

Kay prese i rifiuti dalle mani di Shelley prima di avvicinarsi a un cestino nelle vicinanze e spinse i bicchieri e gli involucri dei sandwich attraverso il foro laterale. Tornando dove la donna aspettava, sospirò.

«Perché volevo aiutare le persone. Perché volevo provare a fare la differenza».

«E adesso?»

«Perché amo quello che faccio. Cosa è successo a Ethan, Shelley?»

«Gli avevo detto che era troppo rischioso. Gli avevo detto che ci avrebbero scoperto».

Kay appoggiò la mano sul braccio della donna, poi indicò una panchina nascosta sotto gli alberi. «Vieni qui, e mi puoi raccontare tutto».

Shelley si trascinò verso un'estremità della panchina, e si abbracciò mentre fissava l'anfiteatro. Passarono diversi momenti prima che iniziasse a parlare, ma quando lo fece, fu come se fosse un sollievo tirare fuori quelle parole.

«Eravamo al verde, va bene? Avevo conosciuto Ethan al rifugio, uno diverso; quello della chiesa là in fondo non esisteva ancora. Sembrava a posto, non come alcuni dei tizi che incontri per strada. Ha iniziato a prendersi cura di me». Fece una triste risata nasale. «Era abbastanza vecchio da essere mio padre, ma migliore di quanto mio padre sia mai stato».

Kay incrociò le gambe, e non disse nulla, aspettando di capire dove stesse andando a parare la conversazione.

«Stavamo insieme da un paio di mesi, suppongo», disse Shelley. «Era autunno ormai, e cominciava a fare un freddo del diavolo di notte. Avevamo trovato del lavoro in nero, raccogliendo frutta per un posto vicino a Snodland ma era tutto finito e cominciavo a farmi prendere dal panico su come avrei superato l'inverno. Poi una mattina, doveva essere un sabato, stavamo bighellonando mentre si stava allestendo il mercato e questo tizio si è avvicinato. Ha detto che poteva darci del lavoro. Al chiuso, tra l'altro. Ci ha detto che se eravamo interessati dovevamo essere lì la mattina seguente alle quattro e ci avrebbe portato lui».

«Dove?»

«Non conosco il nome del posto». Il suo sguardo cadde sulle mani, che torceva in grembo. «Era buio, e non sono brava a ricordare cose del genere. È per questo che non mi sono preoccupata molto di andare a scuola».

«Ci sei andata con lui?»

«Sì. E anche Ethan». Il labbro inferiore di Shelley tremò. «Ho pensato che se fossi stata con lui, sarei stata al sicuro».

«Cosa è successo?»

«Siamo andati. Non siamo mai tornati».

«Che vuoi dire?»

La donna si girò a guardarla. «Ci hanno tenuti lì. Al chiuso. Lavoravamo tutte le ore. Io... Io pensavo che sarei morta lì».

Kay si appoggiò allo schienale quando si rese conto di cosa era successo. «Vi tenevano come schiavi».

«Sì».

«Ma sei scappata. Come?»

«Ethan. Lui l'ha pianificato. Per anni. Ha continuato a lavorarci, cercando di prevedere tutte le cose che potevano andare storte. E poi una notte è venuto da me e mi ha detto dove aspettare. Ha detto che era il momento. Ce ne saremmo andati».

«Cosa è successo, Shelley? Cosa è andato storto?»

Le lacrime scorrevano sulle guance della donna, che le asciugò con la manica della giacca a vento. «Io sono fuggita. Lui no».

«Dove era questo posto, Shelley? Chi vi teneva prigionieri?»

La testa di Shelley scattò di lato al suono di un grido proveniente dal ponte pedonale più avanti lungo il vialetto. Alzandosi in piedi, tirò su col naso, e poi guardò Kay dall'alto.

«Shelley, dove vi tenevano? Cosa facevate per loro?»

«Non posso restare qui. Devo andare».

«Shelley, aspetta!» Kay si alzò dalla panchina, ma la donna stava già correndo verso il vialetto, con un passo sorprendentemente veloce. «Maledizione».

Osservò la donna scomparire alla vista, e si chiese come diavolo avrebbe potuto spiegare a Sharp ciò che aveva appreso.

CAPITOLO 29

Sei ore dopo, Kay seguì Sharp in una sala conferenze che sembrava essere stata colpita da un tornado e stesse ancora faticando a riprendersi dallo shock.

«Mi dispiace», disse Michelle, un'assistente amministrativa che li aveva accolti alla reception e li aveva accompagnati su per le scale e lungo un corridoio spoglio. «La sezione Traffico ha avuto un briefing qui questo pomeriggio e si è prolungato. Non abbiamo ancora avuto tempo di sistemare».

Kay notò che la bocca di Sharp si era irrigidita. Evidentemente le sue vecchie abitudini militari stavano venendo represse per cortesia, perché passò lo sguardo sulle tazze abbandonate, i piatti di carta e i tovaglioli appallottolati e poi si sforzò di sorridere.

«Non preoccuparti, succede», disse. «Gli altri sanno che siamo qui?»

«Sì, non vi faranno aspettare a lungo».

Si affrettò fuori dalla stanza senza voltarsi indietro, e Kay sorrise.

«Se prendi il cestino da sotto la finestra, io comincio».

«Mi hai letto nel pensiero».

«Pensavo stessi per avere un infarto».

Si rimboccò le maniche, prese un paio di tovaglioli puliti da un dispenser accanto a un distributore del caffè su un tavolo a lato della stanza, e iniziò a spazzare le briciole dal tavolo della conferenza prima di gettarle nel cestino che Sharp teneva aperto. Mentre lui vi buttava dentro gli avanzi di cibo e i piatti di carta, lei raccolse le tazze usate e le allineò sul tavolo, girandosi per valutare i loro sforzi.

«Non male». Si voltò verso il corridoio sentendo delle voci fuori.

Sharp rimise il cestino sotto la finestra e sorrise. «Dovrà bastare, speriamo che Michelle porti nuove forniture».

Kay alzò gli occhi al cielo. «Pensavo che fossimo noi ad essere in carenza di personale al momento, non anche la squadra amministrativa».

«I tagli stanno colpendo tutti. Ho sentito che quest'anno hanno avuto problemi anche a trovare personale temporaneo per coprire le ferie».

«Cristo».

Si sistemò la giacca mentre due uomini entravano nella sala conferenze, con Michelle alle loro spalle.

«Ispettore capo investigative Sharp, Ispettrice Hunter, questo è il sergente detective Colin Maxwell della divisione Anticrimine e Crimine Organizzato, e l'agente Mark Weston della Task Force per i Crimini agroalimentari. Vi lascio sistemare mentre vado a riempire il distributore del caffè».

Kay strinse la mano ai due uomini prima che tutti prendessero posto, e Sharp aprì la riunione.

«Signori, grazie per essere venuti con così poco preavviso».

«Nessun problema», disse Maxwell, sistemandosi sulla sedia. «Ha accennato al telefono che avete un'indagine in corso?»

«Sì. Abbiamo un'indagine per omicidio in corso che, in base a recenti informazioni, ci suggerisce che potremmo avere un problema attivo di schiavitù moderna che è passato inosservato per diversi anni». Consegnò le fotografie di Ethan Archer, insieme alle copie della dichiarazione di Kay riguardante il suo incontro con Shelley avvenuto quel giorno e attese mentre Maxwell e Weston leggevano i dettagli. «Finora, abbiamo accertato che Archer dormiva all'aperto nella zona di Sevenoaks, ma frequentava anche Maidstone, soprattutto nei mesi più freddi, poiché qui c'era maggiore accesso ai rifugi. Tre o quattro anni fa, è scomparso senza lasciare traccia e, se dobbiamo credere alle affermazioni di Shelley, entrambi sono stati costretti al lavoro forzato in qualche tipo di struttura agricola. Archer ha un passato militare ma è stato congedato nel novantanove».

Kay aprì una mappa dell'area dove era stato trovato il corpo di Ethan e la girò in modo che i due agenti potessero vederla. «Il corpo di Archer è stato scoperto qui, e abbiamo parlato con tre proprietari terrieri finora: l'agricoltore nel cui campo è stato trovato il corpo di Archer e i due terreni adiacenti. Attualmente abbiamo una squadra di ricerca che sta perlustrando il bacino idrico, qui».

«All'inizio pensavamo che la morte di Archer potesse avere a che fare con il suo salvataggio di alcune donne e bambini durante la guerra del Kosovo», disse Sharp. «Forse una ritorsione da parte di uno dei signori della guerra».

«Sono stata avvicinata da qualcuno, Shelley, improvvisamente mercoledì sera, e mi sono incontrata con lei questa mattina. Era estremamente nervosa, ma ha dichiarato che Archer l'ha aiutata a fuggire dai loro rapitori». Kay posò la mano sulla fotografia di Ethan. «Secondo Shelley, Archer non ce l'ha fatta. È stato ricatturato e lei temeva il peggio».

«Sa dove venivano tenuti prigionieri?» chiese Maxwell.

«Dice che era buio quando sono stati prelevati e non ricorda i nomi dei luoghi che hanno attraversato. Qualcosa l'ha spaventata mentre stavamo parlando, ed è scappata prima di rispondere alle mie domande sul luogo in cui erano tenuti prigionieri e sul lavoro che svolgevano. Abbiamo incaricato la nostra squadra di visitare tutti i rifugi della zona per vedere se riusciamo a localizzarla».

«Pensa che la sua vita sia in pericolo?»

«Sì. Sì, lo penso. La sua storia conferma la cronologia che abbiamo ottenuto da altri testimoni riguardo alla scomparsa originale di Archer, e sembrava abbastanza spaventata da scappare via quando ha sentito qualcuno gridare mentre stavo parlando con lei, è molto nervosa».

«Non ricordo di aver visto nulla passare sul Country Eye», disse Weston, aggrottando la fronte.

«Country Eye?» disse Sharp. «Cos'è?»

Weston prese il telefono dal giubbotto e lo girò sulla

scrivania finché non fu rivolto verso Kay e Sharp, poi toccò un'app sullo schermo. «È un'app che abbiamo sviluppato con alcune organizzazioni partner in modo che le persone nelle aree rurali possano segnalare attività sospette e crimini in corso. Il personale che monitora le segnalazioni inserite nell'app è stato formato dalla Polizia del Kent in modo che se qualcosa suscita preoccupazione, possano intensificare e noi indagheremo».

«E non avete ricevuto nulla riguardo una banda che pratica la schiavitù agricola?» chiese Sharp.

«No, un paio di autolavaggi sono stati segnalati di recente ma si sono rivelati legittimi, anche se con pessime condizioni lavorative, quindi hanno ricevuto un avvertimento da una delle organizzazioni partner, ma nulla come una banda che pratica la schiavitù».

Sharp aggrottò la fronte. «In base alla posizione del corpo di Ethan, non sono incline a pensare che fossero utilizzati da un centro estetico per unghie o da un autolavaggio. Se sono stati tenuti nascosti per oltre tre anni, allora sono stati tenuti fuori vista e stanno lavorando al chiuso...»

«O di notte», disse Weston.

«Come potrebbero aver fatto a impedirci di scoprirlo?» chiese Kay.

Weston guardò Maxwell, che gli fece cenno di continuare.

«Beh, spesso è simile ad altri casi di schiavitù come quelli nei centri estetici per unghie. Una banda potrebbe creare un'azienda come un'agenzia di reclutamento che sembra legittima dall'esterno, ma poi la usano per organizzare manodopera a basso costo».

«Il settore agricolo è una delle aree ad alto rischio che monitoriamo regolarmente», disse Maxwell. «Specialmente qui, ci sono lavoratori stagionali che arrivano da ogni parte per lavorare, e sono disperati, quindi accettano paghe misere e condizioni di lavoro pessime. È un problema crescente. Stiamo assistendo a un drammatico aumento della schiavitù nell'industria alimentare e agricola, anno dopo anno».

«In quali settori particolari state riscontrando questi casi?» chiese Sharp.

«Raccolta di frutta e verdura, qualsiasi settore di produzione animale», disse il sergente detective. «Una volta vedevamo molti casi di lavoro forzato dall'Europa dell'Est, ma ora troviamo anche persone del Regno Unito intrappolate in queste circostanze, semplicemente perché sono disperate per trovare lavoro e poi è troppo tardi per uscirne. È più redditizio del traffico di droga, e sempre più vittime sono britanniche. Dovremmo avere le stesse risorse di un caso di rapimento per combattere il problema, ma semplicemente non accade».

«La vostra squadra come cerca di fermare questo fenomeno?» chiese Kay.

«Spesso, si basa sulle segnalazioni che riceviamo», disse Weston. «Certamente per quanto riguarda l'aspetto rurale, è più difficile monitorare ciò che accade in campagna rispetto alle aree urbane».

«Quindi, a meno che qualcuno non venga da voi per chiedere aiuto, non potete fare nulla?»

«Esattamente», disse Maxwell. «Abbiamo i nostri agenti dell'intelligence che lavorano sotto copertura, ma sai com'è con i tagli di bilancio: non possiamo essere ovunque, e abbiamo risorse limitate per agire sulle informazioni che otteniamo».

Kay tamburellò le dita sulla scrivania per un momento, poi guardò Sharp. «E se riuscissi a persuadere Shelley a parlare con voi, a dirvi quello che sa?»

«Sarebbe un inizio», disse Maxwell. «Dovreste anche ampliare i parametri della vostra indagine, se permettete che ve lo dica. Dovreste iniziare a esaminare tutte le fattorie della zona, non solo quelle vicine al luogo in cui è stato trovato il corpo di Archer, comprese le perquisizioni dei fabbricati annessi».

Sharp si grattò il mento e scrisse nel suo taccuino. «Questo richiederà molto tempo e personale, Colin».

«Me ne rendo conto, capo, ma a meno che questa Shelley non si avvicini di nuovo all'ispettore Hunter, penso che sia la vostra strada migliore. Non avete modo di contattarla, vero?»

«No». Kay sospirò, poi scrollò le spalle. «Cosa succede se parla?»

«Potremmo metterla in contatto con una delle organizzazioni partner per darle supporto», disse Maxwell. «In genere, significa un tetto sopra la testa per novanta giorni e un assistente sociale che l'aiuti ad adattarsi e a rimettersi in piedi. Non è molto, ma alcune delle associazioni di beneficenza stanno lavorando con le organizzazioni governative per cercare di offrire un periodo di alloggio più lungo. E, naturalmente, le offriremmo protezione mentre lavoriamo con voi per perseguire i caporali e portarli a processo».

«Quanto successo avete avuto nei processi?» chiese Sharp.

«Lavorando con la Procura della Corona, stimiamo un tasso di condanna del sessantasette per cento».

«Potremmo usare un po' di aiuto in questa indagine per assicurarci di raggiungere quella percentuale».

«Tutto quello di cui avete bisogno». Maxwell indicò la fotografia di Ethan. «Chi gli ha fatto questo merita di stare dietro le sbarre per molto tempo».

CAPITOLO 30

Gavin si fece da parte, tenne aperta la porta per Laura e poi la seguì nella sala comunitaria ampiamente illuminata.

Gli aromi del cibo si mischiavano con l'odore degli abiti umidi che si asciugavano, e l'intero spazio vibrava di voci sommesse in conversazione.

Letti temporanei erano stati disposti in file lungo due pareti, un separé divideva le donne dagli uomini per garantire un minimo di privacy, mentre cumuli di sacchi a pelo, coperte e cuscini venivano raccolti dai volontari dai letti i cui occupanti avevano già lasciato il rifugio per la giornata.

Laura si fermò accanto a una scrivania che era stata sistemata vicino alla porta, un'espressione scioccata le attraversò il volto.

«Non immaginavo fosse così affollato.»

«Questo è solo uno di essi», disse lui. «Ce ne sono altri due vicino al centro città. E siamo ancora in inverno, immagino che saranno pieni di notte ancora per qualche settimana.»

«Siete della polizia?»

Gavin si voltò per vedere un uomo asciutto sulla quarantina che li osservava dalla fine di un letto da campeggio, uno stivale già calzato, l'altro pronto ad essere indossato e una sigaretta rollata non accesa tra le labbra.

I suoi lineamenti erano screpolati e segnati, induriti dal freddo invernale, ma il suo tono era leggero, interessato.

«Sì, lo siamo. Speravamo di parlare con uno dei volontari.»

L'uomo infilò il piede nello stivale e si alzò in piedi con un gemito. Si stiracchiò e indicò con un cenno del mento l'estremità opposta della sala. «Serviranno la colazione per un'altra mezz'ora circa.»

«Grazie.»

«Nessun problema.» Si chinò per prendere una borsa sportiva malconcia e iniziò a buttarci dentro i suoi averi. «Qualcuno nei guai?»

«Spero di no. Stiamo cercando di trovarla per aiutarla.»

«Oh?» L'uomo si fermò, con un libro tascabile in mano, e sollevò un sopracciglio. «Chi?»

«Shelley. La conosci? Ha un accento di Liverpool. Sui venticinque anni.»

«Mi suona familiare.» L'uomo si mise la sigaretta dietro l'orecchio e tese la mano. «Sono Jeremy.»

«Piacere di conoscerti.» Gavin presentò Laura, e poi indicò un gruppo di tavoli vicino alla scrivania dove altri si stavano radunando con tazze di bevande calde. «Hai un minuto per fare due chiacchiere?»

Jeremy sorrise, mostrando un dente superiore mancante. «La mia agenda pare libera questa mattina, quindi perché no?»

«Vado a prendere le bevande», disse Laura. «Come lo prendi il tuo?»

«Latte, senza zucchero, cara, grazie. Sono già abbastanza dolce.»

Gavin attese mentre l'uomo raccoglieva gli ultimi vestiti e chiudeva la cerniera della borsa prima di condurlo a un tavolo nell'angolo più lontano, distante dal resto delle persone.

«È un posto dove vieni regolarmente?» disse mentre Jeremy si lasciava cadere sulla sedia accanto a lui.

«Sì. Finché arrivi presto la sera, di solito riesci a trovare un letto per la notte.» Fece l'occhiolino. «Non accettano prenotazioni anticipate.»

«Posso chiederti perché sei finito in strada?»

«Ho litigato con la moglie.» Scrollò le spalle. «Ho perso la mia attività quando c'è stato il crollo qualche anno fa. Ho dormito in macchina per un po', poi l'ho venduta perché avevo bisogno di soldi. Da lì è stato tutto in discesa.»

«Mi dispiace sentirlo.»

«È quello che è. Spero di ricevere notizie su un appartamento nelle prossime settimane. Non ho mai avuto problemi con voi poliziotti, quindi questo gioca a mio favore. Il problema è che ci sono tanti altri che hanno bisogno di un tetto sopra la testa. Donne, bambini. Noi uomini di solito dobbiamo aspettare.»

Gavin lasciò vagare lo sguardo sulle teste dei gruppi seduti attorno ai tavoli e individuò Laura all'estremità opposta della sala, che chiacchierava con tre volontari che gestivano i distributori del tè e dispensavano le colazioni.

«Perché hai voluto diventare un poliziotto, comunque?» disse Jeremy.

«Mio padre lo era.» Riportò la sua attenzione sull'uomo. «Sembrava una buona idea all'epoca.»

Jeremy ridacchiò e batté un colpo sul tavolo prima di puntargli un dito contro. «Mi piaci. Allora, che cosa ha combinato Shelley?»

«Come la conosci?»

«Solo di passaggio, sai?» Agitò la mano verso l'ampiezza della sala. «Finisci per conoscere alcune facce familiari che vengono ai rifugi. In estate, è diverso. Alcuni rifugi non sono aperti, quindi devi arrangiarti. Comunque, l'ho notata un paio di settimane fa. Credo si distinguesse perché era nuova. Come se non avesse idea di cosa fare quando è arrivata qui. Io e un paio di donne l'abbiamo sistemata e l'abbiamo iscritta anche ad alcune altre associazioni benefiche, così ha buone probabilità di avere un tetto sopra la testa di notte.»

«Ha detto da dove veniva?»

«No, non proprio.» Gli occhi di Jeremy si addolcirono. «Non è che siamo amici. Voglio dire, se qualcuno non ti causa problemi, allora lo aiuti. Non significa che usciamo insieme, come direbbero i giovani.»

Si interruppe quando Laura camminò verso di loro e posò tre tazze fumanti sul tavolo prima di distribuirle.

«Fantastico, ragazza. Grazie.»

«Nessun problema. Ti ho preso anche alcuni biscotti.» Sorrise. «Non si può bere il tè senza qualcosa da inzupparci dentro.»

«Renderai qualcuno un'ottima moglie un giorno.»

«Jeremy mi stava dicendo che ha visto Shelley alcune

volte nelle ultime due settimane», disse Gavin. «Sai qual è il suo cognome?»

«No. Non l'ho mai chiesto. Uno degli altri potrebbe saperlo.» L'uomo allungò il collo. «Non li vedo qui, quindi devono essere già usciti per la giornata. Posso chiederglielo stasera, però, se vuoi? Se vengono qui, s'intende.»

«Sarebbe fantastico, grazie.»

Laura mise la mano nella borsa e tirò fuori lo schizzo di Ethan Archer. «Riconosci quest'uomo?»

Jeremy lo prese da lei, poi aggrottò la fronte. «No, non l'ho mai visto.»

«Pensiamo che fosse in giro tre o quattro anni fa. Potrebbe essere venuto a Maidstone.»

«Ah, allora no, non ero per strada a quel tempo. È nei guai anche lui?»

«Si potrebbe dire di sì.»

Jeremy guardò da Laura a Gavin, e poi si appoggiò allo schienale della sedia. «Oh. È così, eh?»

«Sì, purtroppo.»

«Capisco.» L'uomo si passò una mano sul mento. «Mi chiedo... C'era un tizio che Shelley ha menzionato. Sembrava che le fosse molto vicino. Si è molto turbata, e poi si è chiusa in sé stessa. Non ne ha più parlato.»

«Quando è successo?»

«Poco dopo che è arrivata qui per la prima volta. Non voleva parlarne dopo.»

«Ci sei stato di grande aiuto, grazie Jeremy», disse Gavin, e fece scivolare un biglietto da visita sul tavolo. «Mi faresti un favore? Fammi sapere se vedi di nuovo Shelley, o se sai dove possiamo trovarla.»

«È nei guai?» L'uomo fece scorrere il biglietto da visita tra le dita.

«Non con noi. Stiamo cercando di proteggerla.»

«Va bene, allora lo farò.»

«Grazie. E se hai bisogno di qualcosa, chiama quel numero. Vedrò cosa posso fare.»

CAPITOLO 31

Kay osservò le espressioni stanche sui volti della sua squadra e si ripromise di mantenere il briefing il più breve possibile.

La capacità di attenzione stava iniziando a calare, e sapeva per esperienza che era fondamentale mantenere la loro energia e la loro concentrazione. Altrimenti avrebbero fatto degli errori. Piccole sviste, forse, qua e là, ma se non fosse stata attenta, una pista fondamentale poteva sfuggire.

«Sapete, se il mio vecchio professore coordinatore della scuola potesse vedere le vostre facce, farebbe fare a tutti i salti a gambe divaricate», disse mentre raggiungeva la parte anteriore della stanza.

Un'ondata di risate educate riempì la stanza, e lei sorrise. «Allora mettiamoci al lavoro. Barnes, come è andata stamattina con Stephen Halsmith?»

Il sergente detective si spinse indietro con la sedia, abbottonandosi la giacca mentre si alzava. «Halsmith ha identificato positivamente la nostra vittima come Ethan Archer. Mi ha anche fornito alcuni nomi di luoghi, rifugi, centri di accoglienza e simili, che ricorda Ethan frequentasse di tanto in tanto prima di sparire. Sto esaminando questa lista per scoprire quali sono ancora aperti e se c'è qualcuno che ricorda il nome.»

«Grazie, Ian. Gavin, tocca a te.»

«Capo. Laura ed io abbiamo trascorso la giornata visitando quanti più rifugi possibile nella zona di Maidstone e dintorni. Abbiamo scoperto che Shelley è stata vista nei giorni scorsi in uno dei rifugi, e uno dei tizi che frequenta il rifugio ha detto che terrà d'occhio la situazione e le chiederà di mettersi in contatto. Ha preso nota del mio numero. Stiamo cercando di scoprire dove potrebbe alloggiare per poterla interrogare formalmente, a meno che tu non voglia occupartene?»

«Penso che nelle circostanze attuali, considerando quanto era nervosa ieri mattina, vorrei essere coinvolta», disse Kay. «Bel lavoro, comunque. Altro da segnalare?»

Laura si alzò in piedi. «Abbiamo parlato con una delle associazioni per l'edilizia popolare che lavora con persone vulnerabili e si sono impegnati a fornirle un alloggio per un po' se riusciamo a portare questo caso in tribunale. Potrebbe essere solo per qualche settimana, però. Non è perfetto ma...»

«È già qualcosa, almeno. Grazie.» Kay fece un gesto verso due figure che si aggiravano ai margini dello spazio affollato. «Gente, vorrei presentarvi il sergente detective Colin Maxwell e il detective Mark Weston, che si uniranno alla nostra squadra per la durata di questa indagine.»

Maxwell annuì in risposta e alzò la mano in modo che i membri della squadra potessero vederlo tra la folla.

«Colin porta una ricca esperienza nella gestione di casi

di schiavitù moderna, e Mark è stato con la squadra dei Crimini agroalimentari negli ultimi due anni. Probabilmente avranno alcune idee su come orientare questa indagine e seguire piste che potremmo aver trascurato. Debbie, potresti dedicare un po' di tempo questo pomeriggio, per favore, per aggiornarli su quanto abbiamo finora?»

«Lo farò, capo.»

«Colin, vuoi avvicinarti qui e condividiamo ciò che abbiamo discusso prima di questo briefing?»

«Grazie, capo.» Maxwell si fece strada tra le file di sedie finché non si trovò davanti alla lavagna.

«Fornirò una breve panoramica per quelli di voi che non ho ancora incontrato. Negli ultimi sei anni, ho guidato una delle squadre con base al quartier generale incaricate di affrontare il crescente problema della schiavitù moderna che stiamo vivendo nel Kent, sia qui nella Divisione Ovest, sia lavorando a stretto contatto con le Divisioni Est e Nord. Abbiamo avuto alcune svolte in relazione alle bande che operano tra qui e l'Europa dell'Est, ma con l'uscita del Regno Unito dall'UE stiamo assistendo a un problema crescente anche con i casi di schiavitù interna. Attraverso le iniziative che abbiamo implementato con altre agenzie, soprattutto la Forza di polizia di frontiera, c'è stata una leggera diminuzione degli arrivi via mare nell'ultimo anno, ma riceviamo più segnalazioni di cittadini britannici che cadono in schiavitù o in condizioni lavorative precarie. Dopo aver incontrato l'Ispettore Hunter e l'Ispettore Capo Investigativo Sharp ieri per discutere dell'omicidio di Ethan Archer e della successiva indagine fino ad oggi, è mia opinione che quello che avete qui è un chiaro caso di qualcuno costretto a lavorare e poi trattenuto contro la sua volontà come schiavo.»

«Grazie, Colin.» Kay attese finché non riprese posto accanto a Weston, e poi continuò. «Abbiamo anche discusso del tipo di lavoro che Ethan, e Shelley, potrebbero essere stati costretti a fare. Dato che sono scomparsi da oltre tre anni senza che le persone che li conoscevano prima li abbiano avvistati, dobbiamo presumere che siano stati tenuti in un luogo coperto e lontano dagli occhi del pubblico.»

«Quindi possiamo escludere centri estetici per unghie, autolavaggi e posti come negozi di cibo da asporto», disse Barnes, fermando la penna sopra il suo taccuino.

«Esatto.» Kay indicò la mappa della scena del crimine. «In base alla corporatura di Ethan, possiamo presumere che sia stato utilizzato per lavori fisici. Shelley, essendo più piccola, potrebbe essere stata impiegata per la raccolta di verdura o frutta. Se non lavoravano al coperto, potrebbero essere stati costretti a lavorare di notte per ridurre il rischio di essere visti.»

«Questo si collega anche al fatto che cibo e altre forniture potrebbero essere state acquistate per i lavoratori senza destare sospetti», disse Weston. «Molte aziende agricole forniscono pasti e talvolta alloggi per i lavoratori, quindi non sembrerebbe fuori dall'ordinario.»

«Mi metterò in contatto con gli agenti in uniforme e organizzerò una ricerca più ampia delle proprietà agricole vicine», disse Gavin. «Dobbiamo tornare dai tre proprietari terrieri con cui abbiamo già parlato, ma organizzerò visite alle fattorie che producono verdura, frutta e poi considereremo i produttori animali come le aziende casearie e gli allevamenti di polli, qualsiasi cosa che possa essere allevata all'interno di un edificio.»

«Grazie, perfetto. Mark, puoi dargli una mano in questa attività?»

Weston annuì in risposta.

«Barnes, mentre loro indagano su quella pista, voglio che tu lavori con me per organizzare un altro gruppo di agenti per monitorare i mercati durante questo fine settimana. Scopri la posizione di quelli più grandi e monitoriamoli per vedere se qualcuno sta ancora cercando di reclutare illegalmente lavoratori come ha dichiarato Shelley. Se sono a corto di due lavoratori con l'omicidio di Ethan e la fuga di Shelley, potrebbero stare cercando dei sostituti.»

«Lo farò, capo.»

«Laura, il tuo compito è trovare Shelley. Controlla le immagini delle telecamere di sorveglianza di mercoledì notte tra il Palazzo Arcivescovile, il fiume e il centro città. Poi fai lo stesso per giovedì mattina. Ho caricato i miei rapporti di entrambi gli incidenti su HOLMES2, quindi potrai ottenere le descrizioni di cosa indossava da quelli.»

«Capo.»

Kay annotò i nuovi filoni d'indagine sulla lavagna e poi si rivolse al membro più recente della squadra.

«Non posso sottolineare abbastanza quanto sia importante che la troviamo, Laura. L'assassino di Ethan è ancora a piede libero, e se Shelley sa qualcosa che non ci ha ancora detto, allora è in grave pericolo.»

CAPITOLO 32

Laura chiuse la zip del suo piumino trapuntato nero e si avviò lungo Palace Avenue, digrignando i denti mentre un vento pungente si sollevava dal fiume Medway e le colpiva le guance.

Incapace di scrollarsi di dosso la nebbia che offuscava i suoi pensieri dopo il briefing, decise di prendere una boccata d'aria fresca e di farsi un'idea dei potenziali punti di fuga di Shelley prima di sedersi davanti a uno schermo di computer per il resto della giornata.

Le telecamere di sorveglianza le avrebbero mostrato solo fino a un certo punto, voleva percorrere esattamente gli stessi tragitti che Kay aveva annotato nei suoi rapporti.

Tamburellò con il piede mentre aspettava che il semaforo pedonale diventasse verde, non volendo rischiare la vita schivando il traffico come aveva fatto Kay mercoledì sera. Il venerdì a metà pomeriggio un vero caos mentre la città accelerava il ritmo verso l'anticipo del rientro dei pendolari, alimentato dalle voci di un weekend senza pioggia.

Attraversò di corsa appena sentì il familiare scatto, rallentò mentre si avvicinava all'ingresso del parcheggio dell'Ufficio del Registro e tirò fuori il telefono.

Scattando fotografie delle telecamere fissate ai lampioni sopra alcuni dei veicoli, socchiuse gli occhi e valutò l'angolazione che le telecamere riuscivano a inquadrare, poi proseguì, seguendo i passi dell'Investigatrice e prendendo nota di ogni telecamera che individuava. Un senso di inquietudine la colse quando raggiunse la Chiesa di All Saints.

Alzò lo sguardo verso le elaborate architravi e i contrafforti che sporgevano dalla muratura, ma non vide alcuna indicazione di misure di sicurezza adottate dalla diocesi.

Camminando a ritroso dalla porta fino a trovarsi sotto i tassi, Laura usò il telefono per tracciare i suoi passi dalla direzione dell'Ufficio del Registro, oltre la chiesa e in avanti verso il sentiero.

Mettendo in pausa il video che aveva girato, si fece da parte per lasciar passare un gruppetto di turisti diretti nella direzione opposta, e poi si posizionò sul sentiero che scendeva verso il fiume. Volgendo le spalle al corso d'acqua, scrutò l'incrocio affollato con Knightrider Street.

Scattò foto delle telecamere che riusciva a vedere fissate a due dei lampioni in quella direzione, poi tornò a guardare la chiesa, tirò fuori il suo taccuino e annotò il percorso che aveva fatto finora.

Il punto in cui si trovava era dove Kay si era girata e aveva visto la figura di Shelley ritirarsi nell'oscurità.

Laura tirò su col naso per contrastare l'effetto dell'aria

fredda, e scese fino al fiume prima di girare a sinistra e seguire il sentiero.

Poco dopo, si fermò al bordo dell'anfiteatro e si girò. Guardando il sentiero che correva lungo il retro della chiesa e del Palazzo Arcivescovile verso il centro città, ebbe una chiara visuale della via di fuga utilizzata da Shelley la mattina precedente.

Kay aveva annotato nel suo rapporto che non aveva visto la donna attraversare il ponte pedonale, quindi Laura si avviò lungo il sentiero.

Un ristorante e bar galleggiante ondeggiava desolatamente sulla corrente, deserto tranne che per il personale che sciamava sui ponti pulendo e preparando per la folla del venerdì sera che sarebbe scesa sul posto al tramonto.

Oltre questo, passò davanti alla barca passeggeri dai colori vivaci che trasportava i turisti su e giù per il fiume Medway, notando un gruppo di persone rannicchiate contro gli elementi mentre aspettavano che la corda attraverso la passerella venisse abbassata così da poter salire a bordo e ripararsi sotto la tettoia in vetroresina, con gli smartphone e le fotocamere digitali già pronti.

Superando una variegata collezione di tavoli da picnic abbandonati posti accanto a cartelli per gelati che sbattevano nel vento, Laura si diresse verso l'affollato ponte stradale che incombeva davanti a lei.

Una colonna di traffico a singhiozzo che si filtrava in quattro corsie scorreva sopra la sua testa prima di essere sparso in tutte le direzioni est e nord del centro città.

Si fermò accanto al pilone di cemento e ancora una volta sollevò il telefono ad angolo per catturare le telecamere di sorveglianza fissate ai lampioni sopra di lei, poi si affrettò su per il sentiero e attraversò la strada.

Tornata nella sala operativa, serrò la mascella mentre scrutava i monitor davanti a lei.

Tre schermi di computer erano in funzione simultaneamente, tutti mostravano una sequenza di angolazioni di ripresa filmate allo stesso tempo mercoledì sera.

Osservò Kay uscire dalla centrale di polizia e camminare lungo Palace Avenue verso la Chiesa di All Saints, poi scomparire alla vista sotto gli alberi mentre usava la scorciatoia attraverso il parcheggio pubblico davanti all'Hermitage.

Il tempo si fermò mentre aspettava che Kay emergesse dall'altro lato, oltre l'arcata tagliata nel muro di pietra che circondava il sentiero verso il fiume.

Controllando le immagini che aveva salvato sul suo telefono, andò avanti e indietro tenendo d'occhio la registrazione delle telecamere di sorveglianza.

Alla fine, Kay riapparve e si mosse verso la sua auto.

Laura guardò come l'Investigatrice si fermò, poi tirò la mano fuori dalla tasca e guardò indietro verso l'arcata. Fermò la registrazione, la riavvolse e poi scrutò lo schermo ancora una volta, concentrandosi sul sagrato della chiesa.

Non trovando nulla ed esasperata dalla sua ricerca, fermò la registrazione e passò a quelle di giovedì mattina. Puntuale, c'era Kay che parcheggiava la sua auto poco prima delle sette ancora una volta fuori dall'Hermitage.

Laura cambiò per un'angolazione di ripresa che le desse una chiara visuale dell'anfiteatro sul lato del fiume dell'edificio. Mandò avanti la registrazione finché Shelley apparve nell'angolo in basso a sinistra, e si sistemò per guardare.

La donna camminava avanti e indietro, le braccia strette intorno alla vita mentre parlava con Kay, ma Laura notò che non c'era esitazione nei suoi movimenti quando l'Investigatrice le porse il caffè e il sandwich.

Si avvicinò allo schermo mentre la conversazione tra le due donne giungeva al termine, leggendo la dichiarazione di Kay, sapeva approssimativamente quando aspettarsi che Shelley si voltasse e si dirigesse verso il sentiero lungo il fiume, ma la velocità con cui la donna si allontanò dall'anfiteatro la colse di sorpresa.

Premette il pulsante "riavvolgi", poi riprodusse gli ultimi momenti prima di cliccare su una serie di pulsanti per mostrare nuove angolazioni delle telecamere di sorveglianza.

Shelley scomparve dalla vista entro un minuto da quando aveva lasciato Kay, infilandosi sotto il ponte stradale principale e poi...

Niente.

Assolutamente niente.

Laura imprecò ad alta voce e spinse il mouse e la tastiera attraverso la scrivania lontano da sé per la frustrazione.

«Maledizione. Sapeva dove erano le telecamere.»

CAPITOLO 33

Kay si girò di scatto sentendo un forte schiocco, poi si rilassò quando vide uno dei commercianti che lottava con un telone di plastica che si era staccato da una tenda sul lato opposto rispetto a dove lei si riparava nel vano di un negozio abbandonato di articoli da cucina a basso costo.

Il freddo mattutino le attanagliava dita e piedi, creandole un dolore allo stomaco e lasciandole i lobi delle orecchie intorpiditi.

Barnes batteva i piedi accanto a lei, borbottando sottovoce.

«Quanti ne abbiamo in sorveglianza?» chiese lei.

«Dieci, oltre a noi. Sei all'interno, il resto qui fuori». Aggrottò la fronte. «Non sono abbastanza, lo so, considerando che dobbiamo coprire anche il mercatino dell'usato».

«È quello che è». Kay si strofinò gli occhi stanchi e sbatté le palpebre.

La sveglia era suonata alle cinque e trenta quella mattina, dandole il tempo di fare una doccia e vestirsi con gli abiti più caldi che aveva potuto trovare prima di recarsi al mercato quando apriva per i venditori alle sei.

«Niente al mercato degli agricoltori ieri?» disse.

«No, siamo arrivati troppo tardi. Cominciano a impacchettare dopo l'ora di pranzo, e Maxwell ritiene che, in base a quanto ti ha detto Shelley, chiunque cerchi manodopera a basso costo arriverà presto, per non attirare l'attenzione. Sta pianificando di mandare una squadra a quel mercato la prossima settimana, giusto per sicurezza».

«Abbiamo bisogno di ottenere qualche risultato prima di allora». Kay voltò le spalle mentre il commerciante fissava il telone alla struttura metallica del suo banco, e diede una leggera gomitata a Barnes. «Andiamo. Facciamo un altro giro. Ho le dita dei piedi intorpidite».

Passò lo sguardo sui cartelli e le tende dai colori sgargianti che si contendevano lo spazio sulla piattaforma di cemento fuori dai caffè e dai negozi che fiancheggiavano la strada.

I venditori di olio d'oliva commerciavano accanto ai mercanti di formaggi e ai produttori di vino, mentre l'odore di verdure fresche e prodotti da forno impregnava l'aria al suo passaggio. Qualcuno, da qualche parte, stava friggendo salsicce e quando girarono l'angolo, lei individuò i chioschi ambulanti.

«Sono morto e andato in paradiso», disse Barnes.

«Pia non mi perdonerà mai se ti lascio avvicinare a quella roba. Continua a camminare».

Lui sorrise, e poi la condusse lungo uno stretto sentiero creato da due file di bancarelle. «Mi sorprende che questo mercato sia così popolare, considerando quello del sabato a Lockmeadow».

«Immagino che i commercianti passino dall'uno all'altro, attireranno un gruppo diverso di clienti, no?»

«Questo però non è così ben organizzato, guarda». Si fermò e indicò un mucchio di sacchi di iuta abbandonati e corde che ingombravano il marciapiede oltre i banchi davanti ai quali stavano passando.

«Beh, secondo le informazioni di Maxwell, questo è il tipo di posto dove potremmo aspettarci che si aggirino persone come i rapitori di Shelley. Eviteranno l'altro mercato, no? Il comune mantiene un forte controllo su quello».

«Credo di sì. Ho comunque mandato una squadra di quattro agenti a quell'altro. Mi aspetto che avranno una mattinata tranquilla, ma non volevo lasciare nulla al caso. Non mentre Shelley è ancora da qualche parte là fuori».

Kay arricciò il naso e scrutò la folla di persone che si muoveva tra le diverse aree del mercato, chiacchierando rumorosamente e carica di borse di tela e scatole di cartone.

«Spero che stia bene. Non riesco a immaginare quello che ha passato, o come farà a cavarsela da sola se qualcuno la sta cercando. Vorrei solo che mi avesse detto di più. Avrei potuto fare qualcosa per aiutarla, o almeno lavorare con la squadra di Maxwell per metterla in un posto sicuro finché non avessimo risolto tutto questo».

«Hai fatto del tuo meglio», disse Barnes, con tono gentile. «E lei sa dove trovarti, giusto? Ti ha già rintracciato una volta».

«Lo so, ma mi preoccupa non aver avuto sue notizie da due giorni, Ian». Si fermò quando raggiunsero la fine della fila di bancarelle e osservò la distesa di tende. «Dovremo dividere le squadre per affrontare i mercati più piccoli da domani mattina se non abbiamo successo qui. Che rapporti abbiamo ricevuto finora dagli altri mercati della zona?»

Barnes tirò fuori il telefono e scorse i messaggi. «Tre arresti per borseggio a Tonbridge, un ragazzino di dodici anni ammonito per cattiva condotta a Tunbridge Wells che poi si è beccato una ramanzina dalla madre quando è arrivata, e un arresto quaranta minuti fa, qualcuno con un coltello a Sevenoaks».

Kay sospirò. «Il solito, insomma».

«Torniamo dove sono di base Maxwell e i suoi?»

«Sì». Si mise al passo con il collega, reprimendo la sua delusione.

Dopo qualche momento di cammino controcorrente rispetto alla direzione della folla, individuò l'altro sergente detective accanto a un'edicola, con il telefono all'orecchio.

«Sai una cosa, capo, vado a prendere un caffè per tutti», disse Barnes. «Vi raggiungo dopo».

«Grazie, Ian. È un'ottima idea. Almeno posso scongelarmi le dita».

Osservò il suo sergente dirigersi verso un furgone che vendeva bevande calde, e poi attese che Maxwell finisse la sua chiamata e si avvicinasse.

«Qualche novità?»

Lui scosse la testa e mise il telefono in tasca. «Niente da questa parte, e ho sentito che non ci sono notizie dagli altri mercati. Era comunque una scommessa azzardata. Chiunque stia reclutando dai mercati potrebbe tenersi alla larga per il momento».

«E abbiamo solo la parola di Shelley sul fatto che siano stati reclutati da un mercato», disse Kay.

«Valeva la pena verificare», disse Maxwell. «E non fa male avere una presenza qui, potrebbe incoraggiare altri a farsi avanti se sanno che siamo interessati».

«È un modo molto caritatevole di metterla. Spero che non pensi che oggi sia stata una perdita di tempo per i tuoi agenti».

«Non è mai una perdita di tempo, capo. Non quando le vite delle persone sono a rischio».

«Ecco qua». Barnes li raggiunse e distribuì le bevande calde, mettendo il vassoio di cartone in un bidone del riciclaggio fuori da un negozio. Bevve un sorso, e poi aggrottò la fronte. «Forse abbiamo sbagliato tutto. Insomma, se le persone non scappano così spesso, non avranno bisogno di reclutare altra gente, no?»

«Suppongo di sì. Mi chiedo però cosa impedisca loro di scappare», disse Kay. «Voglio dire, è una situazione terribile in cui trovarsi».

Maxwell fece una smorfia, con il bicchiere del caffè a metà strada verso le labbra.

«La paura», disse. «Le bande instillano terrore in queste persone. L'ultima cosa che hanno in mente è la fuga. Stanno semplicemente cercando di sopravvivere».

CAPITOLO 34

Kay ruotò la sedia da un lato all'altro, sfogliando i rapporti che aveva stampato da HOLMES2 dopo la sorveglianza di quella mattina ai mercati locali, e trattenne un sospiro.

Gli ultimi membri della squadra erano tornati nella sala operativa mezz'ora prima, quando i venditori avevano impacchettato la loro merce al mercato di Sevenoaks, e ora stavano iniziando a radunarsi vicino alla lavagna, con le loro conversazioni ridotte a un basso mormorio.

La stanchezza si era infiltrata nell'atmosfera della stanza e, nonostante le sue preoccupazioni per la sicurezza di Shelley, sapeva che avrebbe dovuto prendere misure drastiche per garantire che la sua squadra rimanesse concentrata.

Lasciando cadere l'ultimo rapporto sulla scrivania, spinse indietro la sedia e si avvicinò al punto dove si erano radunati.

«D'accordo, facciamo questo briefing e poi dividerò la squadra in due per il resto del weekend. Debbie, puoi apportare le modifiche necessarie al turno per me?»

«Lo farò, capo.»

«Sono le tre adesso, quindi faremo un turno ridotto questo pomeriggio e sera, con il resto di voi che dovrà tenere i telefoni accesi in ogni momento. Solo perché avete un permesso anticipato non significa che non sarete richiamati. Voglio tutti in standby in caso di una svolta, capito?»

Un mormorio di consenso attraversò la stanza, e lei attese che si calmassero di nuovo.

«Laura, qualche fortuna con quelle riprese delle telecamere di sicurezza?»

La giovane detective scosse la testa. «Le ho riviste ancora questa mattina mentre eravate tutti ai mercati, e ho ottenuto anche delle nuove riprese dal comune. Shelley sapeva dove si trovavano tutte le telecamere, forse era tornata in città solo da una settimana, ma una ragazza sveglia.»

«Qualcosa dai rifugi?»

«Niente, capo», disse Gavin. «Tutti gli organizzatori e i volontari sono stati invitati a tenerla d'occhio, e abbiamo fatto sapere loro che pensiamo che la sua vita sia in pericolo, ma finora nulla di nulla.»

Kay si appoggiò alla scrivania e fissò la lavagna, il suo sguardo si posò sulla fotografia del corpo straziato di Ethan Archer.

«Non possiamo arrenderci con lei», disse. «È là fuori, da qualche parte. Sarà spaventata, paranoica, non avrà l'energia per restare al passo con queste persone se non riceve aiuto presto.»

«Pensi che abbia lasciato Maidstone?» disse Barnes.

«Non credo. Se sta dicendo la verità su tutto questo, e

sono propensa a crederle, allora nonostante sia stata tenuta prigioniera per tre anni o più, conosce bene la città.» Kay iniziò a camminare avanti e indietro sulle piastrelle di moquette davanti alla sua squadra, i suoi occhi che seguivano gli sbiaditi vortici di colore bluastro. «Detto questo, dipende da quanto denaro è riuscita a raccogliere per strada dalla scorsa settimana, quando ha detto di essere fuggita.»

«Se sta cercando di tenersi fuori dalla vista per paura di essere catturata, potrebbe non avere molti soldi», disse Laura.

«Vero, ma se è riuscita a mettere insieme un po' di contanti, ha due stazioni ferroviarie principali e una stazione degli autobus tra cui scegliere.»

«Non l'ho vista nelle immagini di videosorveglianza che ho controllato all'esterno di quelle, ma posso dare un'altra occhiata, capo.»

«Fallo, per favore. E fatti aiutare da due dei nostri colleghi in uniforme così avrai occhi freschi su quelle riprese.»

«Grazie, capo.»

Kay annuì alla sua giovane protetta, contenta che Laura avesse preso bene il consiglio. Dopo aver passato le ultime ventiquattro ore a guardare le stesse angolazioni delle telecamere, sarebbe stato fin troppo facile perdersi qualcosa.

«Ok, questo è tutto per oggi. Controllate il nuovo turno con Debbie e se il vostro nome non c'è, allora ci vediamo domani.»

Un turbinio di attività attraversò la stanza mentre gli agenti si allontanavano, e Kay si morse il labbro mentre li guardava iniziare a spostarsi verso la scrivania di Debbie.

Dopo la distribuzione degli incarichi, alcuni si diressero verso la porta con un balzo nel passo e altri tornarono ai loro computer, decisi a fare progressi nel resto del pomeriggio.

Barnes si avvicinò a lei e sorrise. «Su, vattene, capo. Sembri morta in piedi.»

Lei sorrise e scosse la testa. «Scusa, ero con la testa fra le nuvole per un attimo.»

«Come ho detto, vattene a casa. Resterò qui fino alle sei e poi la squadra notturna può gestire il posto. Non ci sei di alcuna utilità se sei stanca.»

«Sfacciato. Non è una delle mie battute?»

«È una buona battuta.»

———

«Sei preoccupata per lei.»

La mano di Kay si tuffò nel secchio di mangime che Adam le tendeva prima di lasciare scorrere il cibo tra le dita. «Sì.»

«Se è riuscita a sopravvivere per tre anni come lavoratrice schiava ed è fuggita, forse sta solo tenendo la testa bassa. Magari qualcosa l'ha spaventata giovedì quando stava parlando con te, e sta aspettando il momento giusto.»

«Forse.»

«Sa dove trovarti, giusto?»

«Solo di persona. Non ho mai avuto l'opportunità di darle il mio biglietto.»

Adam le diede una leggera gomitata. «È stato un bene che tu sia passata di qui sulla strada di casa. Saresti rimasta seduta lì a preoccuparti per lei. Ti conosco. Stare con questi qui dovrebbe distrarti per un po'.»

«È quello che speravo.» Kay lanciò il mangime nella mangiatoia di acciaio inossidabile e si fece indietro mentre tre capre in miniatura si accavallavano l'una sull'altra per essere le prime ad arrivare al cibo. «Cristo, si direbbe che non vengano nutriti da una settimana.»

«Lo so, e questa è la seconda razione oggi. Più tutti gli scarti di cucina che abbiamo portato per loro.»

Kay sorrise e guardò la rete di recinti che Adam aveva costruito sul retro del suo ambulatorio veterinario quando aveva aperto l'attività diversi anni prima.

Oltre il recinto delle capre, due maiali grufolavano in un letto di paglia che era stato steso sotto un riparo di legno, e un asino sollevò il suo naso vellutato mentre loro si dirigevano lungo il recinto verso di lui.

«Con questo ritmo, potresti aprire uno zoo per bambini. Ci faresti una fortuna» disse lei.

«È quello che ha detto Stephanie all'inizio di questa settimana. Penso che se dipendesse da lei, avrebbe già progettato gli opuscoli e li avrebbe messi sugli scaffali dell'ufficio informazioni turistiche».

Kay rise.

La receptionist di Adam aveva una cinquantina d'anni e gestiva la parte di accoglienza dell'attività oltre a fare da responsabile della sala operativa. Proprietaria di un piccolo podere insieme al marito e contabile qualificata, Stephanie veniva definita da Adam la sua arma segreta contro qualsiasi concorrente.

Kay allungò la mano e gli strinse il braccio. «Hai realizzato molto qui. Sono così orgogliosa di te».

Lui sorrise, poi la baciò sulla guancia.

«Ehi, niente di queste smancerie là fuori» gridò una voce dal retro dell'ambulatorio. «Non davanti ai pazienti».

Kay si voltò e vide Scott Mildenhall che sbirciava da una delle finestre, con un'espressione di finto shock sul viso.

«Guardone!»

Il giovane veterinario sorrise e sollevò una confezione da quattro di birre. «È l'ora della birra. Ne vuoi una?»

«Arriviamo» disse Adam. «Devo solo controllare il piccione».

«Piccione?» disse Kay.

«Sì, è volato contro il patio di qualcuno ieri pomeriggio e si è completamente stordito. Lo abbiamo tenuto qui durante la notte per tenerlo d'occhio. Dovrebbe stare bene. Tu vai dentro, io arriverò tra un minuto. Sta diventando freddo qui fuori».

Kay si ripulì le mani dalla polvere del mangime e percorse il sentiero ricoperto di corteccia fino al retro dell'ambulatorio, ringraziando Scott mentre lui le teneva aperta la porta.

«Non abbiamo bicchieri» disse lui. «Scusa, di solito teniamo solo qualche birra in frigo per le emergenze, e sembra che tu ne abbia bisogno di una».

«Così male, eh? Mi laverò le mani e vi raggiungerò prima di tornare a casa per dar da mangiare a quei cuccioli di volpe».

Poco dopo, i tre si ritrovarono sui divani nella sala d'attesa vuota, con un bagliore fioco proveniente dall'ufficio sul retro che donava calore alla stanza mentre si rilassavano.

Kay giocherellava con l'etichetta sul lato della sua bottiglia di birra e poi alzò di scatto la testa sentendo il suo nome.

«Scusa, stavo pensando. Cosa hai detto?»

«Ho detto che, nonostante tu abbia una squadra sulla quale puoi contare, scommetto che domani mattina sarai di nuovo al lavoro». Adam sorrise. «Continuerai a cercarla, vero?»

«Devo farlo. Non credo che si fidi di nessun altro».

CAPITOLO 35

Gavin regolò il volume della radio Airwave accanto al monitor del suo computer prima di stiracchiarsi il collo, poi passò una matita sulle righe nere dattiloscritte del rapporto che stava leggendo.

Una debole luce solare brillava attraverso la finestra alla sua sinistra e, mentre il suo orologio segnalava le sette e mezza, il sistema di riscaldamento centralizzato emise un borbottio poco convinto prima che il radiatore accanto a lui tentasse di riscaldarsi.

Era arrivato presto, determinato a fare progressi con le scartoffie generate dalle attività di sorveglianza del giorno precedente ai mercati. Non gli dispiaceva fare un turno di dodici ore se necessario, ma voleva avere dei risultati da mostrare.

Nel frattempo, ascoltava le chiamate e i rapporti di avanzamento sul campo dei suoi colleghi in uniforme che erano di servizio nei mercati domenicali più piccoli nella zona della Divisione Ovest, nel caso il nome di Shelley emergesse tra le interferenze.

Laura si tolse i guanti senza dita mentre la temperatura nella sala operativa saliva sopra i livelli artici e li gettò sulla sua scrivania alla destra di lui, poi si spinse i capelli dal viso prima di girare la sedia.

«Dov'è Carys, allora?» disse, sporgendosi in avanti e abbassando la voce.

Gavin voltò un'altra pagina del rapporto e spuntò un punto di localizzazione che aveva già visto nei filmati delle telecamere di sorveglianza. «Non lo so.»

«Ma voi due siete di solito *così*.» Laura incrociò le dita. «Di sicuro ti avrebbe detto qualcosa se fosse scomparsa per quattro giorni. Voglio dire, per una cosa del genere, Carys sarebbe di solito nel bel mezzo dell'azione, no?»

Gavin gettò il rapporto sulla tastiera del computer, con la fronte aggrottata.

Lo stesso pensiero gli aveva attraversato la mente diverse volte dalla fine del turno di giovedì, quando Kay aveva informato i suoi detective che Carys sarebbe stata in congedo fino a lunedì.

Aveva provato a telefonarle, ma il suo cellulare andava direttamente alla segreteria telefonica, e non stava rispondendo né a quei messaggi, né ai messaggini che le aveva inviato, chiedendole se stesse bene.

«Forse è, sai, una cosa da donne», disse, con il calore che gli saliva alle guance. «Qualcosa di cui non vuole parlare.»

«Fidati, se fosse così fisserebbe un appuntamento dopo la fine di questa indagine. Non vorrebbe perdersi tutto questo, no? I tempi di attesa per cose del genere sono comunque terribili di questi giorni.»

Gavin si schiarì la gola e iniziò a impilare i rapporti in un mucchio ordinato, a disagio per la piega che stava prendendo la conversazione. Era lo stesso quando sua madre e sua sorella minore parlavano durante i barbecue di famiglia, nulla era off-limits quando si trattava della loro salute, e spesso lui scappava a lavare i piatti con suo padre.

«Hai finito di fare un elenco di tutti gli altri proprietari terrieri che dobbiamo intervistare con la squadra di agenti in uniforme?» disse.

Laura indicò lo schermo del suo computer. «Ho fatto una ricerca catastale che comprende un raggio di quaranta chilometri da dove è stato trovato il corpo di Ethan. Abbiamo già parlato con tre, quindi ce ne rimangono altri otto.»

«Sono tanti proprietari per quella quantità di terreno.» Gavin piantò i talloni nella moquette e spostò la sedia più vicino alla scrivania della collega, sbirciando oltre la sua spalla verso lo schermo.

«Alcuni sono piccoli poderi, ma ho pensato che dovremmo controllarli comunque.»

«Vero. Buon ragionamento. Quindi, cosa hai trovato?»

«Un allevatore di polli, due frutteti, un'azienda casearia e un produttore di funghi. Queste sono le proprietà più grandi, e poi ci sono due piccoli poderi, uno fuori Sevenoaks, e l'altro sulla strada per Hildenborough.»

«Ok. Come ti è andata con le telecamere di sorveglianza per le stazioni ferroviarie e degli autobus? Qualche traccia di Shelley?»

«Nessuno che corrisponda alla sua descrizione. Ho lavorato con Phillip e Debbie fino alla fine del turno ieri e nessuno di noi è riuscito a vederla. Se avessimo una foto chiara di lei, potrei organizzare la squadra di agenti in uniforme per fare un salto lì e chiedere in giro...»

«Potrebbe saltare fuori qualcosa.» Gavin diede una pacca sulla schiena alla collega. «È un buon lavoro. Almeno quando arriverà Barnes potrai dargli un vantaggio con quell'elenco di proprietari terrieri e lui potrà coordinarsi con la squadra di agenti in uniforme per iniziare le perquisizioni delle proprietà.»

«Sì, immagino di sì.»

Gavin fece rotolare all'indietro la sedia e prese il cellulare.

Ancora nessuna notizia da Carys.

Si chiese se dovesse menzionare la sua assenza a Barnes quando fosse arrivato, e se il sergente detective conoscesse il luogo in cui si trovava la loro collega. Sicuramente stava bene, altrimenti glielo avrebbero detto.

Quindi, dov'era?

Da quando si era unito alla squadra due anni e mezzo fa, lui e Carys erano stati vicini. Si coprivano le spalle durante il servizio, si prendevano in giro senza pietà fuori servizio e condividevano uno spirito competitivo che dava vita a vivaci battibecchi.

Era come una sorella maggiore per lui.

Quindi, perché il silenzio ora?

Diede un'occhiata sopra lo schermo mentre la porta della sala operativa si apriva e Barnes entrava a passo spedito verso di loro, le mani cariche di sacchetti di carta, macchiati di grasso sui lati.

«Sandwich al bacon», disse, sorridendo mentre consegnava a ciascuno di loro un sacchetto prima di dirigersi verso la sua scrivania. «Novità?»

«Non ancora», disse Gavin, «e grazie.»

«Grazie, sergente», disse Laura. «Dov'è Carys?»

«Ha dovuto prendersi un po' di tempo libero», disse Barnes. «Tornerà domani.»

«Sta bene?»

«Per quanto ne so io.» Indicò il sandwich di lei. «Adesso mangia quello, prima che si raffreddi.»

Gavin incrociò il suo sguardo, ma Barnes distolse lo sguardo prima che potesse interrogarlo ulteriormente.

Reprimendo la sua frustrazione, divorò il sandwich caldo e osservò l'elenco successivo di compiti che il database HOLMES2 gli aveva assegnato quella mattina.

Il suo cellulare vibrò sulla scrivania mentre stava finendo la colazione, e aggrottò la fronte guardando lo schermo mentre venivano visualizzate le parole "numero sconosciuto".

«Detective Gavin Piper.»

«Detective, sono Jeremy. Dal rifugio. Ho bisogno di parlarle urgentemente. Possiamo incontrarci?»

CAPITOLO 36

Venti minuti dopo, Kay aspettava insieme a Gavin sui gradini che da Earl Street conducevano al centro commerciale Fremlin Walk.

Lui l'aveva chiamata mentre lei stava camminando lungo il fiume, scrutando con gli occhi i sentieri e i vicoli mentre percorreva il tratto dall'anfiteatro e ritorno, cercando disperatamente la donna che possedeva le risposte sull'omicidio di Ethan.

Indossava jeans e un maglione sotto una giacca di pelle per confondersi tra la folla mattutina e si fermava di tanto in tanto per controllare i messaggi. C'erano diverse squadre di agenti in uniforme nei mercati di tutta l'area della Divisione con cui manteneva contatti, ma senza alcun risultato.

«Com'è questo Jeremy?» chiese a Gavin.

«Amichevole. Disponibile.»

«Pensi che ci si possa fidare? Voglio dire, non è il tipo di persona che fa affermazioni infondate solo per attirare l'attenzione?»

«No, non ho avuto questa impressione. Sembrava sinceramente preoccupato quando abbiamo parlato.» Indicò con il mento un quarantenne allampanato che si stava affrettando verso di loro, con una borsa sportiva sulla spalla. «Eccolo.»

Kay attese mentre Gavin stringeva la mano all'uomo, e poi si presentò. «Spero non le dispiaccia se mi unisco a voi, Jeremy. Sono molto preoccupata per la sicurezza di Shelley.»

«Così mi hanno detto.» Diede un'occhiata alle sue spalle, poi tornò a guardarli. «Possiamo parlare da qualche altra parte? È un po' esposto qui fuori, non crede?»

«Ho sentito che il caffè qui vicino serve un buon caffè.»

«Preferirei di no. Che ne dice del parco dietro il centro commerciale?»

«Lo conosco. Ci guidi lei.»

Kay lasciò che Jeremy si avviasse in direzione di Brenchley Gardens e lo seguì insieme a Gavin. La sua prima impressione dell'uomo fu che parlava sottovoce, e parte della spavalderia che il suo collega aveva detto che aveva dimostrato quando lui e Laura lo avevano incontrato al rifugio mercoledì era palesemente assente.

Sembrava invece reticente, teso, e lei si chiese se fosse il suo modo di affrontare la vita di strada, o qualcos'altro del tutto diverso.

Mentre percorrevano St Faith's Street e superavano il museo, Jeremy si guardò alle spalle, il suo sguardo superò Kay e andò oltre con tale intensità che i peli sottili sulla nuca di lei si drizzarono, creando l'impulso di voltarsi indietro per vedere cosa potesse aver visto.

Prima che potesse farlo, lui svoltò a sinistra oltre il museo e seguì il sentiero che portava ai giardini dietro la chiesa di St Faith, con i due detective alle calcagna.

Kay notò che telecamere di sorveglianza erano state montate su alti pali d'acciaio al perimetro del parco e si annotò mentalmente di chiedere a uno dei suoi di controllare anche quelle per tracce di Shelley, nel caso in cui la donna avesse cercato riparo lì nel corso degli ultimi tre giorni.

La distesa erbosa del resto del parco era deserta, a parte alcuni clienti che usavano i sentieri come scorciatoia tra il centro commerciale e la stazione di Maidstone East o i parcheggi vicini. Alberi spogli, i cui rami solo adesso iniziavano a mostrare le prime fasi di nuove gemme, proiettavano ombre scheletriche sui sentieri, aggiungendosi all'atmosfera desolata.

Il sentiero saliva leggermente in pendenza mentre si avvicinavano all'ornato palco della musica, e mentre Kay osservava la struttura in ferro capì perché Jeremy l'avesse suggerito.

Siepi paesaggistiche circondavano il perimetro della struttura vittoriana, scompigliate e trascurate dopo i mesi invernali di disuso, fornendo una protezione da occhi indiscreti.

Gavin si trattenne, aspettando di parlare finché non fu al suo fianco.

«È preoccupato per qualcosa.»

«L'avevo immaginato. Immagino che fosse più calmo quando gli hai parlato l'ultima volta?»

«Decisamente. Molto più rilassato.»

«Va bene. Vediamo cosa ha da dire. Speriamo che non si spaventi come Shelley e scompaia prima che abbiamo fatto qualche progresso. Guida tu, si fida di te.»

«Capo.»

Si interruppe mentre Jeremy entrava nel palco, e Kay alzò gli occhi verso il nome di un compositore classico inciso tra i pinnacoli sotto la tettoia prima di unirsi al collega.

All'interno, il pannello acustico fissato alla parte inferiore del tetto era cosparso di vecchie ragnatele e polvere, tutto ciò che sarebbe stato spazzato via prima dell'inizio della stagione estiva delle bande. Per ora, il posto conservava una desolazione e un abbandono invernali.

Rabbrividì e si voltò verso il senzatetto che camminava avanti e indietro da un lato all'altro.

«Cosa volevi dirmi?» disse Gavin, mettendosi davanti a lui e alzando una mano. Mantenne un tono calmo, senza fretta. «Va tutto bene?»

Jeremy fece un respiro profondo e sembrò costringersi a stare fermo. «No, non va bene.»

«Hai visto Shelley?»

«No. Non da quando vi ho parlato al rifugio. Nessuno l'ha vista. È scomparsa.»

«Hai idea di dove potrebbe essere andata?»

«Non ne ho la minima idea.»

«Cosa c'è che non va, Jeremy? Sembri nervoso.»

«Davvero? Sì, lo sono.»

«Cosa è successo? È qualcosa che riguarda Shelley? Le è successo qualcosa?»

«Non lo so.» L'uomo si strappò il cappello di lana dalla testa e si grattò i capelli corti. «Forse. Guardate, ho sentito una voce giovedì sera al rifugio che qualcuno stava girando per la città, chiedendo di lei. Anche venerdì.»

Kay guardò Gavin, poi tornò a Jeremy. «Mi dispiace se questo ha dato motivo di preoccupazione a qualcuno di voi, ma ho incaricato la mia squadra investigativa di parlare con i volontari del rifugio e con chiunque conoscano per le strade qui intorno nel caso qualcuno di loro abbia visto Shelley. Mi ha chiesto di incontrarla all'anfiteatro giovedì mattina, ma qualcosa l'ha spaventata ed è fuggita. Sono preoccupata anche io per lei e non ho modo di mettermi in contatto con lei.»

«I vostri vanno in giro offrendo soldi per informazioni?»

«Cosa? No, io…»

«È quello che ho detto agli altri. No, non sto parlando della polizia. Non dei vostri. Voi si nota a un chilometro di distanza. Questo era un tizio da solo, robusto, alto più o meno come me, con la barba.»

La bocca di Kay si seccò. «Quando è successo?»

«Ieri mattina. Vicino all'ufficio postale sulla High Street. Mi ha mostrato una sua foto e ha detto che stava cercando di trovarla. Ha detto che potrebbe essere in pericolo. Come ho detto, lo ha chiesto anche ad altri.»

«Cosa indossava?» disse Gavin, estraendo il suo taccuino dalla tasca del cappotto.

«Jeans blu, giacca nera con cappuccio. Indossava anche un cappellino da baseball.» Gli occhi di Jeremy trovarono le doghe di legno del soffitto del palco, poi sbatté le palpebre. «Aveva il cappuccio della giacca alzato, ma sono riuscito a vedere parte di un logo sul davanti del cappellino, non ricordo cosa fosse. Non uno di quei marchi sportivi conosciuti.»

«Questo è utile comunque, grazie. Potremmo essere in grado di individuarlo sulle telecamere di sorveglianza.»

«Con chi altro ha parlato?» chiese Kay.

«Alcuni habitué qui intorno. Sanno che sto cercando Shelley perché sono preoccupato dopo la nostra chiacchierata dell'altro giorno, quindi me l'hanno detto quando li ho visti. Va in giro con una manciata di banconote da venti sterline per chiunque gli dica dove si trova.»

«L'hai mai visto prima? Prima di conoscere Shelley, intendo» disse Gavin.

«No, e neanche gli altri.»

«Jeremy, potresti farmi un favore?» disse Kay.

«Dimmi.»

Gli consegnò un biglietto da visita. «Hai già il numero di Gavin, quindi se vedi questo tizio che gira qui intorno, o che parla con qualcuno, potresti chiamare uno di noi? Non importa a che ora del giorno o della notte. Passa alla centrale di polizia su Palace Avenue e chiedi di noi alla reception se non puoi chiamare. Li avviseremo che ci stai aiutando.»

Prese il suo biglietto e passò il pollice sul testo. «Le farà del male se la trova, vero?»

«Non lo sappiamo con certezza, ma dobbiamo parlargli» disse Gavin. «Se non altro per scoprire perché offre denaro in cambio di informazioni su di lei.»

Jeremy annuì, il volto tetro mentre riponeva il biglietto

di Kay nella tasca dei jeans e si rimetteva il cappello di lana.

«Il problema è che in questo periodo dell'anno non passerà molto tempo prima che qualcuno prenda i suoi soldi e gli dica dove si trova» disse. «La fame batte quasi sempre la solidarietà, secondo la mia esperienza.»

CAPITOLO 37

Barnes guardò da sopra i suoi occhiali da lettura quando il suo cellulare emise un leggero ronzio, e sorrise al nome visualizzato sullo schermo.

Aprendo la notifica, vide una nuova fotografia di sua figlia, Emma, insieme a due amiche universitarie. Le tre ragazze stavano cercando di manovrare dei go-kart al coperto attraverso uno slalom con scarso successo, e la didascalia sotto suggeriva che non stesse andando bene, come dimostravano le risate a crepapelle sui volti delle ragazze.

«È tua figlia?» chiese Laura. Si fermò al suo fianco, lasciando cadere due cartelle di cartoncino nel suo vassoio.

«Sì. Vive con sua madre quando non è all'università.»

«È carina.»

«Decisamente prende dalla madre.» Barnes sorrise, poi inviò un breve messaggio a Emma dicendole che l'avrebbe chiamata più tardi durante la settimana, e mise da parte il telefono. «Bene, vuoi inviarmi via e-mail quella lista di proprietari terrieri che hai raccolto e io chiamerò Dave

Morrison per vedere se possiamo ottenere un po' di aiuto dagli agenti in divisa per fare i colloqui? Probabilmente sarà domani mattina prima che riusciamo a organizzare tutto, ma segnati nel programma per quelli.»

«Lo farò, grazie, sergente.»

Girò la sedia mentre la porta della sala operativa si spalancava ed entrarono Kay e Gavin.

«Che succede?» chiese.

«C'è qualcuno che gira per la città offrendo soldi in cambio di informazioni su Shelley», disse Kay. Appese il cappotto a un gancio fuori dall'ufficio di Sharp e poi si avvicinò alla sua scrivania e tirò fuori una sedia di riserva mentre Gavin si univa a loro.

«E pensate che sia l'assassino di Ethan?»

«Non può essere che lui, no?» disse Gavin.

«E se fosse un parente che cerca di trovarla?» disse Laura.

Barnes sbuffò, incapace di nascondere l'amarezza nella sua voce. «Non si sono preoccupati negli ultimi tre o quattro anni, perché dovrebbero iniziare adesso? Non hanno nemmeno presentato una denuncia di scomparsa per lei.»

«Laura ha ragione, comunque», disse Kay. «Dobbiamo muoverci velocemente su questa nuova informazione, perché se non è un parente preoccupato, allora Shelley è più in pericolo di quanto pensassimo. Laura, puoi iniziare a scoprire quali scuole secondarie ci sono nella zona? Shelley mi ha detto che ha avuto difficoltà a scuola, quindi ignora i licei. Ha un forte accento di Liverpool, ed è venuta qui quando aveva tredici anni. Immagino che non abbia continuato con le scuole superiori, quindi dovrebbe avere lasciato la scuola a sedici anni.»

«Va bene, capo. La maggior parte dei siti web delle scuole ha contatti di emergenza per le vacanze e i weekend, quindi dovrei essere in grado di contattarle oggi.»

«Bene, grazie. Se riesci a scoprire il suo cognome, è un inizio. Chiedi anche se hanno un indirizzo a Liverpool per sua madre, anche se è vecchio, darà ai nostri colleghi lassù un vantaggio. Gavin, basandoti sulla descrizione che ci ha dato Jeremy, lavora con Parker quando riappare e procurati i filmati delle telecamere di sorveglianza per la High Street vicino all'ufficio postale. Vedi se riesci a individuare l'uomo che dice lo ha avvicinato. Se necessario, chiama Andy Grey del reparto forense digitale al quartier generale, sai com'è; probabilmente conoscerà alcune angolazioni di telecamere aggiuntive che potrebbero aiutarci.»

«Capo.»

«E per i colloqui con i proprietari terrieri, capo?» disse Barnes. «Procediamo comunque con quelli domani, o aspettiamo di vedere quali sviluppi abbiamo prima con questa pista?»

Kay si legò i capelli e poi appoggiò il braccio sulla sua scrivania fissando lo schermo. «Penso che procederemo. Sembra che tu abbia avuto una bella lista da Laura, e ci vorrà tempo per coordinarsi. Organizza con gli agenti in uniforme, e se succede qualcosa nel frattempo, possiamo riprogrammare se necessario.»

«Va bene. Cosa si sa del tizio che ha offerto soldi al contatto di Gavin?»

«Niente tranne una descrizione al momento, ma

Jeremy, è il senzatetto che ha chiamato Gavin, dice che gli è stata offerta una manciata di banconote da venti sterline per dirgli dove fosse Shelley. Non le ha prese, ovviamente, e ha cercato di dire a quanti più possibile tra quelli che usano i rifugi di non parlare con quell'uomo, ma, come ci ha detto, hanno fame e hanno bisogno di vestiti caldi e un tetto sopra la testa. Se qualcuno offre loro dei soldi così, non passerà molto tempo prima che qualcuno parli.»

Barnes indicò la sua collega che ora aveva la testa china sulla scrivania, con il telefono all'orecchio. «Laura ha esaminato le immagini delle telecamere vicino a tutti i rifugi dalla notte scorsa quando Gavin è uscito per incontrarti. Non c'è traccia di Shelley vicino a nessuno di essi.»

«Non sono sorpresa, dato quello che ora sappiamo. Probabilmente dorme all'aperto da qualche parte, cercando di non farsi vedere.»

«È questo che mi preoccupa.» Mosse il mouse e aprì il browser di Internet. «Guarda le temperature notturne previste per questa settimana. Ha bisogno di stare da qualche parte al caldo, e al sicuro.»

«Lo so, Ian. Speriamo di trovare qualcosa questo pomeriggio, o magari uno dei contatti di Jeremy ci segnalerà dove possiamo trovarla.» Si alzò dalla sedia. «È meglio che vada al quartier generale. Dovrei incontrare Sharp lì alle quattro. Te la caverai a presidiare la fortezza?»

«Nessun problema. Ti chiamerò se la troviamo.»

«Grazie. Parliamo più tardi.»

La osservò uscire dalla stanza, cappotto sul braccio e

cellulare già all'orecchio, poi tornò al computer e cercò di soffocare il battito accelerato del suo cuore.

Shelley aveva solo tre anni più di sua figlia, e doveva essere terrorizzata.

Scosse la testa per scacciare quel pensiero, e iniziò a coordinare le indagini casa per casa per le fattorie e i poderi per il giorno successivo.

CAPITOLO 38

Carys tirò il freno a mano e slacciò la cintura di sicurezza, posando lo sguardo sui due furgoni argentati e sulle tre auto di pattuglia che bloccavano l'entrata di un vicolo a un centinaio di metri di distanza.

Il suo telefono aveva squillato con insistenza quaranta minuti prima, strappandola da un sonno profondo.

Era stata completamente sveglia nei primi tre secondi dopo aver sentito la voce di Kay all'altro capo della linea, e si era rapidamente fatta la doccia e vestita prima di guidare fino ai margini del centro città, lottando contro il traffico delle prime ore del mattino.

Un incarto vuoto di kebab vagante rotolò nel canale di scolo accanto all'auto mentre apriva la portiera del guidatore. Il suo labbro superiore si arricciò alla vista di una pozza di vomito che era stata riversata in mezzo al marciapiede prima che lei la evitasse con un passo laterale e si affrettasse verso i due agenti in uniforme vicino al cordone bianco e blu.

Mostrando il suo tesserino, attese mentre annotavano i suoi dati, e poi firmò dove il più alto dei due le indicò.

«Chi altro c'è qui?»

«Harriet è qui con la sua squadra degli investigatori forensi, e il patologo è arrivato mezz'ora fa. Abbiamo un secondo cordone all'altra estremità del vicolo.»

«Che cosa sapete finora?»

La sua collega si schiarì la gola. «Nessuno ha sentito niente, signora. Il vicino più prossimo vive nell'appartamento appena oltre la sua auto, sopra il negozio di fish and chips. Gli edifici che danno su questo vicolo sono ingressi di servizio per i negozi delle strade su entrambi i lati. Tutti chiusi dalle quattro di ieri pomeriggio, se mai si fossero presi la briga di aprire. Non ci aspettiamo di vederli aprire prima delle nove di stamattina...»

«Sempre che gli permettiamo di aprire», aggiunse l'altro agente.

«Che cosa abbiamo?»

«Donna, deceduta, sui venticinque anni a occhio... forse più giovane. Il suo corpo è stato gettato in un cassonetto a metà del vicolo.»

«Come è stata notata se nessuno dei negozi è aperto?»

«Un senzatetto stava frugando in cerca di avanzi di cibo e l'ha trovata.» Indicò con il pollice oltre la sua spalla verso le auto di pattuglia parcheggiate. «L'agente Harris lo sta interrogando in questo momento. Era piuttosto scosso, ma dice di non conoscerla.»

«Avete un nome per lui?»

«Si fa chiamare Spikey, a quanto pare. È fuori di testa per qualche sostanza. Speriamo che Harris riesca a ottenere risposte più sensate una volta che gli avrà fatto bere un po' di caffè. Vuole dei guanti e copriscarpe da indossare?»

«Sì, grazie mille.»

Carys infilò i copriscarpe di carta e la tuta abbinata, mise i guanti sulle dita intorpidite, poi annuì in segno di ringraziamento e si chinò sotto il nastro, dirigendosi verso il tecnico investigativo forense più vicino che era accovacciato sull'asfalto screpolato vicino all'ingresso del vicolo con una macchina fotografica in mano.

«Buongiorno, Patrick.»

«Carys. Come stai?»

«Bene, suppongo, date le circostanze. Che cosa sai?»

Si alzò in piedi, gemendo sottovoce. «Non ridere… sei solo a pochi anni dal fare rumori come questo quando ti alzi.»

Lei accennò un sorriso, e indicò la macchina fotografica. «Posso vedere?»

«Certo.»

«Carys!»

Girandosi al richiamo, vide Kay che camminava verso di lei, con un'andatura risoluta.

«Aspetta, Patrick… tanto vale che l'Ispettrice veda anche queste contemporaneamente», disse. «Buongiorno, capo.»

«Sei appena arrivata?»

«Circa dieci minuti fa. Patrick stava per mostrarmi le foto che ha scattato finora.»

«Va bene, procedi.»

Carys attese che Kay si spostasse alla sinistra di Patrick, e poi lui inclinò lo schermo sul retro della fotocamera digitale in modo che entrambe potessero vedere.

«Scorrerò velocemente le prime... sono scatti dell'ingresso del vicolo, e poi mi sono spostato qui e verso il cassonetto dove è stato trovato il corpo della donna.»

«Aveva documenti con sé?» disse Kay.

«Nessuno che abbiamo trovato finora. Harriet ha una squadra di tre persone lì in questo momento che sta esaminando il contenuto. Ci vorrà del tempo prima di saperlo con certezza.»

Kay annuì, poi gli fece cenno di continuare con le immagini.

Carys trasalì alla prima foto della forma contorta della donna tra le pieghe di incarti di cibo da asporto abbandonati, lattine di alluminio e altri residui.

Tutto ciò che era visibile del suo viso era una guancia pallida incorniciata da capelli scuri che le nascondevano gli occhi e il naso. Indossava una maglietta sporca rosa chiaro a spalline sottili, e Carys notò il bordo di jeans in denim visibile prima che anche questi fossero coperti da vecchie scatole di cartone e riviste strappate.

«Grazie, Patrick», disse quando lui raggiunse la fine delle fotografie che aveva scattato finora. «Va bene se andiamo a fare un giro laggiù?»

«Dovrebbe andare bene... seguite solo il percorso indicato che abbiamo segnato e chiedete il permesso a Harriet prima di entrare nel secondo cordone.»

Kay gli diede un colpetto sul braccio prima che si allontanassero, e Carys sapeva per esperienza che era il modo della sua responsabile di far sapere al fotografo che apprezzava la sua diligenza e cura in circostanze così difficili.

«Quando sei tornata da Bridgend?» disse mentre passavano accanto a un secondo tecnico accovacciato su un lato del vicolo, che delimitava un'altra area di interesse per la squadra della Scientifica.

«Circa alle dieci di ieri sera.»

«È andato tutto bene?»

«Credo di sì. Difficile da dire, no?»

Le labbra di Kay si atteggiarono in un sorriso sardonico. «È vero, hai ragione. Quando te lo faranno sapere?»

«Uno degli Ispettori capo investigativi che mi ha intervistato ha detto che avrebbero preso una decisione entro la fine della settimana.» Carys sentì la sua ispettrice espirare sottovoce, e deglutì. «Rimarrò fino alla fine di questo caso, capo. Non ti deluderò.»

«Lo so.» Kay sollevò il mento verso il cassonetto, ora a soli un paio di metri di distanza, e alzò la voce. «Harriet? Possiamo avvicinarci?»

La responsabile degli investigatori forensi abbassò la mascherina. «Venite pure. Siamo a metà dell'opera ma abbiamo elaborato tutto il terreno qui, quindi potete procedere.»

Carys seguì Kay verso la piccola squadra di tecnici, poi fece un passo indietro sorpresa quando Lucas Anderson apparve dall'interno del cassonetto accanto a uno di loro, con il corpo coperto da una tuta protettiva completa da rischio biologico.

«Ancora qui?» disse.

«Mhmm», disse come risposta. «Ho pensato fosse

meglio restare. Questo caso è quasi brutto quanto quello del tizio nel campo dell'altra settimana.»

«Perché?»

Entrambi i detective si affrettarono in avanti, sollecitando l'interesse di Carys.

«Aspetta, prendo una seconda scala», disse Charlie, un altro membro della squadra di Harriet.

Lei attese mentre lui apriva una scala di riserva che era stata appoggiata contro il muro di mattoni scuri di uno dei negozi alla destra del vicolo e la posizionava contro il cassonetto per lei, tendendole la mano e sostenendole il braccio mentre saliva sulla piattaforma.

«Grazie», disse, poi rivolse nuovamente l'attenzione al patologo.

Accanto a lei, Kay salì sull'altra scala, posò le mani guantate sul bordo del cassonetto e lasciò uscire un gemito.

«È lei?»

L'Investigatrice annuì, la tristezza le attraversò il volto prima che serrasse la mascella. «È Shelley. Siamo arrivati troppo tardi.»

Lucas diede loro qualche secondo per assorbire la rivelazione, e poi si schiarì la gola. «Chiunque le abbia fatto questo probabilmente l'ha prima strangolata. Potrò fornire un'opinione più precisa dopo l'autopsia, ovviamente.»

«Maledizione.»

Carys sentì Kay imprecare sottovoce, e sapeva che stava implorando per la donna morta e che avrebbe trovato il suo assassino, a qualunque costo.

«C'è un'altra cosa», disse Lucas. Indicò le gambe della donna. «I suoi piedi sono stati tagliati via.»

«Cosa?» Kay non riuscì a nascondere l'orrore nella sua voce.

«Probabilmente post mortem, dato lo scarso sangue presente.»

«Perché qualcuno dovrebbe fare una cosa del genere? Tagliarle i piedi?» disse Carys.

Kay socchiuse gli occhi contro la polvere sollevata dal vento che ululava attraverso il cortile.

«È come con Ethan, vero? Stanno mandando un messaggio agli altri per mostrare cosa succederà se cercano di scappare.»

CAPITOLO 39

«Kay? Kay. Un momento, per favore».

La voce di Sharp risuonò attraverso la sala operativa mentre lei e Carys entravano, e Kay guardò verso l'ufficio dell'Ispettore capo investigativo per vederlo sporgere dalla porta, facendole cenno di avvicinarsi.

Aspettò che lei si avvicinasse, e poi si voltò e la condusse all'interno. «Chiudi la porta».

Lei fece come le era stato detto, muovendosi verso la sua scrivania mentre lui sistemava il retro della giacca del suo completo e si sedeva, facendole cenno di prendere una delle sedie per i visitatori.

Kay lo ignorò, e rimase in piedi davanti alla scrivania, stringendo i denti.

«Stai bene? Ho sentito la notizia».

«Siamo arrivati troppo tardi per salvarla, capo. L'ha mutilata. Le ha tagliato i piedi alle caviglie».

«Lo troveremo».

«Puoi scommetterci che lo farò, capo. Mi assicurerò che finisca in prigione per molto tempo per questo. Io...»

235

«Kay? Respira. Prenditi un minuto. So che sei arrabbiata e sconvolta. Lo sarei anch'io, ma hai fatto tutto il possibile per cercare di trovarla».

Lei lanciò la borsa su una delle sedie per i visitatori, poi si spostò verso la finestra e si strinse le braccia attorno alla vita mentre osservava il movimento degli altri agenti dentro e fuori dall'edificio. «L'ho delusa».

«L'unica persona da incolpare per tutto questo è la persona che l'ha uccisa». Sharp spinse indietro la sedia e la raggiunse. «Carys sta bene?»

«Sì, credo di sì. Dovrei uscire e fare il briefing, altrimenti perdiamo tempo stando qui a chiacchierare». Forzò un sorriso mentre si girava per affrontarlo. «Grazie, capo».

«Colpisce anche me», disse lui. «È perché siamo umani».

«Dillo a certi giornalisti con cui dobbiamo avere a che fare», disse lei, facendo oscillare la borsa sul braccio e dirigendosi verso la porta.

Carys teneva il telefono tra l'orecchio e la spalla mentre si avvicinava al gruppo di scrivanie dei detective, la sua voce era un basso mormorio mentre leggeva i suoi appunti dalla scena del crimine.

Barnes porse a Kay una tazza di tè mentre si sedeva. «C'è dello zucchero extra. Carys sembrava averne bisogno quando è entrata, e anche tu».

«Grazie, Ian». Prese un sorso, sbatté le palpebre quando lo zucchero le colpì i denti posteriori, e poi passò lo sguardo sulla sala operativa affollata. «Ci sono tutti?»

«Gavin e Laura stanno tornando dal quartier generale… hanno lavorato con Andy Grey fino a tarda ora ieri per cercare di scoprire chi stesse parlando con Jeremy di Shelley, e lui ha telefonato prima per dire che aveva delle riprese da una telecamera di sicurezza privata sulla High Street che potrebbero aiutarci».

«Ok, bene. Daremo loro altri dieci minuti e poi faremo il briefing».

«Carys mi ha raccontato cosa è successo. Stai bene?»

Annuì, sentendo incombere la stanchezza. «Lo sarò, quando cattureremo il bastardo che ha fatto questo».

Cinque minuti dopo, i due detective erano arrivati e lei si era spostata davanti alla sala, aggiornando la lavagna con i dettagli essenziali dell'omicidio di Shelley e le fotografie della scena che Carys aveva scaricato dal suo telefono per contestualizzare.

Mentre Kay si girava per affrontare i colleghi riuniti, raddrizzò le spalle.

«Nonostante i nostri migliori sforzi per localizzare Shelley prima che le accadesse qualcosa di male, posso confermare che il corpo trovato in un cassonetto questa mattina è il suo. Lucas era sulla scena, e ha dichiarato che è stata strangolata prima che le venissero tagliati i piedi». Passò lo sguardo su un messaggio visualizzato sul suo telefono. «Al momento, i suoi piedi non sono stati trovati. Non erano nel cassonetto».

Un mormorio scioccato attraversò la stanza.

«Manterremo i dettagli della sua morte nascosti ai media per ora», continuò Kay, «e vi chiedo che se venite avvicinati da qualsiasi membro della stampa, li indirizziate all'Ispettore capo investigativo Sharp o a me in prima istanza. Rilasceremo una dichiarazione formale più tardi oggi. Nel frattempo, abbiamo fatto progressi sull'uomo che secondo Jeremy lo ha avvicinato offrendogli denaro in cambio di notizie su Shelley? Gavin?»

«Capo». Si avvicinò per unirsi a lei mentre Laura distribuiva un documento di due pagine a ciascun membro della squadra. «Non abbiamo avuto fortuna con nessuna delle telecamere a circuito chiuso gestite dal comune nel centro città, ma quando la squadra di Andy per la scientifica digitale ha telefonato in giro, ha ottenuto filmati da una sala scommesse autorizzata vicino all'ufficio postale che sono stati utili. Le immagini che vedete qui sono le quattro più chiare che abbiamo».

Kay esaminò le fotografie che erano state catturate e disposte due per pagina ai fini del briefing. «Sono in HOLMES2?»

«Sì, capo. Andy l'ha aggiornato per noi mentre tornavamo. Le prime due fotografie confermano che l'uomo a sinistra è Jeremy. Nella seconda pagina, abbiamo il nostro sospetto». Fece una pausa mentre un fruscio di carta riempiva la stanza. «Ovviamente, non possiamo migliorare l'immagine date le limitazioni di questa angolazione fissa della telecamera, ma Andy è stato in grado di individuare alcune delle caratteristiche dell'uomo».

«Qualcuno di voi lo riconosce?» disse Kay, tenendo la pagina più vicina.

Un mormorio di risposte negative riempì la stanza.

«Va bene, non perdiamo tempo con questa. Fate circolare questa fotografia in tutta la Divisione. Se non abbiamo risposte entro la fine di oggi, estendete la richiesta a livello nazionale».

«Lo farò, capo».

Gavin riprese posto mentre Kay passava in rassegna l'elenco dei compiti che sarebbero seguiti all'omicidio di Shelley, e poi rivolse la sua attenzione a Barnes.

«Ian, gli agenti in uniforme sono pronti per iniziare le perquisizioni delle fattorie che Laura ha identificato?»

«Sì, capo. Abbiamo ristretto a cinque produttori e due piccole tenute».

«Fammi avere i documenti da firmare e inizieremo questa mattina». Kay aggiornò la lavagna con i nuovi compiti, poi si voltò e scrutò la sua squadra.

«Non ho bisogno di dirvi che non ci fermeremo finché questo assassino non sarà trovato», disse, «e so di poter contare su di voi per trovarlo e dare a Ethan e Shelley la giustizia che meritano. Potete andare».

CAPITOLO 40

«Pronta, capo?»

Kay si voltò al suono della voce dell'agente Morrison e tirò fuori un paio di guanti protettivi dalla tasca del cappotto. «Lascio a te il compito di istruire la tua squadra, Dave. Dimmi solo dove mi vuoi».

«Grazie». Fece cenno ai sei agenti che si aggiravano all'ingresso di Wiseacre Mushroom Suppliers e attese finché non formarono un semicerchio approssimativo accanto a loro. «Il mandato per la perquisizione di stamattina è stato notificato ai proprietari, e il detective Laura Hanway li sta attualmente interrogando in casa con l'agente Phillip Parker presente. Il nostro compito è condurre una perquisizione accurata dei capannoni e del cortile. I quattro individui che potete vedere alle mie spalle vicino alla casa sono i lavoratori a tempo pieno che impiegano. Tre sono locali, uno è rumeno e, prima che lo chiediate, il suo visto è in regola. Lavora qui da ottobre e sebbene dica che la paga sia misera, mia figlia guadagna meno di lui con un apprendistato da parrucchiera a

Tunbridge Wells, quindi credo che debba smetterla di lamentarsi».

Un'ondata di risate bonarie attraversò il gruppo, e Kay sorrise.

Era tipico di Dave Morrison cercare di alleggerire una situazione stressante. Molto dipendeva dall'esito delle perquisizioni che venivano effettuate oggi e tutti sentivano la pressione, specialmente dopo che la notizia della natura della morte di Shelley si era diffusa nella centrale di polizia.

Il suo omicidio aveva toccato un nervo sensibile.

La notte precedente, Adam aveva guardato il suo volto quando era tornata a casa e l'aveva portata al pub in fondo al vicolo della loro casa, sistemandola in un angolo tranquillo e mettendo un grande bicchiere di brandy sul tavolo accanto a lei. L'aveva ascoltata parlare sottovoce mentre gli raccontava cosa era successo, e le aveva tenuto la mano mentre lei si asciugava le lacrime di rabbia con l'altra.

Quella mattina aveva lasciato la casa con una rinnovata determinazione, con un unico pensiero che le girava in testa.

Avrebbe reso giustizia a Ethan e Shelley, a qualunque costo.

Mentre Dave spiegava la procedura di perquisizione a una coppia di agenti speciali nuovi in forza e si assicurava che fossero affiancati da agenti più esperti, lei lanciò lo sguardo attraverso il cortile verso il punto in cui attendevano i raccoglitori di funghi.

Un flusso costante di fumo di sigaretta si diffondeva nell'aria sopra le loro teste, e un'ondata di risentimento pervadeva il gruppo mentre scalciavano pietre e lanciavano occhiate di traverso agli agenti che li avevano costretti a interrompere il lavoro.

«Perché sono così nervosi?» disse Kay. «Qualcuno ha già parlato con loro?»

Dave alzò lo sguardo dai suoi appunti mentre la sua squadra si disperdeva. «Secondo il proprietario, devono controllare la temperatura e l'umidità tre volte al giorno. Ha venti serre qui, quindi sono preoccupati che i raccolti possano andare persi se li tratteniamo troppo a lungo. È per questo che ho iniziato la perquisizione dall'estremità più lontana. Una volta controllato ogni edificio, potranno tornare a lavorare dietro di noi».

Kay osservò gli edifici ad arco che erano stati costruiti su entrambi i lati di una strada sterrata che si allontanava dalla fattoria. «Quali sono le possibilità di trovare un aereo in uno di quelli, secondo te?»

«Sarebbero nascondigli perfetti. Vuoi venire con me a dare un'occhiata in giro?»

«Andiamo, allora».

Si trascinò accanto all'agente di polizia, i suoi stivali affondavano nel fango morbido che emanava un distinto aroma di rifiuti compostati, letame e trattamenti chimici per piante. Su entrambi i lati, le grandi serre si ergevano sopra di loro, creando un effetto tunnel del vento lungo la strada che la costrinse a nascondere il viso nella sciarpa per proteggersi dal freddo.

Quando Dave seguì una delle squadre in un edificio all'estremità più lontana, fu sollevata di sfuggire agli elementi, e sorpresa dal calore all'interno.

La mascella le cadde alla vista delle file di scaffali in

alluminio che scomparivano nelle profondità dell'edificio a una trentina di metri di distanza, la cui estremità era illuminata dal bagliore opaco di lampadine a bassa potenza appese a travi d'acciaio nel soffitto.

«Per quanto riguarda i lavori invernali, questo deve essere uno dei migliori», disse.

«È per questo che erano preoccupati per quanto tempo avremmo impiegato», disse Dave. «Questa temperatura deve rimanere costante».

Venti minuti dopo, sbatté le palpebre mentre uscivano dalla serra nella debole luce del sole e vide due dei lavoratori agricoli entrare nell'edificio di fronte mentre gli agenti in uniforme completavano la loro perquisizione lì e si spostavano al successivo.

«Facciamo un giro lungo il resto di questi», disse. «Possiamo controllare se ci sono aerei o persone, e la tua squadra può condurre una perquisizione più approfondita nella nostra scia. Almeno manterremo le cose in movimento».

«Sembra un buon piano, capo». Dave sorrise. «Fa troppo freddo per stare qui fuori comunque».

«Esattamente quello che pensavo».

Si morse il labbro mentre lo seguiva, e tirò fuori il suo cellulare.

Era servita una serie di telefonate dell'Ispettore capo investigativo Sharp ai suoi superiori al quartier generale e la coercizione di altri due Ispettori capo investigativi nella Divisione Ovest per assegnare abbastanza agenti per condurre le perquisizioni del giorno, e sapeva che presto si sarebbe aspettato un aggiornamento, e dei risultati.

Dave spinse la porta di un altro edificio ed entrò. «Io prendo la sinistra, tu la destra se vuoi, capo?»

«Ci vediamo all'altro capo».

Allentò la sciarpa al collo e sbottonò la giacca mentre il calore della serra iniziava a penetrare attraverso gli strati di abbigliamento, poi si incamminò tra le file di funghi.

Pochi momenti dopo, incontrò Dave all'estremità opposta e scosse la testa.

«Niente. Nessuno si nasconde qui. Tu?»

«No. Passiamo al prossimo, allora».

La frustrazione cominciò a farsi sentire, man mano che ogni edificio veniva ispezionato: non avrebbe mai localizzato l'assassino o le altre vittime di schiavitù. Non avevano idea di quanti altri potessero esserci, o da quanto tempo fossero stati sottoposti agli orrori del lavoro forzato, e quando i loro sforzi di ricerca raggiunsero la fine della strada vicino alla fattoria, si rassegnò alla constatazione che non c'era nemmeno un aereo nascosto nella proprietà.

Laura emerse dalla porta d'ingresso della casa mentre raggiungevano il cortile, fece cenno a Parker di dirigersi verso una delle auto di pattuglia, e poi marciò verso Kay.

«Il signor Clapperton e la sua forza lavoro sono tutti in regola, capo», disse mentre si avvicinava. «Come è andata a voi?»

«Nessun segno di nessuno, né di un aereo leggero. Probabilmente resteranno qui altre due ore per concludere la perquisizione, ma credo che abbiamo finito».

«Possiamo definitivamente cancellare questo posto dalla nostra lista», disse Dave, con la delusione che colorava le sue parole.

Kay controllò l'orologio. «Immagino che dobbiamo

solo sperare di ottenere una svolta in una delle altre proprietà, allora. Grazie, Dave, ci vediamo nella sala operativa».

Camminando verso la macchina con Laura al suo fianco, si conficcò le unghie nei palmi e cercò di ignorare l'angoscia che le tormentava la mente mentre i suoi pensieri si accavallavano gli uni sugli altri.

E se fossero arrivate troppo tardi?

E se l'assassino avesse distrutto le prove?

Cosa era successo agli altri tenuti in cattività insieme a Ethan e Shelley?

CAPITOLO 41

Laura sobbalzò sulla sedia quando una raffica di vento feroce fece tremare il vetro accanto a lei, con la pioggia che sferzava contro i pannelli della finestra.

Una volta ripresa, bevve un sorso da una tazza di caffè tiepido e guardò accigliata lo schermo del computer mentre digitava gli appunti delle ricerche della giornata.

La porta della sala operativa si spalancò mentre un altro gruppo di agenti in uniforme entrava trascinandosi, togliendosi i giubbotti antiproiettile fradici e i cappelli o passandosi le mani tra i capelli bagnati dopo essere stati sorpresi dal diluvio tra il parcheggio e la centrale di polizia.

Stanchezza e sconforto condivano le conversazioni mormorate, frammenti delle quali arrivavano dall'altra parte della stanza fino a dove lei sedeva, accasciata, evitando il contatto visivo con chiunque di loro.

Cercò di ignorare l'imbarazzo che aveva rosicchiato i margini della sua sicurezza come un terrier irritato da quando lei e Kay erano tornate dalla fattoria dei funghi.

Uno dopo l'altro, i capi squadra responsabili di ogni perquisizione avevano comunicato via radio i loro progressi, e la fiducia di Laura si era dissolta con ogni aggiornamento.

La porta dell'ufficio dell'Ispettore capo investigativo Sharp si aprì, e apparvero Kay e Barnes, con espressioni cupe.

A parte una manciata di infrazioni minori al codice della strada, la forza lavoro aggiuntiva assegnata alle perquisizioni non aveva portato a nulla, e non aveva dubbi che i suoi superiori stessero ora ricevendo le considerazioni del Commissario Capo sulla questione.

Si schiarì la gola mentre si avvicinavano a dove era seduta, accanto a Carys e Gavin, entrambi con i telefoni all'orecchio.

«Posso portarvi qualcosa da bere?» disse, poi arrossì. Sembrava disperata.

Barnes scosse la testa. «No, grazie. Faremo il briefing e poi lasceremo andare tutti, è stata una giornata lunga».

Sembrò sforzarsi di sorridere, poi si allontanò per parlare con una coppia di agenti appena arrivati, con i volti tirati e stanchi.

Con sua sorpresa, Kay prese una sedia libera accanto a lei e ci si lasciò cadere prima di appoggiare i gomiti sulle ginocchia e abbassare la voce.

«So cosa ti sta passando per la testa, e ti dico di smetterla subito».

«Scusi, capo?»

«Il fatto che non abbiamo trovato nulla in nessuna delle proprietà perquisite oggi non è colpa tua».

Laura sbatté le palpebre, arrabbiata perché i suoi occhi

cominciavano a pizzicare. «Ma sono stata io a identificarle, capo. Sono stata io a dare la lista a Ian e voi avete basato le perquisizioni su quella».

«Sì, e se qualcun altro fosse stato incaricato di quel lavoro, probabilmente sarebbe arrivato alla stessa lista. Te l'ho detto: non otteniamo risultati con tutto quello che facciamo». L'Ispettrice si raddrizzò e indicò i rapporti che Laura stava inserendo nel sistema. «Tutto questo, tutte queste ore che passiamo a cercare tra le informazioni, aiutano a costruire il quadro più ampio. Qualsiasi cosa potrebbe fornire la svolta di cui abbiamo bisogno, ma se non facciamo il lavoro e non eliminiamo le cose irrilevanti, non arriveremo mai alla verità».

Laura accennò col mento verso la porta di Sharp. «E l'Ispettore capo investigativo? La pensa allo stesso modo?»

Kay le strizzò l'occhio, poi si alzò in piedi. «Chi credi che mi abbia addestrato?»

Mentre guardava Kay muoversi attraverso la sala operativa, chiamando la squadra a unirsi a lei per il briefing, Laura fece un respiro profondo.

«Sbrigati, Hanway, non troverai posto vicino alle prime file», disse Gavin. Le passò accanto sgomitando, seguito da vicino da Carys che si fermò alla sua scrivania mentre raccoglieva il suo taccuino.

«Tutto a posto?»

Laura sorrise. «Sì, grazie. Fai strada».

«Bene, gente», disse Kay, mentre trovavano dove sedersi, «sarò breve e ci riuniremo di nuovo domattina. Come probabilmente già sapete, non abbiamo ottenuto risultati oggi dopo aver perquisito le cinque fattorie e i due poderi, anche se abbiamo identificato alcune infrazioni minori che i nostri colleghi seguiranno in un secondo momento».

Fece una pausa e batté le nocche sui punti scritti sulla lavagna. «Rivediamo perché crediamo che l'assassino di Ethan e Shelley sia legato all'agricoltura piuttosto che a un altro settore. Uno, il lavoro manuale è un requisito e la schiavitù moderna rappresenta una risorsa economica. Due, il fatto che le proprietà siano distribuite su diversi acri significa che i lavoratori possono essere tenuti nascosti per lunghi periodi, in edifici esterni o altri alloggi temporanei. I caporali hanno la capacità di acquistare forniture di cibo in grandi quantità senza destare sospetti a livello locale».

Kay abbassò la mano e fece una pausa per un momento, fissando la moquette prima di alzare nuovamente lo sguardo verso la squadra, con una espressione indurita. «Infine, e più importante per i nostri interessi, l'agricoltura rappresenta un'opportunità per gli schiavi moderni di essere tenuti in isolamento, e se sono isolati dagli altri è più facile creare un'atmosfera di paura e controllo. Ethan e Shelley hanno infranto le regole. Sono riusciti a scappare, ma hanno pagato con la vita. Shelley ha rischiato tutto per cercare di aiutare quelli che potrebbero essere ancora tenuti prigionieri. Lo dobbiamo a lei e a Ethan di trovarli. No, non abbiamo ottenuto i risultati che volevamo oggi, ma non ci arrendiamo. Andate a casa, riposatevi, e poi siate qui alle sette e trenta domattina perché troveremo il bastardo che ha fatto questo».

Laura spinse indietro la sedia mentre gli agenti riuniti cominciavano a disperdersi, con il cuore che le batteva forte dopo le parole di Kay.

L'Ispettrice aveva ragione.

Avrebbero trovato chi aveva assassinato Ethan e Shelley, a qualunque costo.

CAPITOLO 42

Gavin si infilò in bocca un'altra porzione di noodles caricata sulle bacchette, poi deglutì e resistette all'impulso di sbadigliare.

La sala operativa si era finalmente svuotata un'ora prima, con l'Ispettore capo investigativo Sharp che era passato dalla scrivania di Gavin per controllare che stesse bene prima di andare a casa, e ora lui stava assaporando quella insolita pace e tranquillità.

Il suo sguardo si posò sulla scrivania di Kay quando il telefono iniziò a squillare, e si pulì le mani prima di rispondere alla linea esterna.

«Sono Lucas», disse la voce. «Mi chiedevo se ci fosse ancora qualcuno. Kay non c'è?»

«È andata via poco fa. Ma sarà raggiungibile sul cellulare se ha bisogno di lei.»

«Va bene così. Volevo solo dare un rapido aggiornamento sull'autopsia della giovane donna trovata in quel cassonetto questa mattina.»

Gavin aggrottò la fronte e prese il suo taccuino. «È

stato veloce, non credo che il capo se lo aspettasse prima della fine della settimana.»

«Date le circostanze, io e il mio staff abbiamo pensato di riprogrammare alcuni dei nostri casi meno urgenti. È il minimo che potessimo fare.»

«È molto gentile da parte vostra, grazie. Cosa può dirci?»

«Come sospettavo, Shelley è stata strangolata, ma qualcuno ha usato le mani, anziché un laccio.»

«Impronte?»

«Guanti, mi dispiace. Nessuna indicazione che sia stata aggredita sessualmente. La causa effettiva del decesso è stata un'insufficienza cardiaca, causata dallo strangolamento.»

Gavin si passò un dito sotto il colletto e deglutì. «E per quanto riguarda... i suoi piedi?»

Il patologo sospirò. «Non sono stati trovati. Ho fatto una conference call con Harriet e la sua squadra poco fa, e nonostante abbiano percorso l'intero vicolo e cercato nei cestini dei rifiuti della zona, non hanno trovato nulla.»

«I piedi sono stati tolti...?»

«Dopo la morte, come avevo pensato inizialmente. Giudicando dalle condizioni delle sue gambe, direi due o tre colpi con una lama tipo mannaia.»

Gavin fece una smorfia. «Ci vorrebbe una bella forza.»

«Certamente servirebbe molta forza. Suppongo che dobbiamo considerare che il suo assassino fosse probabilmente anche in preda alla rabbia.»

«E più grande di lei. Dobbiamo cercare un'altra scena del crimine?»

«No, io e Harriet riteniamo che i piedi siano stati tolti nel cassonetto.»

Gavin si mise il ricevitore sotto il mento e si protese verso il computer, aggiornando le sue e-mail. «Non abbiamo ancora ricevuto il rapporto di Harriet.»

«Ha detto che lo avrebbe finito questa sera e inviato domattina presto», disse Lucas. «Anche il mio vi arriverà entro metà mattina domani.»

«Harriet ha menzionato se Shelley avesse con sé degli effetti personali?»

«Non è stato notato nulla a parte due banconote da cinque sterline e un po' di monete. Non aveva segni distintivi come tatuaggi o discromie cutanee. Se Kay non l'avesse riconosciuta...»

«Non saremmo stati in grado di identificarla.»

«Una cosa che accomunava sia Shelley che il corpo di Ethan Archer è il pallore della pelle, come se avessero sofferto di una mancanza di esposizione al sole.»

«Kay aveva detto che Shelley le aveva raccontato che erano stati costretti a lavorare sempre al chiuso durante la loro prigionia», disse Gavin. «Immagino che chiunque abbia fatto loro questo non potesse rischiare di farli vedere all'esterno.»

«Beh, questo sarebbe coerente con i miei risultati.» Lucas coprì il telefono e parlò con qualcuno dall'altra parte. «Devo andare, Piper, ci hanno appena chiesto di intervenire per un incidente a Dartford.»

«Grazie per aver chiamato, buon viaggio.» Gavin ripose il ricevitore sulla base, poi raccolse i resti del suo cibo da asporto e si diresse verso il cucinino.

Mentre aspettava che il caffè finisse di filtrare, separò

gli avanzi di cibo dalla plastica riciclabile e poi aggiunse dello zucchero in una grande tazza di caffè prima di avvicinarsi alle attività evidenziate sulla lavagna all'estremità della stanza.

Erano quasi due settimane che indagavano sulla morte di Ethan, e ancora non erano più vicini a scoprire chi fosse responsabile del brutale omicidio suo e di quello di Shelley.

Posò la sua tazza di caffè su una scrivania lì vicino, mentre il suo sguardo cadeva sulla mappa aperta su un tavolo adiacente.

Post-it di colori vivaci indicavano le proprietà che erano state perquisite quel giorno, i confini tra ogni fattoria erano segnati con un evidenziatore giallo e un segno di spunta rosso al centro per mostrare che i proprietari erano estranei alla vicenda, per ora.

Ruotò la mappa finché non trovò Hildenborough nell'angolo in basso a destra e Sevenoaks in alto.

Da qualche parte in quell'area a ovest delle due città, potrebbero esserci altri come Shelley ed Ethan, disperati di sfuggire a condizioni di lavoro terribili.

Ma dove?

Spinse da parte la mappa e si allungò verso un mucchio di fotografie aeree che erano state stampate da una nota applicazione e disposte in fascicoli separati per ciascuna proprietà. Togliendo le graffette da ogni fascicolo, le dispose sul tavolo fino ad avere una vista dell'intero margine occidentale del Kent, e incrociò le braccia sul petto mentre i suoi occhi osservavano il paesaggio.

Il campo dove era stato trovato il corpo di Ethan era contrassegnato con un punto argentato, facilitandogli l'orientamento. A nord di quello, poteva vedere il bosco dove Barnes aveva trovato le impronte di pneumatici che potrebbero essere state lasciate dal furgone che Peter Winton aveva detto di aver sentito nella stradina fuori casa sua. A sud della fattoria di Maitland c'erano le proprietà di Hugh Ditchens e dei Peverell, i frutteti dei Ditchens che si fondevano perfettamente con un ampio recinto al margine dell'allevamento di conigli dei Peverell.

Più lontano dalle proprietà, la riserva naturale che includeva il bacino idrico offriva una distesa ancora più verde, con l'angolazione della ripresa aerea che catturava l'acqua scintillante alla luce del sole.

Gavin sbadigliò, avvolse le dita attorno alla tazza di caffè, e poi si fermò.

Da quando Laura era tornata dalle perquisizioni quella mattina, era stata discretamente imbarazzata per la mancanza di una svolta basata sulle informazioni che aveva raccolto, ma lui e Carys erano stati d'accordo che la sua logica fosse valida.

Sfogliò le pagine del suo taccuino, cercando di trovare gli appunti del briefing che si era tenuto prima delle perquisizioni, durante il quale Kay aveva ribadito i parametri.

Un posto isolato.

Un posto dove potevano essere tenute nascoste delle persone.

Un posto dove poteva essere custodito un aereo leggero.

Guardò di nuovo le fotografie, con lo sguardo che cadeva sulla proprietà appartenente al coltivatore di funghi. La precisa disposizione delle coperture di plastica dei tetti identificava le serre di coltivazione, e tracciò con il dito la linea degli edifici prima di battere sulla fotografia, mentre un ricordo si aggrappava all'angolo dei suoi pensieri.

Mentre cominciava a prendere forma, si affrettò a prendere il suo cellulare, accorgendosi dell'ora tarda solo quando controllò l'orologio mentre il numero si collegava.

Una voce assonnata rispose. «Piper?»

«Mi dispiace svegliarla, capo. Dobbiamo estendere le ricerche. Credo di sapere dove fossero tenuti prigionieri Ethan e Shelley».

CAPITOLO 43

Un acre fetore di escrementi animali e morte impregnava l'aria mentre Kay camminava accanto ad Adrian Peverell verso un capannone rivestito in lamiera ondulata, con lo stomaco che le si contorceva per il timore.

«Perché i conigli?» chiese.

L'uomo accanto a lei scrollò le spalle e si strofinò la mano su una serie di piccole piaghe rosse che gli coprivano le guance. «Helen ha fatto delle ricerche e ha scoperto quanta carne di coniglio veniva importata dall'UE per il cibo per animali. Ha pensato che avremmo potuto colmare una nicchia di mercato e fornire approvvigionamenti nazionali, facendo risparmiare ai rivenditori i costi di importazione».

«Sta andando bene?»

«Molto bene». Sbatté le palpebre, come sorpreso dal proprio successo. «A dire il vero, facciamo fatica a stare dietro alla domanda».

Kay indicò il più alto degli edifici di fronte a lei. «Avete altri edifici sul vostro terreno?»

«No, solo questi. C'era un vecchio fienile dietro quelli là quando abbiamo comprato la proprietà, ma il tetto era crollato e le travi portanti erano marce: per noi è stato più economico farlo abbattere».

Passando, fece un cenno a Gavin che, dopo averla chiamata per condividere la sua teoria secondo cui gli edifici annessi all'allevamento di conigli soddisfacevano gli stessi parametri stabiliti per le altre proprietà perquisite il giorno prima, stava ora conducendo gli interrogatori e parlando con la squadra di lavoratori part-time dei Peverell.

Cercò di ignorare il grembiule macchiato di sangue dell'uomo più piccolo nel gruppo di quattro che si aggirava nel cortile aspettando il proprio turno per essere interrogato, e si concentrò invece su ciò che Adrian Peverell le stava dicendo.

«Abbiamo qualche migliaio di conigli qui in qualsiasi momento. Vengono tenuti in gabbia dal giorno in cui nascono fino a quando li macelliamo».

«Per quanto tempo stanno nelle gabbie, quindi?»

«Circa ottanta giorni. Separiamo i maschi e li teniamo lontani dalle femmine così possiamo inseminare queste artificialmente e controllare il numero di cucciolate che hanno ogni anno. Ovviamente, più ce ne sono meglio è per noi».

Kay fece una smorfia, prese i copriscarpe protettivi e i guanti che lui le porgeva, e se li infilò mentre lui sollevava il chiavistello della porta del primo edificio.

«Pronta?»

«Sì, grazie».

«Va bene, dovrei avvertirla che probabilmente troverà

tutto questo scioccante se non è mai stata in una fattoria prima, ma ricordi che è lo stesso procedimento usato per i polli».

Lei fece un respiro profondo, e poi lo seguì all'interno.

La sua prima impressione fu che la disposizione era simile a quella della fattoria di funghi, tranne che invece di file di scaffali contenenti funghi in varie fasi di crescita, questo edificio conteneva file di gabbie, ciascuna di mezzo metro quadrato e impilate fino a quattro gabbie in altezza.

Un terribile stridio proveniva dal lato opposto dell'edificio prima di cadere nel silenzio, e lei si voltò verso Peverell, incapace di nascondere lo shock sul suo viso.

«Cos'era quello?»

Lui scrollò le spalle. «Litigano di tanto in tanto».

Ingoiando la replica, si addentrò di qualche metro nell'allevamento intensivo, con gli stivali che strisciavano attraverso i rifiuti che ricoprivano il pavimento in uno strato viscido di letame e paglia vecchia. I suoi occhi si spalancarono inorriditi quando si fermò accanto a una delle gabbie.

Otto conigli la fissavano, con le bocche aperte mentre ansimavano nell'aria stagnante.

«Non hanno bisogno di più spazio di questo?»

«Stanno bene così».

«Dov'è la loro riserva d'acqua?»

«In quella bottiglia lì. Viene somministrata a gocce».

«Come viene ventilato l'edificio?»

L'allevatore indicò con il pollice verso l'alto, e lei alzò gli occhi al soffitto per vedere una fila di sfiati malconci.

Frustrata, strinse i denti, poi si voltò e lo seguì

attraverso le viscere dell'edificio e poi di nuovo verso la porta principale.

La squadra di ricerca stava aspettando di iniziare nell'allevamento intensivo dopo aver già controllato il macello, e lei non aveva alcun desiderio di rimanere dentro più a lungo.

«Non posso fare a meno di notare che queste gabbie non vengono pulite da un po'» disse.

Peverell si fermò e la fulminò con lo sguardo da sopra la spalla, i suoi occhi che si indurivano. «Le puliamo ogni giorno».

«C'è un coniglio morto in quella».

«È un dato di fatto, sia della vita che di questo business, detective. Vuole vedere il macello adesso?»

Kay arricciò il naso mentre un gruppo di mosche si alzava in volo sopra le gabbie prima di scendere sulla fila successiva, il ronzio delle loro ali creava un terribile rumore bianco che era sicura avrebbe sentito per giorni. Avrebbe preferito fare qualsiasi cosa piuttosto che vedere l'altro lato dell'operazione agricola, tuttavia, l'interesse professionale la fece annuire in segno di assenso.

«Faccia strada».

Mezz'ora dopo, si strappò i guanti e i copriscarpe di plastica e li gettò in un bidone della spazzatura che Peverell le indicò fuori dal macello.

Era stato pragmatico durante il tour, descrivendo il processo di macellazione, mostrandole le enormi celle frigorifere dove la carne veniva conservata fino alla spedizione alle aziende di cibo per animali, ed esaltando il fatto che la sua attività utilizzava solo un terzo dello spazio di altre imprese commerciali di carne.

Era rimasta sorpresa dalla portata di ciò che lui e sua moglie stavano facendo.

«Come ho detto, c'è richiesta per la carne» disse mentre chiudeva la porta e si strappava i guanti. «Se è tutto, ho del lavoro d'ufficio da fare. I vostri ci metteranno ancora molto?»

Kay guardò oltre lui dove le squadre di ricerca stavano iniziando a radunarsi nel cortile per un resoconto, con i volti impassibili.

«Grazie, signor Peverell. Penso che abbiamo finito qui. La contatteremo se avremo bisogno di altro».

Lui annuì, poi le voltò le spalle e si diresse a grandi passi verso la casa.

«Gesù». Kay espirò, controllò che Gavin avesse il debriefing sotto controllo, e poi si allontanò dal cortile verso un sentiero erboso che iniziava a lato dell'edificio del macello.

Fece respiri profondi mentre il fetore della fattoria diminuiva con una brezza fresca che sferzava un campo alla sua sinistra, e ingoiò l'aroma dolce dell'erba appena tagliata mentre camminava.

Il sentiero si allargò, il terreno sotto i suoi piedi si livellò tra un viale di alberi potati e siepi ben tagliate di prugnolo e susino, e lo stress delle ultime ore cominciò a diminuire un po', permettendole di concentrare i pensieri sugli aspetti dell'indagine che avrebbe dovuto seguire successivamente.

Quando guardò dietro di sé, fu sorpresa di vedere quanto si fosse allontanata dall'allevamento di conigli.

Oltre la sua posizione, notò i caratteristici rami intricati degli alberi da frutto e si avvicinò per dare un'occhiata.

Dopo un centinaio di metri, trovò il passaggio bloccato da una singola catena tesa attraverso il sentiero all'altezza del ginocchio, con un semplice gancio che la fissava a un palo di legno sul lato destro.

Estraendo dalla tasca la sua copia piegata di una mappa della zona, distese le pieghe con le dita, tracciò il suo percorso e si rese conto che si trovava al confine con la proprietà dei Ditchens. Sorpresa dalla mancanza di segnalazioni di confine o altri cartelli lungo la recinzione, ripiegò la mappa e si avviò di nuovo verso il cortile dei Peverell.

La copertura nuvolosa si aprì per un momento, inondando il paesaggio di una calda luce solare che prometteva un tempo migliore, e lei socchiuse gli occhi per il contrasto improvviso rispetto alla penombra che aveva avvolto i dintorni solo un attimo prima.

Man mano che si avvicinava all'allevamento di conigli, il fetore ormai familiare le arrivò alle narici. Fece un ultimo, profondo respiro di aria fresca e poi proseguì mentre un'agente in uniforme si allontanava barcollando dal gruppo che si disperdeva dal cortile e appoggiava la mano sul lato del macello.

Kay diede un'occhiata al volto della giovane agente di polizia e le fece cenno di dirigersi verso una zona di vegetazione oltre la porta aperta dell'edificio esterno. «C'è una brezza da quel lato dell'edificio. Aiuta.»

«Grazie, signora.»

Kay si allontanò dall'agente mentre Gavin si avvicinava a lei con un'espressione cupa.

«Capo, mi dispi...»

Lei alzò la mano per fermarlo. «Come ho detto a Laura

ieri, dobbiamo seguire queste piste. Per ora, voglio che tu chiami il comune e il Dipartimento per l'Ambiente, l'Alimentazione e l'Agricoltura. Chiedi loro di ispezionare questo posto per verificare le loro pratiche di allevamento. Non credo che saranno molto impressionati dalle condizioni in quell'edificio esterno.»

Le sue spalle si raddrizzarono mentre estraeva il telefono. «Grazie, capo. Lo farò.»

Soddisfatta che il resto della squadra potesse gestire la situazione senza di lei, si diresse verso il punto dove aveva parcheggiato, sostituì gli stivali con le scarpe, e spinse gli stivali di gomma coperti di insilato in un sacchetto di plastica che sigillò e mise nel retro dell'auto per lavarli una volta arrivata a casa.

Facendo retromarcia nella stradina, schiacciò l'acceleratore.

Mentre la campagna passava sfocata, cercò di temperare la sua frustrazione. Due perquisizioni in altrettanti giorni che non avevano portato a nulla non giovavano al suo rapporto con l'Ispettore capo investigativo, ma difendeva la sua decisione di ascoltare i suoi detective.

Era sicura che fossero vicini.

«Dannazione.»

Controllò gli specchietti prima di frenare, poi fece slittare l'auto in una piazzola di sosta, tirò il freno a mano e diede un colpo al volante.

Che diavolo si stavano lasciando sfuggire?

CAPITOLO 44

Carys era seduta con la penna sospesa sul taccuino mentre Kay camminava a grandi passi verso la parte anteriore della sala riunioni e si posizionava davanti alla lavagna, il viso cupo mentre cancellava i compiti relativi alle perquisizioni delle proprietà.

Aveva saputo da Gavin dell'allevamento di conigli al suo ritorno, ed era allo stesso tempo contenta di non aver dovuto vedere le povere creature, e dispiaciuta per il suo collega che l'intuizione di cui era così sicuro si fosse trasformata in un'altra giornata frustrante per la squadra.

Alzando lo sguardo sopra lo schermo del computer, osservò il suo collega seduto accasciato sulla sedia mentre digitava il suo rapporto, con occhiaie scure sotto gli occhi per la notte insonne che aveva trascorso fatto prima di un inizio mattutino anticipato.

Si morse il labbro e aprì un browser web, digitando il nome di uno dei villaggi vicini e ingrandendo la mappa che appariva nei risultati.

Le mappe stese sul tavolo vicino alla lavagna non le

servivano, tutte le annotazioni e le evidenziazioni avrebbero causato una distrazione e sarebbero servite a consolidare le opinioni che erano state discusse sin dalla scoperta del corpo di Ethan Archer.

Aveva bisogno di una lavagna pulita da cui iniziare.

A un certo punto, doveva anche dire a Gavin della chiamata che aveva ricevuto quella mattina.

Le mani avevano iniziato a tremarle quando aveva visto il numero visualizzato sullo schermo del suo cellulare, ed era corsa nel corridoio, parlando con l'uomo della polizia del Galles del Sud a bassa voce mentre teneva d'occhio chi le passava accanto nel caso sospettassero cosa stesse succedendo.

Dopo, non riusciva a ricordare cosa fosse stato detto, parole come "congratulazioni", "data d'inizio" e "periodo di preavviso" erano state citate, ed era sicura di aver fatto i rumori appropriati, ma quando l'uomo aveva terminato la chiamata e confermato che una lettera di proposta le sarebbe stata inviata via e-mail e posta entro la fine del pomeriggio, si era almeno ricordata di ringraziarlo.

La sua esaltazione per la notizia contrastava amaramente con l'atmosfera nella sala riunioni quando era tornata alla sua scrivania, ed era stato allora che aveva deciso di aiutare i suoi colleghi a trovare l'assassino di Ethan e Shelley prima di lasciarli.

Deglutì, con gli angoli degli occhi che le pizzicavano, e sbatté le palpebre per rifocalizzare i suoi pensieri.

«Va tutto bene?»

Laura passò con un mucchio di cartelle in cartoncino mentre si dirigeva verso la scrivania di Debbie.

Carys annuì. «Sto bene, grazie.»

«Sembravi persa nei tuoi pensieri.»

Indicò i documenti e le fotografie sparse sulla sua scrivania. «Sto solo cercando di vedere se riesco a trovare un'altra angolazione su tutto questo.»

Laura sorrise e poi si allontanò, e Carys espirò.

Non poteva dirglielo, non prima di aver parlato con Kay.

Le doveva almeno questo, e altro ancora.

Un cellulare squillò nella parte anteriore della sala, e guardò dietro di sé vedendo Kay immersa in una conversazione.

Il viso dell'Ispettrice si rabbuiò mentre ascoltava, e per un attimo Carys pensò che qualcuno l'avesse battuta sul tempo con la sua notizia, finché Kay non terminò la chiamata e si diresse verso di loro.

«Era la polizia del Merseyside» disse. «Sono riusciti a rintracciare la madre di Shelley con le informazioni che Laura ha ottenuto dalla scuola secondaria qui a Maidstone, e le hanno dato la notizia della morte di sua figlia un'ora fa.»

«Accidenti» disse Gavin. «Non posso immaginare cosa stia passando.»

Le labbra di Kay si strinsero. «Immagino che sarà ancora peggio quando i media avranno sentore della notizia. I nostri colleghi lassù hanno fornito un Funzionario di collegamento con le famiglie per lei e io farò in modo che Phillip si coordini con lui per tenere aggiornati lei e il patrigno di Shelley sui nostri progressi qui.»

Carys la guardò mentre tornava in fretta alla sua scrivania mentre un altro telefono iniziò a squillare insistentemente, e sentì Kay salutare l'Ispettore capo investigativo quando rispose.

Abbassando lo sguardo verso le fotografie, tamburellò con il dito sul retro di quella che teneva e aggrottò la fronte mentre un'idea cominciava a prendere forma.

Si morse il labbro, avevano già sprecato tempo prezioso seguendo piste e conducendo ricerche senza successo; si sarebbe trovata di fronte alla stessa delusione dei suoi colleghi se si fosse sbagliata?

«Ehi, Piper, hai un minuto?»

«Che c'è?»

«Vieni a dare un'occhiata a questo.»

Lui sospirò, bloccò lo schermo del computer e si avvicinò a dove lei era seduta.

Tenendo in alto due delle fotografie aeree, si voltò verso di lui. «Questo allevamento di conigli dove siete andati. Vi hanno detto che non hanno un aereo, giusto?»

«Sì.» La sua fronte si corrugò. «Pensavo che potessero mentire. È quello che pensavo potessimo trovare nei capannoni. Sono abbastanza grandi.»

Lei sorrise, spinse indietro la sedia e gli diede un colpetto sul braccio. «Non credo che tu fossi lontano dalla verità. Vieni.»

Facendo strada tra le scrivanie, si avvicinò a dove era seduta Kay mentre cercava di smistare i documenti che si accumulavano nel suo vassoio della posta in arrivo.

«Capo?»

«Sì?»

«Quando eravate all'allevamento di conigli dei Peverell questa mattina, avete per caso dato un'occhiata fuori dagli edifici?»

Gli occhi di Kay si strinsero guardando entrambi. «Perché?»

Carys mise la fotografia aerea sulla scrivania di Kay e colpì con il dito la linea di confine. «Cos'è questo?»

L'Ispettrice avvicinò l'immagine, poi si appoggiò allo schienale della sedia e si strinse nelle spalle. «Una pista. Deve essere stata un vecchio cavalcavia o qualcosa del genere ai vecchi tempi. Ho fatto una passeggiata lungo di essa, e va dal retro dell'edificio che stanno usando come mattatoio e porta nei frutteti di Ditchens. C'è solo una catena che separa le due proprietà.»

«Quanto è larga?» disse Gavin.

Kay inclinò la testa. «Circa tre lunghezze d'auto, suppongo. Perché, a cosa stai pensando?»

Carys sorrise.

«Penso che qualcuno stia usando quella pista come pista di atterraggio.»

CAPITOLO 45

Kay scalò le marce e rallentò l'auto mentre i cartelli del limite di velocità di cinquanta chilometri orari apparivano alla vista, poi guardò Carys che teneva il telefono e leggeva le indicazioni dall'app delle mappe mentre serpeggiavano per le strade del villaggio.

Il briefing convocato in fretta era terminato quaranta minuti prima, con istruzioni di effettuare una rilettura delle testimonianze e delle prove esistenti prima che qualcuno si avvicinasse ai Peverell.

Sarebbe stata una lunga notte per tutti loro, ma Kay voleva essere sicura.

Se avesse permesso a qualcuno della sua squadra di tornare all'allevamento di conigli, avrebbe allertato i proprietari sulla premessa che ora guidava l'indagine, dato che la proprietà era già stata perquisita, e non voleva dover spiegare all'Ispettore capo investigativo una seconda volta perché tempo e costi erano stati sprecati in una linea d'inchiesta infruttuosa.

Nonostante i migliori sforzi di Sharp per proteggerla dalle conversazioni che avvenivano al quartier generale, le sue orecchie risuonavano ancora del rimprovero ricevuto quel pomeriggio.

Invece, si era presa la responsabilità di unirsi alla squadra nell'analizzare tutto ciò che avevano raccolto fino ad ora, motivo per cui stava guidando verso la casa di Luke Martin, l'uomo che aveva scoperto il corpo di Ethan Archer.

«La svolta è qui a destra, capo, appena dopo la scuola elementare.» Carys indicò attraverso il parabrezza mentre apparve un muro di mattoni basso sormontato da una staccionata metallica, e poi ingrandì la mappa sul suo telefono. «Il numero sessantatré è a circa duecento metri più avanti sul lato sinistro.»

«Grazie.»

Trovò l'indirizzo rapidamente, frenando fino a fermarsi al bordo del marciapiede e scrutando la casa oltre una bassa siepe di ligustro che incorniciava un giardino che era stato paesaggisticamente curato fino all'inverosimile, con ghiaia decorativa dove una volta c'era un prato e arbusti di varie altezze che fornivano un tocco di colore.

«Sono in casa», disse Carys, controllando i suoi appunti. «Sua moglie si chiama Sonia, e non hanno figli a casa. Un figlio al college vicino a Guildford. Luke ha quarantotto anni e gestisce un'impresa di tinteggiatura e decorazione.»

«Ok. Almeno senza bambini in casa, sarà un po' più facile presentarsi alla porta senza preavviso. Andiamo.»

Kay aveva scelto di non telefonare in anticipo per

parlare con Luke Martin perché voleva valutare la sua reazione faccia a faccia, non che credesse che avesse qualcosa da nascondere, ma trovava che sedersi con un testimone e rivedere le sue dichiarazioni fornisse maggiori informazioni se poteva osservare le sue espressioni facciali.

Le persone rivelavano più di quanto pensassero con il modo in cui si muovevano gli occhi e le mani, e voleva sapere se il subconscio di Luke avesse assorbito più dettagli sulla fattoria dove era stato trovato il corpo di Ethan di quanti ne fossero contenuti nella sua attuale dichiarazione.

Guidando lungo il breve vialetto, sentì un televisore attraverso la finestra anteriore, la luce tremolava contro le tende che erano state tirate quasi completamente chiuse. Uno spazio in cima offriva una vista del soffitto del soggiorno, niente di più, e si spostò verso la porta d'ingresso.

Al suono del campanello, il televisore fu messo in muto e poteva sentire i toni smorzati di una conversazione mentre gli abitanti si chiedevano chi stesse suonando a quest'ora di notte. Alla fine, venne accesa la luce del corridoio, una catena sbatté contro la superficie di legno, poi la porta si aprì e Luke Martin sbirciò fuori, con la confusione nei suoi occhi, e i suoi capelli castani di media lunghezza tutti arruffati come se fosse stato sdraiato sul divano.

Appoggiò una mano sullo stipite della porta e aggrottò le sopracciglia. «Ispettrice...?»

«Kay Hunter. Ci siamo incontrati alla fattoria di

Dennis Maitland qualche giorno fa. Questa è la mia collega, la detective Carys Miles. Possiamo entrare?»

Si fece avanti, non dandogli la possibilità di trovare una scusa mentre una voce arrivava dal soggiorno.

«Chi è, Luke?»

«La polizia.»

Un silenzio scioccato accolse la sua risposta, e poi apparve sua moglie, con la bocca aperta per la sorpresa.

«Cosa ci fate qui?»

«Possiamo sederci da qualche parte e impedire a quest'aria fredda di entrare?» disse Kay, consapevole che la porta d'ingresso era ancora aperta e desiderosa di procedere con il colloquio. «Abbiamo solo alcune domande che vorremmo approfondire con voi, se va bene.»

Luke sbatté le palpebre, poi si scostò mentre Carys oltrepassava la soglia e chiudeva la porta. «Ma vi ho già rilasciato una dichiarazione.»

«Lo so. Stiamo esaminando diverse linee d'indagine e volevamo chiarire alcune cose.»

«Immagino di sì, meglio usare la cucina; Sonia ha i suoi documenti di studio sparsi su tutto il divano.»

Sua moglie fece un leggero cenno con le spalle. «Sto cercando di finire la laurea prima di compiere cinquant'anni, ho pensato che volevo imparare qualcosa di nuovo.»

«Quello che non vi dirà è che è la sua terza laurea», disse Luke mentre li guidava lungo il corridoio, con una nota di orgoglio nella voce. «Inutile dire che nostro figlio ha preso da lei, non da me.»

«Mi risulta dalla sua dichiarazione che è al college in questo momento», disse Kay mentre la coppia si affaccendava a liberare il tavolo della cucina da riviste di design d'interni, cataloghi di vernici e documenti.

«Appena fuori Guildford», disse Luke, chiudendo un laptop e spingendolo da parte. «Accomodatevi. Volete un caffè o altro?»

«No, va bene così, grazie. Non vi tratterremo a lungo.» Kay attese che lui e sua moglie si sedessero di fronte, controllò che Carys fosse pronta a prendere appunti, e poi tornò a rivolgere la sua attenzione a Luke. «La fattoria dove stavi cercando metalli, da quanto tempo conosci Dennis Maitland?»

«Circa quattro anni. Ho dipinto la sua cucina, ho chiacchierato con sua moglie di quanto mi piacessero la storia e cose del genere, e lei ha menzionato che avrei dovuto chiedere a lui se mai avessi voluto esplorare parte del terreno intorno alla fattoria. Lei stava facendo ricerche sul posto saltuariamente da quando si erano sposati ed era interessata a ciò che poteva esserci. Io e Tom non abbiamo iniziato con il rilevamento di metalli fino a circa un anno fa, e solo ora Dennis ha potuto farci accedere al terreno. Avevamo comunque solo una finestra di pochi giorni, perché lui era ansioso di piantare il primo raccolto dell'anno». Il suo viso si rattristò, e abbassò lo sguardo sulle mani. «Ora vorrei aver dato retta a Sonia e aver iniziato a giocare a golf».

Sua moglie allungò una mano e gli strinse le dita. «Luke non te lo dirà, ma ha avuto incubi da quando ha trovato il corpo di quell'uomo».

Lui arrossì e sollevò il mento. «Prima o poi mi passerà».

«Non c'è niente di cui vergognarsi. Deve parlare con il suo medico se questo disturba il suo sonno», disse Kay. Indicò le fatture e le bollette che erano state spostate di lato. «Dopotutto, lei ha un'attività da gestire. I nostri agenti spesso trovano utile parlare con qualcuno».

Luke annuì, ma non disse nulla.

«È tornato alla fattoria recentemente? Da quando ha dipinto la cucina?» chiese Kay.

«No, non ce n'è stato bisogno, davvero. Quel giorno al campo è stata la prima volta che ci sono tornato».

«Ha visto qualcun altro tra l'uscita dalla strada principale e l'arrivo sul campo?»

«No. Dennis stava lavorando nel campo adiacente, ed eravamo solo io e Tom. Anche il sentiero che porta al campo non era stato usato da un po'. Pensavo che il mio veicolo sarebbe rimasto bloccato nei solchi prima ancora di arrivare».

Kay ricordò come Barnes avesse faticato a raggiungere la scena del crimine, e non poteva contraddire l'uomo.

«Quando ha fatto i lavori di decorazione per i Maitland, ha visto qualcun altro nei dintorni della fattoria?»

Luke aggrottò la fronte e tamburellò con le dita sul tavolo per un momento. «Solo un paio di lavoratori, credo che fossero con loro da un po'. Sembravano abbastanza amichevoli».

«Ha avuto qualche contatto con il signor Maitland dal giorno in cui ha trovato il corpo nel suo campo?»

«Mi ha telefonato per vedere come stavo circa tre

giorni fa, il che ho pensato fosse gentile da parte sua. Ha detto che sperava che non fossi stato scoraggiato da quanto accaduto, credo che sua moglie sia ancora desiderosa di scoprire se c'è qualcosa di interesse storico sul terreno». Luke rabbrividì. «Non l'aiuterò però. Non tornerò mai più lì».

CAPITOLO 46

«Che ne pensi, capo?»

Carys si sporse oltre il tetto dell'auto di servizio per guardarla, il suo respiro formava nuvole di condensa nell'aria fredda che avvolgeva il villaggio.

Una leggera nebbia stava cominciando a formarsi, creando morbide sfere di luce dove i lampioni brillavano da posizioni sporadiche lungo la strada.

«Voglio parlare di nuovo con Dennis Maitland.»

«Stasera?»

«Sì. Salta su.»

Girò la chiave nel quadro e si allontanò dal marciapiede mentre Carys si allacciava la cintura, e accelerò quando raggiunse la strada principale. «Quando hai parlato con Maitland, ha detto qualcosa riguardo all'aver sentito un aereo sorvolare nei giorni precedenti al ritrovamento del corpo di Ethan?»

«Solo che non ne aveva sentito nessuno. Gli ho chiesto anche se sapeva se i suoi vicini possedessero un aereo leggero, ma ha detto che non lo sapeva.»

Kay tamburellò le dita sul volante e tenne d'occhio i profondi cigli ai lati della strada nel caso qualche animale di grossa taglia decidesse di attraversare davanti all'auto. A quell'ora di notte, non avrebbe avvistato un cervo fino a quando non sarebbe stato troppo tardi, e aveva visto abbastanza scene di incidenti nei suoi anni come agente di polizia per sapere quali potevano essere le conseguenze di un impatto del genere.

Dopo venti minuti, svoltò con l'auto nel cortile dei Maitland, con gli pneumatici che rombarono sopra la griglia di ferro per il bestiame prima che frenasse davanti alla fattoria.

Una luce di sicurezza si accese sopra il portico d'ingresso quando scese dall'auto, ma le finestre anteriori rimasero buie, senza segni di vita.

Battendo il battente in ottone fissato alla porta in legno di quercia, trattenne il respiro.

Sperò che il contadino non fosse a letto da troppo tempo.

Passi attutiti si udirono dall'altra parte, seguiti da un'imprecazione mormorata prima che una voce maschile chiamasse.

«Chi è?»

«Ispettrice Kay Hunter, Polizia del Kent.»

Scattò un chiavistello. Pochi secondi dopo, delle chiavi tintinnarono e la porta venne spalancata.

Dennis Maitland li fissò, stringendo la cintura di una spessa vestaglia, con logore pantofole ai piedi e un'espressione altrettanto affaticata sul volto.

«Ispettrice, sono le undici e mezza, e devo alzarmi tra sei ore. Cosa vuole?»

«Mi dispiace, signor Maitland, ma ho alcune domande urgenti che non possono aspettare fino a domattina. Possiamo entrare?»

«Un attimo.» Frugò nelle tasche profonde della vestaglia, poi si portò le dita alle orecchie. «Così va meglio. Apparecchi acustici. Non ci sento bene senza.»

«Allora come ha fatto a…»

«L'ho svegliato io per vedere chi fosse alla porta.» Una voce femminile scese dalle scale prima che apparisse la moglie di Maitland, dall'aria tutt'altro che contenta. «Stavamo dormendo.»

«Mi dispiace», disse Kay, «ma come ho detto a suo marito, siamo a un punto critico della nostra indagine.»

«Liz, vai ad accendere la stufa a legna nel salotto,» disse Maitland. «Fa troppo freddo per stare qui, e il riscaldamento si è spento ore fa.»

Sua moglie alzò gli occhi al cielo, poi fece cenno a Kay e Carys. «Venite, allora. Non metterò su il bollitore, però: non si addormenterà mai se prende caffeina a quest'ora di notte.»

Kay notò l'espressione di Carys mentre la seguivano, e sorrise leggermente.

Sapeva che avrebbe infastidito i Maitland con la visita tardiva, e se avesse potuto aspettare lo avrebbe fatto, ma aveva disperatamente bisogno di alcune risposte.

Prese posto sul divano che la moglie del contadino le indicò e attese mentre la donna accendeva il fuoco prima di mettere un paio di ciocchi nella stufa e chiudere lo sportello di ferro.

Un caldo bagliore emanava attraverso il vetro, e presto poté sentire il calore che riempiva la stanza.

«Sarò più breve possibile,» disse una volta che i Maitland si furono sistemati nelle poltrone ai lati della stufa. «Quando Carys qui presente ha parlato con lei nei giorni successivi alla scoperta del corpo del signor Archer nel suo campo, lei ha dichiarato di non sapere se i proprietari terrieri dei terreni confinanti con il suo possedessero un aereo leggero, è corretto?»

Maitland aggrottò la fronte. «Sì, è esatto.»

«Signora Maitland...»

«Mi chiami Liz.»

«Liz, è a conoscenza di qualche aereo posseduto dai vostri vicini?»

«No, ma d'altronde non abbiamo molto a che fare con loro. Non socializziamo e non sono mai stata nelle loro proprietà. Non ne ho motivo.»

«Dove si trovava nei giorni precedenti al ritrovamento del corpo del signor Archer? Vedo dalla dichiarazione di suo marito, raccolta quel giorno dai miei colleghi in uniforme, che lei non era presente ed era stata via per cinque giorni.»

«Stavo visitando un fornitore,» disse Liz. «Stiamo per iniziare a coltivare lavanda per l'olio, e dovevo assicurarmi che avremmo ricevuto i semi in tempo. Li sto importando dall'Europa, e ho avuto ogni tipo di problema con la documentazione. I fornitori tendono a mettere le esigenze dei loro clienti di lunga data davanti alle nostre.»

«Le avevo detto che avrebbe dovuto optare per una delle varietà comuni già coltivate nella contea,» disse Dennis. «Sarebbe stato più facile.»

«Non voglio qualcosa di "comune".» Liz fece il broncio. «Questo è il punto.»

«Quando è tornata?» chiese Kay.

«Giovedì mattina. Dopo che Dennis mi ha telefonato per dirmi cosa era successo, ero indecisa se lasciare tutto e tornare, ma lui mi ha convinto a non farlo.»

«Aveva investito così tanto tempo nel costruire un rapporto con i fornitori, non volevo che rovinasse le sue possibilità di ottenere un buon prezzo,» disse lui, allungandosi per dare una pacca sul ginocchio della moglie.

Kay guardò la stufa mentre uno dei ciocchi scoppiettava prima di adagiarsi contro lo sportello di vetro con una pioggia di scintille, poi si rivolse nuovamente al contadino.

«Da quanto tempo porta gli apparecchi acustici?»

«Do la colpa a tutti questi anni in cui ho utilizzato macchinari rumorosi,» disse con un sorriso ironico. «Non sento nulla senza questi. Comunque, data la scelta di cosa c'è in televisione, non penso sia così male. Almeno posso leggere il mio libro in pace.»

«Perché diavolo vorrebbe saperlo?» disse Liz.

Kay la ignorò. «E li toglie ogni notte?»

«Sì. Di solito andiamo su verso le nove e mezza e io leggo per circa mezz'ora prima che spegniamo la luce.»

«Non lo sveglia niente» disse Liz, «nemmeno il suo stesso russare. Molto spesso non sente nemmeno la sveglia suonare, a meno che non si ricordi di alzare il volume quando io sono via».

Kay si appoggiò contro i cuscini, notando lo sguardo stupito di Carys.

«Allora, signor Maitland, posso dedurre che se un

aereo leggero volasse a bassa quota durante la notte, lei non lo sentirebbe?»

CAPITOLO 47

Kay sorseggiò da un bicchiere di caffè da asporto e scrutò attraverso il parabrezza l'ingresso dell'azienda agricola di Ditchens, qualche centinaio di metri più avanti lungo la strada.

La nebbia si era diradata dalla campagna nell'ultima mezz'ora, con il sole splendente che penetrava attraverso le nuvole che proiettavano ombre sul sentiero. Un freddo umido si aggrappava all'interno dell'auto di servizio, e lei agitò le dita dei piedi dentro gli stivaletti nel tentativo di riscaldarsi.

Accanto a lei, Carys parlava alla radio, coordinandosi con la centrale operativa mentre aspettavano che un'auto di pattuglia si unisse a loro.

Girò il polso, mentre il suo sguardo catturava le lancette del suo orologio.

Le otto.

«Quanto sono lontani?»

«Dieci minuti». Carys mise la radio nel suo supporto

sul cruscotto. «Hanno anche la squadra di Harriet in standby».

«Va bene. Dove sono Barnes e Piper?»

«Parcheggiati a circa mezzo chilometro dall'allevamento di conigli dei Peverell, proprio dall'altra parte di questo sentiero. Ci sono due auto in arrivo per supportarli, ma non faranno nulla finché non darai il via».

Kay finì il caffè e mise il bicchiere vuoto tra i sedili anteriori. «Hai detto a Gavin che te ne vai?»

La sua collega sospirò. «Non ancora. Non sono sicura di come fare».

«Beh, non aspettare troppo. Non vorrai che lo scopra da qualcun altro… sai com'è la centrale quando inizia a girare una voce». Un lampo bianco apparve nello specchietto retrovisore e lei fece segno a Carys di avviare l'auto prima di aprire il canale radio. «Barnes? Puoi procedere».

Carys controllò gli specchietti, poi si immise davanti all'auto di pattuglia della Polizia del Kent e accelerò lungo il sentiero verso l'azienda dei Ditchens.

Kay strinse i denti mentre Carys faceva entrare il veicolo nel vialetto, con il piede che a malapena toccava il freno, e sganciò la cintura di sicurezza quando l'auto si fermò.

L'auto di pattuglia frenò accanto a loro, i due occupanti balzarono fuori prima di dirigersi verso la fattoria.

Carys le toccò il gomito. «L'ufficio è laggiù».

«D'accordo. Controllalo… assicurati che non ci sia nessuno dentro e poi sigillalo finché le squadre di ricerca non saranno pronte a perquisirlo».

Mentre Carys si allontanava, la porta d'ingresso della

fattoria si aprì e Kay vide un uomo sulla cinquantina fare un passo indietro sorpreso alla vista dei due agenti in uniforme sulla sua soglia.

Si voltò al suono di un altro motore di autovettura.

Pochi istanti dopo, una seconda auto di pattuglia si fermò accanto a lei, con il sergente Harry Davis al volante, mentre mostrava un'espressione cupa.

«Buongiorno, Harry. Non sapevo che ti saresti unito a noi». Fece un cenno all'agente Phillip Parker mentre scendeva dal sedile del passeggero e chiudeva la portiera.

«Ho pensato che avresti potuto aver bisogno di un paio di mani in più, capo». Guardò dietro di sé verso la fattoria. «Hanno notificato il mandato?»

«Proprio ora. Vuoi coordinarti con loro? Io scambierò due parole con il signor Ditchens prima di dare un'occhiata in giro».

«Ottima idea, capo».

Kay attraversò il cortile fangoso fino alla fattoria, dove Hugh Ditchens se ne stava sulla soglia di casa sua, gli occhi spalancati per lo shock.

«È lei l'Ispettrice responsabile di tutto questo?» disse, con le braccia incrociate sul petto. «Cosa sta succedendo?»

Lei mostrò il suo tesserino. «Ispettrice Kay Hunter, e sì, sono io la responsabile. I miei agenti perquisiranno la sua proprietà in relazione a un omicidio sul quale stiamo attualmente facendo delle indagini».

La bocca di Ditchens si aprì e si chiuse prima che ritrovasse di nuovo la voce. «È assurdo. Si tratta del tizio trovato morto nel campo di Maitland? Cosa le ha detto Maitland sul mio conto?»

«Cosa può dirmi del sentiero tra il suo frutteto e l'allevamento di conigli dei Peverell?»

«Cosa?» Sbatté le palpebre. «È un vecchio sentiero per il bestiame. Lo manteniamo come tagliafuoco tra le proprietà».

«Gli incendi sono un grosso problema qui?»

«Guardi, è solo una precauzione di sicurezza, nient'altro. Il sentiero aiuta anche a distanziare le varietà di alberi per favorire la propagazione. Coltiviamo varietà specifiche per i mercati di Londra, i ristoranti locali, cose del genere, quindi non possiamo permetterci che si impollinino a vicenda».

Kay lo guardò con gli occhi socchiusi. «Va bene, signor Ditchens. Se è così che vuole giocare. Si assicuri di rimanere qui dove uno dei miei agenti può vederla, e per favore si astenga dall'usare il suo cellulare».

Voltandosi, attraversò a passo deciso il cortile fino a dove Carys attendeva accanto al basso fabbricato annesso utilizzato come ufficio, con la porta chiusa e un incrocio di nastro bianco e blu della polizia che sigillava l'ingresso fino a quando la squadra di agenti in uniforme non fosse stata pronta a entrare.

«Cosa ha detto?»

«Un sacco di chiacchiere sul sentiero che sarebbe un tagliafuoco, o un modo per impedire l'impollinazione incrociata degli alberi».

«Ti va una passeggiata allora, capo?»

Kay sorrise. «Penso che ci farebbe bene un po' d'aria fresca, quindi perché no? Da che parte si trova il sentiero?»

«Dietro quel capannone per i macchinari con il trattore all'esterno».

Mantenne un passo spedito, con la sua collega più bassa qualche passo indietro mentre si faceva strada oltre la struttura in acciaio ondulato.

Un cancello di legno a cinque barre separava il cortile dal primo frutteto, e mentre lo apriva sollevò lo sguardo verso le cime degli alberi per vedere i primi cenni rosa dei fiori di ciliegio.

In qualsiasi altro giorno, la passeggiata tra gli alberi da frutto sarebbe stata idilliaca, ma i suoi pensieri continuavano a tornare a Ethan e Shelley e alle condizioni che dovevano aver sopportato.

Attese che Carys la raggiungesse.

«Non ci sono edifici qui», disse, «quindi dove sono stati tenuti Ethan e Shelley?»

«Non vedo nemmeno segni di qualcuno accampato qui», disse Carys. Indicò davanti a loro. «Lì c'è l'inizio del sentiero… se vede dove gli alberi cominciano a diradarsi».

Kay si rimise in marcia.

Qua e là, l'erba più alta tra gli alberi era stata calpestata, e fece cenno a Carys di spostarsi. «Questo sentiero qui è stato usato di recente. Puoi usare quel nastro per creare una barriera tra questi alberi finché non avremo un'idea di come sta procedendo la perquisizione della fattoria?»

Prese l'estremità che Carys le porgeva, fece un nodo e attese mentre la sua collega faceva lo stesso, poi si mosse nuovamente in avanti, aggirando l'area che avevano delimitato.

Si fermò al bordo del sentiero, con il cuore che

sussultava mentre i suoi occhi scrutavano il terreno. «Chiama Harriet: avremo bisogno di lei qui».

«Cosa hai trovato, capo?»

«Guarda».

Attese finché la detective non fu al suo fianco, e poi indicò i profondi solchi paralleli a pochi metri da dove si trovava.

Le due linee scomparivano lungo il sentiero erboso, i segni diventavano più flebili mentre passavano sotto la catena che separava le due fattorie, dirigendosi in linea retta verso la proprietà dei Peverell.

«Qualcosa di pesante è atterrato qui, poi ha continuato lungo questo sentiero. Non ho visto linee profonde all'altra estremità».

«L'atterraggio di un aereo», disse Carys. «Porca miseria, capo. L'hai trovato».

Kay scrutò in lontananza. «Ma non l'abbiamo trovato, vero? Non c'era nulla alla fattoria dei conigli. E non ho sentito niente dalla nostra squadra qui. Sarebbero venuti a cercarci se la loro perquisizione avesse rivelato un aereo».

«Beh, è sicuramente atterrato qui». Carys camminò verso gli alberi che costeggiavano il confine sinistro, poi si fermò. «Capo, le estremità di questo ramo sono state spezzate. Forse colpite da un'ala?»

«Ci vorrebbe un bel coraggio per atterrare qui, non credi? Cioè, è abbastanza largo, ma dovresti sapere quello che stai facendo».

«Forse è per questo che i solchi sono così profondi qui. Abbiamo sempre ipotizzato che l'aereo venisse pilotato di notte, e questo lo renderebbe più difficile, anche per un pilota abituato ad atterrare qui». Carys tornò dove Kay era ferma e si protesse gli occhi dal sole basso del mattino. «Questo sentiero è abbastanza lungo per rullare e decollare?»

«Quando arriverà Harriet, chiedile di far misurare la lunghezza a uno della sua squadra, e poi verifica con uno dei tuoi contatti degli aeroporti con cui hai parlato».

«Lo farò. Arrestiamo Ditchens?»

Kay guardò attraverso il frutteto verso la casa. «Portalo in centrale per un interrogatorio. Io andrò alla fattoria di conigli dei Peverell per vedere come procedono Barnes e Piper».

CAPITOLO 48

«Non mangerò mai più coniglio».

Barnes si strappò i guanti protettivi dalle mani e li lasciò cadere nel secchio per i rifiuti a rischio biologico che uno degli agenti in uniforme gli porgeva, lanciando un'occhiataccia alle gabbie che poteva vedere attraverso la porta aperta dell'edificio esterno.

«Questi non sono destinati al consumo umano. Sono per cibo per cani e gatti. Gli allevamenti di conigli veri e propri della zona che riforniscono i ristoranti sono molto più umani», disse Gavin. «Questo posto è una vergogna».

«Hai contattato il Dipartimento per l'Ambiente, l'Alimentazione e l'Agricoltura?»

«Sì, e anche il comune». Il suo collega si accigliò. «Hanno detto che sono a corto di personale e stanno lottando per gestire i reclami che hanno già nel sistema riguardo a vari posti nella contea, ma che avrebbero mandato qualcuno prima o poi».

«Incredibile». Barnes scosse la testa e tirò fuori il

cellulare quando emise un bip. «L'Ispettrice capo sta arrivando».

«Dio, spero che troviamo qualcosa. Non ci ringrazierà se questo sarà un altro spreco di tempo».

«Non è mai uno spreco di tempo, Piper, lo sai. Ora, vuoi mostrarmi quel mattatoio? Tanto vale dare un'occhiata mentre siamo qui. Dove sono i proprietari, comunque?»

Gavin indicò la casa sul lato opposto degli edifici esterni. «Gli agenti in uniforme hanno in custodia Helen Peverell all'interno. Suo marito non è qui... dice che dovrebbe tornare tra un paio d'ore».

«Dov'è?»

«All'ufficio postale di Tonbridge, a quanto pare». Gavin aprì la porta del mattatoio. «Hanno mandato qualcuno là per trovarlo».

Barnes prese il fazzoletto e si coprì il naso. «Cristo, che puzza qui dentro».

«Immagino che se vendono la carne per cibo per animali, non debbano preoccuparsi tanto dell'igiene».

«Scommetto che il comune dirà diversamente. Questo posto è enorme, vero? Voglio dire, stanno usando solo un terzo dello spazio qui dentro». Indicò le porte robuste alla fine dell'edificio. «Quelli sono i congelatori?»

«Sì. Uccidono i conigli in quell'angolo, macellano la carne a quei tavoli zincati sul retro, e poi la carne viene conservata nei congelatori fino a quando non viene ritirata per la distribuzione ai fornitori di cibo per animali. È come una linea produttiva, no?»

Barnes fece una smorfia alla descrizione, ma capiva perché il suo collega lo descrivesse in quel modo. Si voltò sentendo un movimento accanto alla porta: si affacciò un'agente in uniforme.

«Va bene se iniziamo la perquisizione qui, sergente?» disse.

«Prego. Ci togliamo dai piedi tra un minuto».

«Grazie, sergente».

Rimise il fazzoletto in tasca e raddrizzò le spalle. «Va bene, darò un'occhiata veloce in giro, e poi usciremo ad aspettare l'Ispettrice capo».

«D'accordo». Gavin si allontanò, le sue scarpe che echeggiavano sul pavimento di cemento mentre attraversava l'altro lato dello spazio aperto. La testa era china mentre leggeva gli aggiornamenti da altri membri della squadra investigativa sul suo cellulare.

Barnes ficcò le mani nelle tasche del cappotto e iniziò a muoversi lungo il muro, osservando i coltelli affilati e le mannaie allineate accanto alle postazioni di lavoro, oltre ai taglieri appoggiati in un lavello zincato.

Le mosche ronzavano intorno a un grande bidone coperto direttamente dietro le postazioni di lavoro, e lui sollevò il coperchio di uno, ritraendosi istantaneamente.

Decine di pelli di coniglio riempivano il contenitore d'acciaio, il pelo era arruffato insanguinato e macchiato di urina.

Lasciò ricadere il coperchio al suo posto, un brivido gli attraversò le spalle mentre si dirigeva verso i congelatori, poi avvolse il fazzoletto attorno alla maniglia d'acciaio incastonata in una delle porte e guardò all'interno.

Una nuvola d'aria gelida fuoriuscì, raffreddandogli il viso e facendo rizzare i peli sulla nuca.

La puzza diminuiva qui dentro, sebbene la vista di tutti

quei corpicini rosa congelati allineati in file ordinate gli rivoltò lo stomaco.

Ce n'erano così tanti.

«Ian... vieni qui!»

Il grido di Gavin echeggiò in tutto il mattatoio.

Barnes sbatté la porta del congelatore per chiuderla e si affrettò a passare accanto alla squadra di ricerca che fece una pausa nel loro lavoro, con uno sguardo pieno di aspettativa negli occhi.

Trovò il detective accovacciato accanto alla parte anteriore dell'edificio nell'angolo più lontano: la sua eccitazione era palpabile.

Una fila di sacchi contenenti fieno e mangime per i conigli era stata appoggiata contro una fila di scaffali vuoti, e Gavin stava fissando il muro.

«Cos'hai trovato?»

«Questi scaffali erano pieni quando abbiamo perquisito il posto martedì... sacchi come quelli sul pavimento erano impilati lungo di essi. La squadra ha guardato tra i sacchi come parte della loro ricerca, ma non hanno visto questo».

Barnes si sistemò i pantaloni dell'abito e si accovacciò accanto al suo collega, tirando fuori gli occhiali da lettura dalla tasca prima di esaminare attentamente le assi di legno tra gli scaffali.

Un debole insieme di segni graffiati era stato inciso sulla superficie di legno con una lama affilata raffigurante un'approssimazione grossolana di un paracadute tra ali aperte che erano state intagliate con mano instabile.

Trattenne il respiro mentre leggeva le parole incise sotto.

Aiutatemi.

«Accidenti. È il tatuaggio di Ethan, vero?»

CAPITOLO 49

«Pronto?»

Gavin picchiettò il bordo della cartellina di cartoncino contro la coscia, con la mascella serrata mentre fissava la porta della sala interrogatori numero due, poi emise un sospiro profondo. «Credo di sì. Grazie, capo.»

Kay sorrise. «Nessun problema. Dovrò fare affidamento su di te ancora di più in futuro, te ne rendi conto, vero?»

«Lo so.»

«Quando te l'ha detto Carys?»

«Subito dopo che voi due siete tornate dai Peverell. Non posso credere che ci lasci così presto.»

«Sono ansiosi che inizi il prima possibile. Sono sicura che anche lei sia altrettanto impaziente di iniziare.»

Lui aggrottò la fronte. «Vorrei che restasse qui. Non ci sono posizioni da sergente detective disponibili in Kent, capo?»

«Credimi, ho controllato. Lo ha fatto anche Sharp. Non c'è budget per promozioni al momento nella zona... tutti i fondi sono stati destinati ad addestrare nuovi agenti il più presto possibile per raggiungere gli obiettivi fissati dal governo. Spero che non ti aspettassi un aumento di stipendio quest'anno.»

Gli fece l'occhiolino, poi spinse la porta per aprirla ed attraversò la stanza fino al tavolo con quattro sedie sistemato contro la parete opposta.

Helen Peverell sedeva con le mani in grembo e la testa china. Una ciocca spessa di capelli le pendeva sul viso, e aveva pianto. Con la bocca all'ingiù, alzò gli occhi verso i due detective mentre si sedevano di fronte a lei, e si pulì una scia di mascara acquoso dalla guancia.

Il suo avvocato, un uomo magro sulla cinquantina con capelli cortissimi e un'espressione tesa, fulminò con lo sguardo i detective mentre porgeva il suo biglietto da visita.

«Grazie, signor Brackenridge», disse Kay, e poi attese mentre Gavin premeva il pulsante di registrazione sul registratore accanto al suo gomito e leggeva l'avvertimento formale.

Terminato ciò, aprì la cartellina di cartoncino ed estrasse tre fotografie di Ethan Archer, posizionandole sul tavolo davanti a Helen. «Conosce quest'uomo?»

La donna si morse il labbro, poi scosse la testa.

«Risponda per la registrazione, per favore, Helen», disse Kay.

«No.»

«È sicura?» disse Gavin. «Guardi ancora.»

«Non lo conosco.»

Il detective prese dalla cartellina una quarta fotografia. «Riconosce questo tatuaggio?»

«No.»

«Davvero? Ecco un'altra immagine. Sembra simile, non crede?» disse Gavin. Si sporse in avanti e lo indicò con il dito. «Questa foto è stata scattata nel suo mattatoio tre ore fa. È sulla parete, dietro gli scaffali. Cosa ci fa lì?»

«Non lo so. Non l'ho mai visto prima.»

«Scommetto che se l'avesse visto, l'avrebbe fatto togliere, vero?»

Helen non disse nulla.

«Chi si occupa di rifornire gli scaffali, Helen? Lei o uno dei suoi operai?» disse Kay.

Lei scrollò le spalle. «Gli operai. Vengono pagati per questo.»

«Stiamo parlando dei lavoratori part time che ha in busta paga, o di qualcun altro?» Kay si appoggiò allo schienale e incrociò le braccia. «Perché qualcuno ha spostato i sacchi dopo la nostra ultima perquisizione di lunedì, vero? Qualcuno sperava che saremmo tornati e che l'avremmo notato?»

Helen deglutì, ma tenne la lingua a freno.

Gavin girò un'altra fotografia verso Helen. «La scritta sotto questo tatuaggio nel suo mattatoio è diversa. Può leggere cosa dice?»

La donna lo fulminò con lo sguardo, poi guardò il suo avvocato, che le fece cenno di rispondere alla domanda.

«Dice "aiutatemi"», rispose con tono petulante.

«Chi potrebbe aver voluto aiuto?» disse Gavin. «Perché qualcuno avrebbe inciso questo sul muro?»

«Non lo so.»

«Perché gli scaffali erano vuoti oggi?» chiese Kay.

«C'è una nuova consegna di cibo in arrivo questo

pomeriggio», disse Helen. «Dobbiamo ruotare le scorte in modo che i mangimi più vecchi vengano usati per primi così non marciscono. I sacchi nuovi vengono messi sotto quelli vecchi, tutto qui.»

«E perché il lavoro è stato abbandonato in modo tale da esporre questo disegno?»

«Non lo so.»

«Lei ci ha fornito i dettagli dei lavoratori part time che impiega, ma guardando le sue buste paga sembra che lei sia estremamente generosa con i loro stipendi rispetto ad altre fattorie della zona. Per quale motivo?»

«È un lavoro difficile. È complicato trovare brave persone», disse Helen. «Li paghiamo bene nella speranza che rimangano. Non abbiamo avuto nessuno che si sia licenziato in quattro anni, quindi dimostra che stiamo facendo qualcosa di giusto.»

Gavin estrasse un fascio di dichiarazioni di testimoni dalla cartellina e scorse il testo con lo sguardo. «Nessuno di loro ha una parola negativa da dire su di lei o suo marito. Li sta pagando per tacere sui suoi altri lavoratori?»

«Quali altri lavoratori?»

Kay congiunse le mani sul tavolo. «Helen, abbiamo parlato con aziende agricole simili e siamo dell'opinione che il numero di lavoratori che impiega legalmente non sia sufficiente per tenere il passo con i livelli di produzione che avete mantenuto negli ultimi tre anni. Avreste bisogno di almeno un'altra mezza dozzina di persone a tempo pieno per gestire l'allevamento in batteria oltre a quelli che impiegate nel mattatoio. Dove sono questi altri lavoratori?»

«Non ho idea di cosa stiate parlando. I miei dipendenti sono incredibilmente laboriosi e diligenti, tutto qui.»

Gavin si voltò verso Kay e alzò un sopracciglio. «Scommetto che devono lavorare ancora più duramente, adesso che due dei lavoratori non pagati sono morti.»

«Esattamente quello che pensavo, detective Piper. E in condizioni infernali.» Kay si rivolse di nuovo a Helen. «Chi ha ucciso Shelley? Lei o Adrian?»

«Io non ho ucciso nessuno!»

L'improvviso sfogo della donna colse Kay di sorpresa, e si appoggiò allo schienale. «Dov'è suo marito?»

«L'ho detto al poliziotto a casa: è andato a Tonbridge. Doveva andare all'ufficio postale.»

«Helen, la polizia locale è andata all'ufficio postale. Non hanno visto suo marito. Non hanno riconosciuto affatto la sua fotografia. Dov'è?»

Helen abbassò la testa e si morse l'angolo dell'unghia del pollice. «Non lo so.»

CAPITOLO 50

Laura osservò l'uomo dall'altro lato del tavolo, chiedendosi perché una persona di tanto successo nella vita si fosse lasciata coinvolgere in un piano così atroce come quello di ridurre in schiavitù persone indifese e vulnerabili.

Carys sedeva accanto a lei, con il mento appoggiato sulla mano mentre sfogliava con nonchalance la deposizione originale di Hugh Ditchens, mentre l'uomo seduto di fronte a lei aveva un rivolo di sudore che gli colava sul lato del viso.

Avevano avviato la registrazione dell'interrogatorio qualche minuto prima e, dopo aver recitato l'avvertimento formale, Laura era rimasta in silenzio, aspettandosi che la collega iniziasse le domande.

All'inizio si era preoccupata che Carys avesse perso la cognizione del tempo, ma poi si era resa conto che la detective più esperta stava facendo aspettare Ditchens.

Così, invece, osservò con fascino come l'agricoltore prima si agitasse sulla sedia, poi si schiarisse la gola e infine guardasse il suo avvocato in cerca di aiuto.

«Detective Miles, se ha qualcosa da dire al mio cliente, la prego di farlo». Il rappresentante legale le fulminò entrambe con lo sguardo. «È un uomo impegnato».

Carys finalmente alzò lo sguardo dalla deposizione e sorrise. «Sì, è stato *molto* impegnato, vero?»

Passarono altri istanti mentre lei prendeva alcuni appunti, e Laura si morse l'interno della guancia quando guardò di traverso e si rese conto che la collega stava scrivendo la lista della spesa per la serata.

«Detective Hanway, ha quelle fotografie aeree, per favore?» disse infine.

«Ecco». Laura infilò la mano nella cartellina di cartoncino sotto il gomito e tirò fuori due copie pulite delle fotografie che aveva stampato per l'interrogatorio.

Nessuna delle annotazioni utilizzate durante l'indagine era visibile, e così quando Carys le posò davanti a Ditchens e al suo avvocato, i due uomini ebbero una chiara visione della proprietà dell'agricoltore e della campagna circostante.

«Possiede un aereo leggero, signor Ditchens?»

Tirò fuori un fazzoletto dalla tasca e si tamponò la fronte. «No, no, non ne possiedo uno. Ve l'ho detto quando me l'avete chiesto l'altro giorno».

«Questo non è un test, signor Ditchens. Se sente il bisogno di modificare la sua precedente dichiarazione, questo è il momento».

«Non possiedo un aereo leggero».

«Ha un brevetto da pilota?»

«No».

«È a conoscenza di piste di atterraggio private nella zona?»

«No, non lo sono».

Carys spinse le fotografie aeree più vicino all'agricoltore e indicò l'ampio sentiero che conduceva dalla sua terra a quella appartenente ai Peverell. «Cos'è questo?»

«Ve l'ho detto. È un vecchio sentiero per mandrie. Oggi funge da tagliafuoco e mi aiuta a evitare l'impollinazione incrociata tra le varietà di alberi».

«Di nuovo, signor Ditchens, le comunico che può modificare le sue precedenti risposte alle mie domande, se lo desidera».

Laura osservò il pomo d'Adamo dell'uomo che sobbalzava nella gola.

Un'aura di disperazione aleggiava nell'aria attorno a lui mentre la mascella lavorava, e lei si chiese con quali verità stesse lottando.

Trattenne il respiro quando lui aprì la bocca per parlare, poi cambiò idea con un leggero scuotimento della testa.

«Posso avere le fotografie scattate alla proprietà dei Peverell oggi, per favore, detective Hanway?» disse Carys.

«Certamente». Tirando fuori la serie di sei immagini dalla cartellina, Laura le posò sopra le fotografie aeree e attese.

«Ai fini della registrazione, stiamo mostrando al signor Ditchens fotografie scattate sul terreno della sua proprietà e della fattoria di Helen e Adrian Peverell», disse Carys, con voce chiara e ferma. «In particolare, queste immagini mostrano il sentiero che conduce dalla loro proprietà alla sua, una misurazione effettuata della larghezza di quel sentiero rappresentata con un metro a nastro, e una terza fotografia che mostra profonde impronte nel terreno all'estremità, sul terreno del signor Ditchens, che sembrano essere solchi di ruote. Ha idea di cosa potrebbe aver causato questi segni, signor Ditchens?»

«Non ne sono sicuro».

«Ma sono sul suo terreno. Sicuramente vorrebbe sapere cosa li ha causati. Ci sono un bel po' di danni al terreno lì, non è vero? Non ci aveva detto che era preoccupato per gli scarichi abusivi?»

Non rispose.

Carys prese una fotografia ravvicinata che era stata scattata agli alberi a lato del sentiero. «Cosa ha causato questo danno ai suoi alberi, signor Ditchens?»

L'agricoltore aggrottò le sopracciglia. «Non lo so. Non l'avevo mai visto prima».

«Come? Non controlla regolarmente gli alberi del suo frutteto? Sicuramente se alcuni dei suoi raccolti fossero danneggiati, vorrebbe scoprire chi è stato?»

Un'ombra di miseria attraversò gli occhi dell'agricoltore e si passò una mano sulla bocca prima di parlare. «Guardate, non volevo solo creare confusione, tutto qui».

«Creare confusione?» disse Carys, con espressione incredula. «Stiamo affrontando due brutali omicidi, signor Ditchens. E al momento, lei è un sospettato in questi omicidi».

«Ma non ho avuto nulla a che fare con la morte di quell'uomo». Il suo viso impallidì. «Chi altro è morto?»

Laura spinse un'altra fotografia attraverso il tavolo verso di lui senza aspettare un cenno da Carys. «Shelley Yates. Venticinque anni. Strangolata, prima di essere gettata in un cassonetto a Maidstone. E poi, le sono stati tagliati i piedi».

«Oh mio Dio».

«Ora, signor Ditchens», disse Carys. «Forse vorrebbe dirci cosa sa di un aereo leggero che utilizza il sentiero che attraversa il suo frutteto per decollare e atterrare?»

Lui guardò il suo avvocato, che annuì e gli fece cenno di continuare, e poi si rivolse alle due detective, con tutto l'atteggiamento di un uomo sconfitto.

«Sentite, mi dispiace per quella donna, ma non ho avuto nulla a che fare con la sua morte... o con l'uomo che è stato trovato nel campo di Maitland. Il sentiero nel frutteto... avete ragione, viene usato occasionalmente come pista di atterraggio per un aereo leggero, ma non è mio».

«Di chi è?» disse Carys.

«Di Helen e Adrian». Si strinse nelle spalle, con la bocca all'ingiù. «Guardate, non volevo mettermi nei guai, ecco tutto. A volte vado con loro».

«Con loro dove?» disse Laura, dopo che la sua curiosità era stata stuzzicata.

«Beh, principalmente in Francia. Hanno degli amici che possiedono una vigna là, quindi... e questo è solo una o due volte all'anno, sia chiaro... voliamo là e facciamo scorta di vino», disse Ditchens, con il viso afflitto. Il suo sguardo si spostò sul tavolo e iniziò a stuzzicare un'ammaccatura nell'impiallacciatura con l'unghia. «Noi... io... a volte porto sigarette o tabacco per i miei dipendenti. Sa, per ringraziarli. Succede lo stesso con il vino. Una parte la tengo, un'altra potrei rivenderla. Credo che anche Helen e Adrian facciano lo stesso. Non intendiamo fare del male a nessuno. È solo un po' di divertimento, ad essere onesti».

Carys alzò la mano per fermarlo. «Aspetti. Ci sta dicendo che usa l'aereo solo per andare da qui alla Francia a fare scorta di vino e tabacco ogni tanto? E ho ragione di presumere che il motivo per cui ci ha mentito è perché lo facevate senza dichiarare le tasse doganali sugli acquisti in eccesso quando tornavate qui?»

«Gli avevo detto che ci avrebbero beccato se non fossimo stati attenti».

«Chi è il pilota?»

«Helen, naturalmente». Sorrise. «Adrian non ha la pazienza… è tutto muscoli e forza, quello».

«Signor Ditchens, avrebbe dovuto dircelo quando l'abbiamo intervistato la prima volta», disse Carys, incapace di nascondere la frustrazione nella sua voce. «Avrebbe dovuto dirci la verità».

«Me ne rendo conto ora, e sono davvero dispiaciuto. Non volevo solo metterli nei guai», disse Ditchens. «Sono una coppia così adorabile. Così laboriosi».

CAPITOLO 51

Kay spalancò la porta con tale violenza che la maniglia rimbalzò sul cartongesso, facendo sussultare sia Helen Peverell che il suo avvocato sulle loro sedie.

Lasciò cadere la sua raccolta di cartelle di cartoncino sul tavolo, digrignando i denti mentre Gavin avviava il registratore e forniva la conferma verbale richiesta che stavano continuando l'interrogatorio precedente.

«Dov'è l'aereo, Helen?»

La donna tenne le mani piatte sul tavolo, ma i suoi occhi si spalancarono. «Cosa?»

«L'aereo leggero che usa per volare in Francia alcune volte all'anno. Dov'è? Non è in nessuno degli edifici esterni della sua fattoria… questo è certo, dato il numero di perquisizioni che abbiamo effettuato negli ultimi giorni, quindi dove diavolo si trova?»

«Io non...»

«Basta, Helen». Kay inspirò profondamente per mantenere la calma, e poi espirò. «Basta bugie. Ha ucciso lei Ethan Archer?»

«No...»

«Gli ha legato i piedi e poi l'ha spinto fuori dall'aereo quando era ancora vivo?»

Il colorito di Helen divenne di un grigio cadaverico, ma rimase in silenzio.

«E Shelley? Di chi è stata l'idea di tagliarle i piedi?»

Sbattendo le palpebre, Helen afferrò il bordo del tavolo, poi guardò il suo avvocato.

«Tutta la verità, Helen», disse Kay. «Adesso.»

La donna deglutì. «È stata un'idea di Adrian.»

«Di fare cosa?»

«Di uccidere Ethan.»

Sentendo il brusco respiro di Gavin all'ammissione, Kay si appoggiò allo schienale della sedia e incrociò le braccia, sentendo il sollievo scorrerle addosso mentre studiava la donna. «Va bene, Helen. Sentiamo. Tutto quanto.»

«Non... non doveva finire così. Quando abbiamo acquistato la fattoria e fatto le nostre ricerche sui conigli, sembrava tutto così semplice. Quasi nessuno lo stava facendo nel sud dell'Inghilterra: allevarli per il cibo per animali, intendo. Molte aziende di cibo per animali importavano i conigli morti in blocco dalla Francia o dal Belgio. Là non hanno controlli così rigorosi su come vengono alloggiati i conigli. Poi, il clima politico è cambiato, e ci sono stati mormorii sulla mancanza di forniture e ritardi ai porti. Posso avere un bicchiere d'acqua?»

Kay attese mentre Gavin andava alla porta e faceva cenno a un agente in uniforme all'esterno.

Pochi istanti dopo, tornò con due bicchieri di plastica e

li posizionò davanti a Helen e al suo avvocato, che, Kay notò, svuotò l'acqua in tre sorsi prima di tornare a prendere appunti.

Helen bevve un sorso e strinse il bicchiere tra le mani, con lo sguardo fisso sulla fotografia del corpo prono di Ethan.

«Continui», disse Kay.

«Ho visto una nicchia nel mercato, e l'ho detto ad Adrian. Ci siamo posizionati come una migliore alternativa alle aziende di cibo per animali, facendo notare che non saremmo stati influenzati da nulla di ciò che stava accadendo politicamente e che avremmo potuto garantire una fornitura ininterrotta. Voglio dire, ha sentito l'espressione "moltiplicarsi come conigli", giusto?»

Né Kay né Gavin sorrisero.

«Comunque, entro sei mesi eravamo in difficoltà. Non potevamo permetterci di pagare più lavoratori… avevamo quattro persone che ci aiutavano, ma avevamo accettato delle condizioni stupide quando abbiamo negoziato per la prima volta i contratti di fornitura perché volevamo dare ai clienti un motivo per passare a noi, e così non avrebbero nemmeno pensato di pagarci fino a quando non fossero passati almeno novanta giorni». Portò il bicchiere alle labbra con una mano tremante, poi cambiò idea e lo abbassò di nuovo sul tavolo, con l'acqua che le scivolava sulle dita. «È stato allora che Adrian ha detto che potevamo ottenere manodopera a basso costo. Quando gli ho chiesto come, ha detto che potevamo far venire i senzatetto a lavorare per noi in cambio di un tetto sopra la testa e cibo gratuito.»

«Che nobile da parte vostra», disse Kay, incapace di

trattenere il sarcasmo nella sua voce. «Togliere i senzatetto dalle strade e trasformarli in schiavi moderni.»

«Non era così!» Il viso di Helen si rabbuiò. «Non all'inizio. Pensavo davvero che stessimo facendo loro un favore. Poi siamo diventati più impegnati, e Adrian ha detto che dovevamo tenerli, che avremmo potuto ottenere un profitto maggiore se ne avessimo trovati altri. È stata una sua idea pagare di più ai quattro dipendenti che avevamo in cambio del loro silenzio. Potevano lavorare part time con uno stipendio a tempo pieno, purché non lo dicessero a nessuno. Beh, non l'avrebbero fatto, vero? Anche loro avevano vita facile.»

«Cosa è andato storto?»

Helen sbuffò. «Tutto. I clienti hanno rinegoziato i contratti, abbiamo dovuto fornire di nuovo la metà della carne, e... non so... Adrian l'ha presa molto male. Ha iniziato a picchiare le persone che alloggiavamo...»

«Gli schiavi, intende», disse Gavin.

«Diceva che non potevamo mai rischiare che se ne andassero, e che se qualcuno avesse scoperto come li avevamo trattati negli ultimi tre anni, saremmo stati nei guai. Diceva che l'unico modo per assicurarsi che ciò accadesse era renderli troppo spaventati per voler provare a scappare. Picchiava chiunque tentasse di fuggire, e faceva guardare gli altri.»

«E lei, Helen? Ha mai provato a scappare?»

Kay osservò mentre la donna si mordeva il labbro, poi chiudeva gli occhi e dava un leggero cenno di assenso.

«Sì», disse. «Solo una volta.»

«Cosa ha fatto Adrian?»

Helen aprì gli occhi, e fu allora che Kay vide che era terrorizzata.

«Cosa le ha fatto Adrian, Helen?»

«Non posso... mi ucciderà.»

«Helen, non può raggiungerla qui dentro. Cosa le ha fatto?»

Le spalle della donna sussultarono mentre le lacrime le scorrevano sulle guance. «Mi ha tenuto un coltello alla gola. Una delle lame per disossare che avete visto nel mattatoio. Ha detto che mi avrebbe scuoiata viva se avessi provato a lasciarlo o se avessi provato a dire a qualcuno delle persone che tenevamo lì.»

Kay le diede un momento per ricomporsi e attese mentre si soffiava il naso.

«Quando ha imparato a volare?»

«Quando avevo vent'anni, prima di incontrare Adrian». Un sorriso acquoso le attraversò le labbra. «Avevo voluto imparare a volare sin da quando ero adolescente, così i miei genitori mi hanno pagato le lezioni per il mio ventunesimo compleanno.»

«Dove?»

«Nello Shropshire, dove sono cresciuta.»

«Le è permesso volare di notte?»

Helen scosse la testa, poi si ricordò del registratore. «No.»

«Quindi, cosa è successo la notte in cui Ethan Archer è stato assassinato?»

«Adrian è piombato in cucina verso le dieci di venerdì sera in una collera tremenda. Ha detto che c'era stata un'evasione e che una delle lavoratrici era scappata. Ha detto che era scomparsa lungo il sentiero prima che potesse fermarla, ma che aveva catturato il tizio che l'aveva aiutata. Poi ha detto che avrebbe impartito loro una lezione che non avrebbero dimenticato.»

Si fermò e bevve qualche altro sorso d'acqua.

«Mi ha costretto ad uscire con lui, al macello. Aveva incatenato il polso di Ethan a uno dei pali portanti di legno nel mezzo del pavimento. Sembrava che avessero lottato... il naso di Ethan sembrava rotto...»

«Non proprio uno scontro alla pari», disse Kay. «Suo marito era ferito in qualche modo?»

«Non che potessi vedere.»

«Continui.»

«Quando gli ho chiesto cosa intendesse fare, lui... è cambiato. C'era quello sguardo nei suoi occhi che avevo già visto prima, quando mi aveva minacciato quella volta, e credo che anche Ethan l'abbia notato. Adrian non ha detto nulla... ha preso delle fascette di plastica che usiamo per chiudere i sacchi di mangime e ne ha avvolta una attorno ai polsi di Ethan prima di slegarlo dalla catena. Mi ha detto di avviare l'aereo, l'avevo pilotato dalla casa dei miei genitori quella mattina...»

«Si fermi un attimo», disse Kay. «Lei *possiede* un aereo?»

«No, è dei miei genitori. Io lo piloto solo ogni tanto. Di solito vado in macchina o prendo il treno e poi torno in volo. Dovevamo andare in Francia il giorno dopo.»

Kay annotò di contattare la Polizia di West Mercia nello Shropshire per sequestrare l'aereo per un esame forense, mentre si rendeva conto che la storia di Helen spiegava perché non erano riusciti a trovare alcun aereo registrato o nascosto nella zona.

«Come avete fatto a mettere Ethan nell'aereo?»

«Adrian... Ha minacciato di uccidere gli altri se Ethan non avesse fatto ciò che gli veniva ordinato. Credo che sapesse che sarebbe morto, ma era troppo debole per scappare a quel punto...» Si interruppe e tamponò con il fazzoletto l'angolo degli occhi.

Kay strinse la mascella di fronte all'abbietta crudeltà di ciò che stava ascoltando. «Continui.»

«Quando Ethan è salito sull'aereo, Adrian gli ha messo l'altra fascetta di plastica attorno alle caviglie, e poi l'ha colpito». Helen deglutì. «Continuava a colpirlo, picchiandolo alla testa finché non ha perso i sensi. Poi mi ha detto di salire e far decollare l'aereo. Ero terrorizzata... non avevo mai volato di notte prima, ma Adrian ha detto che dovevo solo portarci abbastanza in alto sopra il bacino idrico così che lui potesse spingerlo fuori. Ha detto che sarebbe stata una fine appropriata per un paracadutista.»

«Lei sapeva cosa faceva Ethan?»

«Sì. L'ho sentito raccontarlo agli altri un giorno. Non avevo collegato le cose all'epoca... non sapevo che avrebbe cercato di usare ciò che sapeva per aiutarli a scappare.»

«L'avrebbe detto ad Adrian se l'avesse saputo?»

«Non lo so. Suppongo di sì.»

«Cosa è successo una volta in volo?»

«È solo un piccolo aereo. Adrian era seduto tra me ed Ethan, che era svenuto e appoggiato contro la portiera del passeggero. Stavo cercando con tutte le forze di orientarmi e leggere gli strumenti... il decollo è stato un incubo. Adrian ha tirato fuori il cellulare, ha detto che avrebbe filmato il momento in cui avrebbe spinto Ethan fuori dalla porta per mostrarlo agli altri, per far vedere cosa succede a chi cerca di fuggire. Eravamo saliti solo poche centinaia di metri quando improvvisamente Ethan si è ripreso: ha colpito Adrian prima che potesse reagire, e io ho urlato. Pensavo che avrei perso il controllo. Adrian è riuscito in qualche modo a sporgersi su Ethan mentre lo teneva in una presa al collo, e ha aperto la porta. L'ha... l'ha spinto fuori». Chiuse gli occhi. «È riuscito a girarsi e ad aggrapparsi al telaio della porta, ma Adrian gli ha preso a calci le mani così ha perso la presa. Posso ancora sentirlo urlare. Io... non riesco a dormire la notte.»

Kay sentì Gavin muoversi sulla sedia accanto a lei, e si girò per vedere il volto del detective più pallido di quanto avesse mai visto.

«Helen, cosa è successo dopo che avete fatto atterrare l'aereo?»

La donna usò la manica della camicia per asciugarsi gli occhi. «Adrian era furioso: ha detto che Ethan avrebbe dovuto essere gettato sull'acqua così il suo corpo non sarebbe stato trovato. Ha preso uno dei furgoni che usiamo per spostarci nel lato più lontano della proprietà, non lo usiamo sulle strade, quindi non è registrato. Ha detto che conosceva una pista a nord della proprietà di Maitland ed eravamo sicuri che Ethan fosse caduto da qualche parte lì vicino. È rimasto via per quasi due ore, ma quando è tornato ha detto che non poteva rischiare di spostare il corpo. L'ha lasciato lì e mi ha detto di riportare l'aereo dai miei genitori la mattina seguente. Sono tornata in treno il giorno dopo.»

«Dov'è il furgone, Helen?»

«Ha detto che l'ha portato da qualche parte sull'Isola di

Sheppey e gli ha dato fuoco così non poteva essere ricondotto a noi. Non era registrato comunque, lo usava solo per trasportare cose in giro per la fattoria.»

«Chi ha ucciso Shelley?»

«Adrian, ovviamente. Era furioso perché dover affrontare Ethan aveva permesso a lei di scappare. Ha passato giorni a darle la caccia, tornando a Maidstone dove l'aveva convinta la prima volta a venire a lavorare per noi. Ha detto che non aveva nessun altro posto dove andare e non potevamo rischiare che parlasse con qualcuno.»

«Perché diavolo le ha tagliato i piedi?»

«Per lo stesso motivo per cui ha ucciso Ethan. Per ammonire gli altri.»

«Quanti altri schiavi state tenendo nella fattoria?»

«Adesso quattro. All'inizio erano sette, ma un uomo si è ammalato troppo per lavorare circa sei mesi fa. Adrian l'ha portato via.»

Kay rabbrividì alle parole della donna. «Lei ha detto che ha tagliato i piedi a Shelley "per ammonire gli altri"», disse. «Cosa intende? Cosa ha fatto?»

«Li ha gettati giù per le scale della cantina e ha detto loro che è questo ciò che succede a chi fugge.»

«Quale cantina?» disse Gavin. «Dove avete tenuto queste povere persone?»

«Sotto il macello», disse Helen. Si passò una mano tra i capelli, sconfitta. «È un vecchio magazzino per il grano del diciannovesimo secolo. C'è una botola nel pavimento sotto uno dei tavoli di disossamento. Ci evita di farli uscire dal macello ed essere visti da qualcuno.»

Kay spinse indietro la sedia. «Interrogatorio sospeso alle sette e quarantacinque. Gavin, con me.»

Uscì di corsa dalla stanza, estraendo il cellulare mentre correva lungo il corridoio, con il detective alle calcagna.

«Dove stai andando, capo?»

«Torniamo alla fattoria, Piper. Ci sono quattro persone intrappolate sotto un fienile senza cibo né acqua, e Adrian Peverell ormai saprà che sua moglie è sotto custodia. Non ha nulla da perdere.»

CAPITOLO 52

Kay abbassò il cellulare sulle ginocchia e guardò la campagna buia scorrere fuori dal finestrino dell'auto in corsa.

Dopo la confessione di Helen, si era coordinata con l'Ispettore capo investigativo Sharp e il quartier generale per fornire uomini sufficienti per recarsi alla fattoria dei Peverell, arrestare Adrian e localizzare il resto degli schiavi che lui e sua moglie tenevano in cattività.

Le pattuglie di agenti in uniforme avevano già visitato le case dei loro quattro dipendenti, eseguendo gli arresti mentre gli uomini e le donne stavano cenando o guardando la televisione comodamente, mentre le loro controparti non pagate cercavano di sopravvivere nello squallore, senza cibo.

L'avvocato di Helen stava già lavorando per garantire alla sua cliente accuse più clementi rispetto al marito, sostenendo che lei aveva vissuto nel timore per la propria vita.

Kay non ne voleva sapere.

Voleva che entrambi fossero incarcerati il più a lungo possibile, per far capire loro cosa significasse essere privati della libertà. Anche allora, avrebbero vissuto in condizioni migliori rispetto alle persone che avevano ridotto in schiavitù.

«Stai bene?» disse Barnes, passando alla marcia superiore e guidando l'auto intorno a una curva stretta. «Sei rimasta silenziosa da quando hai terminato l'ultima telefonata.»

«Avrei dovuto collegare i puntini quando ho visto Adrian stamattina» disse lei. «Le piaghe sulle sue guance, intendo. Le avevo attribuite all'acne o qualcosa del genere, ma è una reazione allergica, vero?»

Barnes emise una risata sardonica. «Maledizione, hai ragione. Non me n'ero accorto nemmeno io. È la colla, giusto? La colla che usava per fissare la barba finta sul viso quando si avvicinava quei senzatetto a Maidstone. Ecco perché non l'abbiamo riconosciuto quando l'abbiamo visto nei filmati delle telecamere mentre parlava con Jeremy.»

«Esattamente.»

Il suo sergente detective rallentò il veicolo mentre si avvicinavano alla fattoria dei Peverell e lanciò un'occhiata. «Non avrebbe salvato Shelley, capo. Era già morta da tempo quando abbiamo sentito Jeremy.»

«Lo so.» I suoi occhi si spostarono rapidamente sulla radio agganciata al cruscotto quando si animò e gli autisti delle auto di pattuglia comunicarono le loro posizioni. «Dio, spero che non sia troppo tardi per salvare gli altri.»

«L'auto di Adrian è stata trovata un'ora fa sulla strada principale tra Sevenoaks e Hildenborough, capo... pensi che sia ancora nella zona? Potrebbe essere ovunque ormai.»

«È violento e vendicativo, Ian. Non credo che lascerà andare libere quelle persone. Potrebbe essere tornato alla fattoria lungo uno qualsiasi dei numerosi sentieri che attraversano questa campagna, e conosce la zona meglio di noi. Almeno abbiamo pattuglie alle fattorie Maitland e Ditchens nel caso si presentasse lì.»

«Pensi che li minaccerà se lo farà?»

«Sì, è per questo che ho autorizzato l'uso dei taser se necessario. Non voglio correre rischi con questo bastardo.»

«Ci siamo.»

Barnes fece svoltare l'auto all'ingresso della fattoria dietro un'auto di pattuglia che viaggiava nella direzione opposta e parcheggiò accanto alla casa mentre i riflettori si accendevano illuminando il cortile della fattoria.

«Se fossimo in qualsiasi altro posto, penserei che fosse esagerato con la sicurezza» disse.

«Helen ha detto che ci sono telecamere ovunque, anche sul retro dei fabbricati, nel caso qualcuno degli schiavi cercasse di fuggire attraverso i campi.»

«Accidenti. Sono dei mostri» disse Barnes mentre un agente in uniforme attraversava il cortile verso la casa e cominciava a battere il pugno contro la porta d'ingresso.

Momenti dopo, altri due agenti lo raggiunsero impugnando un ariete che usarono per sfondare la serratura prima che tutti e tre scomparissero nell'edificio.

«Indossa il giubbotto antitaglio» disse Kay. «Non voglio correre rischi considerando i coltelli che ha nel macello.»

Si allacciò il suo sopra la giacca, poi scese dall'auto, scrutando con lo sguardo il cortile illuminato.

A parte i sei agenti in uniforme e Barnes, il cortile della fattoria era deserto.

Il vento le scompigliò i capelli e fece rotolare un telone di plastica blu sulla piattaforma di cemento fuori dall'edificio che ospitava i conigli.

Trattenne il respiro mentre esaminava il cortile in cerca di segni di vita.

Le porte del macello erano spalancate, un lucchetto giaceva a terra accanto a quella di destra, con la superficie metallica che rifletteva la luce. Lo spazio oltre le porte era completamente buio e, quando la direzione del vento cambiò, percepì il fetore di qualcosa che le fece scorrere un brivido nelle vene.

Guardò dietro di sé in risposta a un grido proveniente dalla casa.

«Non è qui dentro, signora.»

«Capo, quella è benzina» disse Barnes muovendosi al suo fianco.

Kay abbassò il mento e mormorò un comando nella sua radio. «Voglio che tutti si spargano intorno al macello, muovetevi lentamente, restate nell'ombra dove possibile. Si ritiene che il sospetto abbia versato benzina ed è considerato pericoloso.»

Abbassò il volume mentre venivano comunicate le risposte e salutò l'agente Dave Morrison che si unì a lei.

«Signora, dovrebbe allontanarsi. Con la polvere del cibo e la paglia conservati in quell'edificio, è altamente combustibile.»

«Ci sono almeno quattro persone intrappolate nella

cantina sotto l'edificio» disse Kay. «Non vado da nessuna parte. Contatta la centrale e dì loro che avremo bisogno dei vigili del fuoco qui, per sicurezza.»

«Lo farò, capo.»

Morrison si allontanò di qualche passo e trasmise il messaggio mentre lei considerava le opzioni.

Se avesse fatto irrompere la sua squadra nell'edificio, Adrian avrebbe potuto far del male ai prigionieri prima che riuscissero a raggiungerli.

Poteva sentire l'odore di benzina, ma non avevano idea di dove fosse stata versata, né in quale quantità.

Finché non avesse saputo dove si trovava, non poteva pensare di organizzare un salvataggio nel caso in cui Peverell avesse attaccato un membro della sua squadra.

Doveva presumere che si fosse armato con i coltelli usati per macellare i conigli, e non sapeva se avesse anche accesso ad armi da fuoco. Helen si era chiusa nel silenzio poco dopo aver raccontato della cantina, e il suo avvocato stava temporeggiando finché non avesse saputo che tipo di accuse sarebbero state mosse contro la sua cliente prima di persuaderla a parlare ulteriormente.

«Kay, è lui» disse Barnes.

La sua attenzione tornò rapidamente alle porte del macello mentre una figura emergeva dall'oscurità.

Adrian Peverell appariva come una figura formidabile mentre avanzava, brandendo una lunga lama nella mano destra che puntò verso di lei.

«State indietro», gridò. «Tutti voi, state indietro».

«Calmati, Adrian», disse Kay, alzando le mani. «Abbiamo solo bisogno che ci faccia vedere che quelle persone sono vive e stanno bene».

Come tutta risposta, Adrian cominciò a ridere. Mentre alzava la mano sinistra, due degli agenti emersero dall'ombra, con i manganelli alzati, ciascuno che gli urlava di gettare la sua arma.

Invece, la sua mano sinistra ebbe un fremito, e il bagliore di una fiamma nuda illuminò il suo viso.

«Merda», disse Barnes. «Ha un accendino. Sta per incendiare tutto il maledetto posto».

«Adrian, ti prego... parliamo». Kay sentì la propria voce tremare, con la disperazione che le attanagliava i nervi.

Dietro il contadino, sepolto nelle profondità del mattatoio, sentì una donna urlare.

«Che facciamo?» disse Barnes con un filo di voce.

«Continua a farlo parlare. Dave, sei ancora lì?»

«Sì, capo», disse una voce dietro di lei.

«Qualcuno dei tuoi agenti può mettersi tra lui e il fienile?»

«Vedrò se possono provare».

«Fallo. Lentamente e in silenzio. Usa qualsiasi forza necessaria».

«Capo».

Kay sospirò, sperando che la sua altezza potesse in qualche modo mascherare le azioni del sergente di polizia dietro di lei mentre trasmetteva le sue istruzioni sottovoce.

Si concentrò sull'uomo che si spostava da un piede all'altro a pochi metri da dove si trovava.

«Adrian, sappiamo cosa è successo qui. Sappiamo cosa è successo a Ethan e Shelley. Non peggiorare la situazione per te stesso».

Lui agitò l'accendino fiammeggiante verso di lei.

«Quella stronza. Sapevo che non sarebbe rimasta zitta. Sapevo che avrei dovuto occuparmi di lei anni fa».

Diede un calcio a un mucchio di sacchi vuoti davanti alle porte, poi gettò indietro la testa e urlò verso il cielo notturno.

La fiamma dell'accendino vacillò prima di spegnersi, e Kay udì il raschiare del metallo prima che il fuoco divampasse ancora una volta dalla punta.

«È fuori di testa», disse Barnes. «Non riuscirai a calmarlo con le parole. È sotto l'effetto di qualcosa?»

«Helen non ha parlato dell'uso di droghe».

«Fantastico, allora abbiamo a che fare con uno psicopatico».

«Adrian, puoi spegnere quell'accendino?» disse Kay, mantenendo la voce pacata nonostante la diagnosi del collega. «Puoi mostrarci che le persone all'interno stanno bene?»

L'uomo sghignazzò e si avvicinò di qualche passo verso di lei. Spinse la mano dietro di sé, usando l'accendino per indicare il mattatoio, il viso luccicava di sudore sotto i riflettori.

«Li brucerò tutti quanti! Ecco cosa farò». Il suo viso perse per un momento l'espressione maniacale, con la bocca all'ingiù. «È tutto finito, comunque. Tutto perduto».

«Lasciali andare, Adrian. Per favore».

L'accendino si spense di nuovo, e lei vide rabbia e frustrazione attraversare i suoi lineamenti nel bagliore dei riflettori.

Il suo pollice si mosse, ma ci vollero diversi momenti prima che la rotella dell'accendino funzionasse e apparisse una fiamma.

«Ha le mani sudate», disse Morrison. «Non riesce a far presa sulla rotella dell'accensione correttamente».

«Dove diavolo sono i tuoi uomini?» sibilò Barnes.

«Adrian, spegnilo», disse Kay. «Possiamo risolvere questa situazione, fidati di me. Mettiamo in salvo quelle persone, e poi possiamo parlare».

«No!» Adrian fece un passo indietro, spingendo la fiamma guizzante in direzione del fienile mentre teneva gli occhi fissi su di lei. «Vi racconteranno tutto. Proprio come quella stronza di Shelley. L'avevo avvertita, non dire niente a nessuno, le ho detto, altrimenti la pagherai. Gliel'avevo detto!»

Un'ombra si mosse dietro di lui, pochi istanti prima che Kay si rendesse conto che era uno degli agenti di Morrison che avanzava dalla sua posizione accanto a una delle porte aperte.

Trattenne il respiro.

Se Adrian si fosse girato... se avesse fatto un altro passo indietro... avrebbe visto l'agente e sarebbe andato nel panico, o peggio.

«Adrian!» Barnes alzò le mani. «Dai, ti prego. Ha ragione lei, stai solo peggiorando la situazione. Non vogliamo che ti facciano del male. Spegni la fiamma e vieni qui».

L'uomo ringhiò, iniziò a girarsi verso il fienile... e poi lasciò cadere l'accendino, con tutto il corpo che si contorceva.

Cadde a terra, incapace di attutire la caduta, contorcendosi dal dolore nel punto dove era caduto.

Nel giro di pochi secondi, era tutto finito.

«Portatelo via da lui!» Kay si precipitò verso le porte

aperte e diede un calcio all'accendino, mandandolo a volare verso la distesa di cemento del cortile, lontano dal mattatoio.

Girandosi verso l'agente di polizia, vide il taser che teneva dritto davanti a sé, pronto a scaricarlo di nuovo se fosse stato necessario.

Fece un passo avanti, rivolgendosi all'uomo prostrato a terra. «Adrian, sei stato colpito con un taser. Se minacci i miei agenti o tenti di fare del male a qualcuno, il mio agente scaricherà di nuovo il taser. Hai capito?»

Peverell annuì, il viso ancora contorto mentre si strofinava le braccia.

Al suono di passi in corsa, si girò di scatto e vide Barnes e Morrison correre verso di lei.

«Mettete questo bastardo in custodia, e assicuratevi che ci sia una sorveglianza anti-suicidio ventiquattr'ore su ventiquattro nella sua cella». Lanciò un'occhiataccia all'uomo che ora si stava alzando in piedi, aiutato da un altro agente. «Lo voglio dietro le sbarre per molto tempo».

CAPITOLO 53

La presa di Kay si strinse sul manico dell'ombrello mentre un vento violento sferzava la città e colpiva il gruppo di persone in lutto riunite attorno alla tomba aperta.

Accanto a lei, Adam la teneva per la vita, mentre entrambi lottavano contro un'ondata di emozioni trovandosi a pochi metri dal luogo dove la loro figlia neonata giaceva in una piccola tomba adornata di fiori freschi.

L'Ispettore capo investigativo Devon Sharp e sua moglie, Rebecca, stavano alla sua sinistra, con il capo chino mentre il pastore della chiesa intonava l'ultima benedizione e la bara di Ethan Archer veniva calata nella terra da sei uomini che indossavano le uniformi e i berretti distintivi del Reggimento Paracadutisti.

Janice e Andrew Crispin del gruppo di supporto per i veterani stavano fianco a fianco più vicini al pastore della chiesa, con le mani unite, le loro labbra si muovevano con le parole della preghiera che si diffondevano sopra il suono della pioggia che batteva sull'ombrello di Kay.

Non appena le era stato possibile, li aveva chiamati per comunicare che la sua indagine era terminata e che Ethan poteva essere sepolto.

La coppia si era messa subito all'opera, rintracciando il vecchio comandante di Ethan e organizzando una raccolta fondi per assicurare all'uomo una sepoltura degna di un eroe.

«Amen.»

Kay emise un sospiro mentre i sei paracadutisti si allontanarono dal bordo della tomba e salutarono il loro commilitone. Poi si girarono e marciarono a una discreta distanza.

«Tutto bene?» mormorò Adam.

«È finita,» disse lei. Si allontanò dalla tomba mentre il pastore stringeva le mani ai Crispin e faceva conversazione.

Il giorno prima, aveva parlato con Jeremy e due dei volontari del rifugio riguardo agli accordi per il funerale di Shelley.

La madre della donna aveva telefonato da Liverpool, suggerendo che poiché sua figlia aveva sempre avuto più affinità con la cittadina del Kent che con la casa settentrionale della sua famiglia, dovesse essere sepolta a Maidstone. Si sarebbe spostata a sud quando fosse stata stabilita una data.

Kay e Adam avevano contribuito alle spese del funerale non appena erano venuti a conoscenza che la madre di Shelley faceva fatica ad arrivare a fine mese, volendo assicurarsi che sua figlia fosse sepolta adeguatamente, per quanto possibile. Sapevano cosa significasse perdere una figlia, e Kay aveva asciugato le lacrime mentre ascoltava la donna crollare dal sollievo e dalla gratitudine all'altro capo della linea.

«Ha un minuto?» Sharp inarcò un sopracciglio e indicò un punto lontano dal bordo della tomba.

«Certo.»

Strinse la mano di Adam, passò il suo ombrello a Rebecca e poi si riparò sotto quello di Sharp mentre lui iniziava a camminare su per la collina, allontanandosi dai presenti in lutto.

«La squadra di Harriet ha finito di esaminare la cantina sotto il mattatoio ieri notte,» disse. «Hanno trovato i piedi della ragazza in un angolo sotto una vecchia federa. Pensiamo che una delle persone che abbiamo salvato dalla fattoria li abbia coperti dopo che Adrian li ha gettati lì.»

«Gesù,» disse Kay a bassa voce. «Secondo la dichiarazione di Helen, Adrian ha detto che doveva servire da avvertimento per chiunque altro stesse pensando di tentare la fuga.»

Sharp sibilò tra i denti. «E lei dice che c'è un video di lui che spinge Ethan fuori dall'aereo?»

«Sì. Pensava di aver cancellato il file dal suo telefono, ma Andy Grey della scientifica digitale è riuscito a recuperarlo. Sa com'è… nulla resta nascosto a lungo. Un altro dei prigionieri che abbiamo intervistato ci ha detto che gli è stato mostrato quel video, ancora una volta per spaventarli e impedire loro di tentare la fuga.»

«Le ha detto cosa ha fatto con l'altro corpo? L'uomo che Helen ha detto essere scomparso quando si è ammalato?» disse Sharp.

«Non ancora. Ho fatto richiesta di più personale così possiamo far perlustrare il bacino a nord delle fattorie dalla squadra dei subacquei, e ci sono due squadre di ricerca che stanno setacciando la vegetazione nella riserva naturale alla ricerca di aree di terreno smosso. Lo troveremo.»

«E l'aereo?»

«Abbiamo ricevuto una telefonata dalla polizia di West Mercia questa mattina. Hanno localizzato l'aereo nella proprietà dei genitori di Helen nello Shropshire. Non era stato tolto dall'hangar da quando lei l'aveva riportato lì dopo l'uccisione di Ethan. La squadra investigativa forense di West Mercia è riuscita a trovare tracce della sua presenza nella cabina di pilotaggio, e hanno trovato un'unghia incastrata in uno dei rivetti dell'ala... il povero uomo è rimasto aggrappato fino alla fine.»

«Che modo terribile di morire.» Sharp guardò verso il parcheggio in fondo alla collina mentre i partecipanti al funerale cominciavano a disperdersi, poi sospirò. «Ha fatto del suo meglio per aiutarli a fuggire. Era stato davvero un eroe, non è vero?»

«Lo è stato davvero, capo. Lo è stato davvero.»

———

Kay rientrò nella sala operativa un'ora dopo, allungando il collo per vedere oltre le pile di scatole d'archivio accumulate su scrivanie e sedie.

Istruzioni urlate passavano tra gli agenti da un lato all'altro della stanza mentre si raccoglievano documenti, si firmavano rapporti e si completavano controlli di qualità per garantire che ogni singola parte dell'indagine fosse correttamente catalogata, pronta per avviare la procedura per portare il caso in tribunale con l'aiuto della Procura della Corona.

Ci sarebbero voluti mesi, forse un anno o più, prima che le scatole fossero recuperate nella loro interezza, ma questa procedura dispendiosa in termini di tempo avrebbe garantito che tutto potesse essere localizzato quando gli esperti legali l'avrebbero richiesto.

La squadra si era già ridotta di dimensioni, rimaneva un gruppo scheletrico dove una volta un intero lato dell'edificio brulicava di agenti e personale amministrativo. Ora, avevano assunto altri casi, altri compiti, e si erano dispersi nelle centrali di polizia della Divisione Ovest.

Si fermò accanto alla sua scrivania, controllò i messaggi sul telefono e poi si fece strada tra due pile traballanti di scatole verso la parte anteriore della stanza dove si era radunato un gruppo di persone.

Palloncini colorati pendevano dalla lavagna sotto festoni che si incrociavano sulle piastrelle del soffitto, e numerosi biglietti di auguri erano ancora da aprire accanto a una selezione di sacchetti regalo su una scrivania di lato.

Due tavoli erano stati trascinati sulla moquette e sembrava che Debbie avesse trovato una tovaglia avanzata dalla festa di Natale nel retro dell'armadio di cancelleria, insieme alla scorta segreta di birra, vino e bevande analcoliche che si diceva fosse conservata in un archivio nell'ufficio di Sharp.

L'agente aveva evidentemente fatto anche un giro al supermercato in fondo alla strada, vista la varietà di stuzzichini per feste che erano disposti su piatti di carta e già mezzo divorati dagli affamati agenti che si girarono verso di lei mentre si avvicinava.

«Non fermatevi per me», disse, sorridendo mentre prendeva un piatto e lo riempiva con una selezione di formaggi, salatini e sushi.

«Dov'è Sharp, capo?» chiese Gavin, ricevendo uno schiaffo sul polso da Laura mentre la sua mano aleggiava vicino a una pila di bignè al cioccolato.

«Ehi, lascia che anche qualcun altro ne prenda», disse lei con una risata.

Kay sorrise. «Sta arrivando. Ha detto che doveva fare prima qualcosa. Sono sicura che non tarderà.»

«Prendi una birra, capo?» disse Barnes. Sollevò una bottiglia di lager non ancora aperta.

«Non posso, mi dispiace. Sono di turno fino alle otto di domani mattina. Prenderò un succo d'arancia tra un minuto, non preoccuparti.»

«Capo, ce l'hai fatta!» Carys si avvicinò, con un bicchiere di vino in mano. «Com'è stato il funerale?»

«È stato un bel funerale, sai, per quanto queste cose possano essere. Il Reggimento Paracadutisti gli ha reso onore, ed è stata una bella cerimonia.»

Fece una pausa mentre Sharp appariva alla porta della sala operativa, con un enorme mazzo di fiori tra le mani.

«Eccola qua» disse lui unendosi a loro e consegnando i fiori a Carys. «Un piccolo pensiero da parte di Rebecca e me. Assicurati di restare in contatto, altrimenti mi metterò nei guai con lei.»

«Sono bellissimi, grazie, capo» disse Carys, con gli occhi lucidi. «Oh mio Dio, ricomincio a piangere.»

«È stata così tutto il pomeriggio» disse Gavin. «Avresti dovuto vederla quando stava svuotando la scrivania.»

Carys si asciugò gli occhi e sorrise. «Avevi promesso che non l'avresti detto.»

«Ho mentito.» Rise e le prese il bicchiere di vino dalle mani. «Te lo riempio.»

«Non oso leggere quelle cartoline finché non arrivo a casa» disse a Kay. «Sapevo che avrei dovuto mettere il mascara waterproof.»

Un'ora dopo, i discorsi di addio erano stati fatti. Sharp aveva trovato un equilibrio tra onorare i contributi di Carys alla squadra e raccontare a tutti alcune delle sue prime imprese come detective tirocinante, mentre Kay aveva optato per un discorso retrospettivo che aveva fatto esplodere la sala in un applauso mentre Carys alzava la mano alla richiesta di parlare.

«Grazie a tutti» disse, con la voce tremante. «Non so cosa dire. Mi mancherete.»

«Fatti valere!» gridò qualcuno dal fondo della folla.

«Spero che sappiano cosa li aspetta» disse Barnes, avvolgendola in un abbraccio.

«Cerca solo di non correre più davanti ai treni» disse Gavin. «E facci sapere come te la passi.»

Laura tese la mano. «Grazie di tutto, Carys. So che abbiamo lavorato insieme solo per poco tempo, ma ho apprezzato che ti sia presa cura di me.»

«Oh, vieni qui» disse Carys, e abbracciò la detective tirocinante. «Te la caverai benissimo e otterrai risultati strepitosi agli esami. Chiamami se hai bisogno, d'accordo?»

Laura annuì e tirò su col naso.

«Ti do una mano con queste?» disse Kay, prendendo quattro borse piene di biglietti e regali.

«Per favore - oh Dio, c'è così tanta roba» disse Carys, destreggiandosi tra il bouquet e una scatola d'archivio con gli oggetti personali della sua scrivania.

Ci vollero altri trenta minuti per raggiungere il parcheggio, poiché ogni agente in uniforme e membro del personale amministrativo dell'edificio fermava la detective lungo il percorso per augurarle buona fortuna nel suo nuovo ruolo.

Finalmente, con evidente sollievo del tassista, Carys salì nel veicolo in attesa mentre Kay sistemava le borse sul sedile posteriore accanto a lei.

«Oh, Adam mi ha chiesto di darti questo.»

Le porse una busta e osservò Carys girarla tra le mani con espressione perplessa.

«Cos'è?»

«Ha trovato i contatti di un centro di soccorso per animali vicino a casa tua,» disse Kay. «Questi sono i moduli di adozione che chiedono a tutti di compilare. Ha pensato che una volta sistemata nella tua nuova casa, potresti chiamarli e magari trovare un gatto, o un altro gerbillo, che ti tenga compagnia, e ha detto che puoi chiamarlo se hai qualche dubbio.»

Carys sorrise. «Mi mancheranno tutti gli animali che porta a casa.»

«Tu non devi conviverci,» disse Kay, alzando gli occhi al cielo. «Ok, vai, altrimenti mi farai piangere.»

«Grazie, Kay. Per tutto.»

Mentre il taxi usciva dal parcheggio e passava sotto la

barriera di sicurezza, Kay continuò a salutare con la mano finché non scomparve alla vista.

Tirò su col naso e scosse la testa mentre si dirigeva verso la centrale di polizia. «È la fine di un'era, Hunter.»

Il telefono iniziò a squillare nella tasca della giacca, e diede un'occhiata allo schermo.

«Ispettrice Kay Hunter.» Ascoltò la voce dall'altro capo, e poi cominciò a correre verso la sua auto. «Dì loro che sto arrivando, e assicurati che mettano in sicurezza la scena del crimine.»

Un sorriso sardonico le attraversò le labbra mentre girava la chiave nell'accensione.

La vita continuava, così come il bisogno di giustizia.

FINE

L'AUTRICE

Prima di dedicarsi alla scrittura, Rachel Amphlett, autrice di romanzi polizieschi tra i più venduti di USA Today, ha suonato la chitarra in una band, ha lavorato come comparsa in TV, al cinema e nell'editoria come assistente editoriale.

Ora impugna una penna al posto del plettro e scrive polizieschi. Ha oltre 30 romanzi e racconti all'attivo che vedono come protagonisti spie, detective, giustizieri e assassini.

Appassionata di viaggi e investigatrice privata per caso, Rachel ha la cittadinanza australiana e britannica.

* 9 7 8 1 9 1 7 1 6 6 9 3 5 *